Die Ich-Erzählerin dieses Romans, eine unkonventionelle Sechzigjährige, Mutter von vier Töchtern und werdende Großmutter, wird eines Tages von ihrer der Umwelt eisern verschwiegenen Vergangenheit als Geheimagentin eingeholt. Ein gewisser Dr. Kerr macht ihr ein seltsames Angebot: Sie soll in Mexiko das geheime Leben eines millionenschweren Ölmagnaten auskundschaften. Nicht nur die hunderttausend Dollar, die ihr in Aussicht gestellt werden und von denen sie sich endlich die Vase aus Alabaster leisten könnte, die sie sich schon so lange wünscht, sondern vor allem auch der Einsatzort Mexiko, das Land ihrer Träume, bewegen sie dazu, den Auftrag anzunehmen. Bald muß sie jedoch feststellen, daß sie sich auf ein gefährliches Unternehmen eingelassen hat. Mit Schlagfertigkeit, guter Menschenkenntnis und immer noch ausgezeichneter Kondition gelingt es ihr aber, aus diesem turbulenten Abenteuer mit heiler Haut herauszukommen.
Bei aller Spannung dient diese Spionagegeschichte nur als Rahmen für die ironisch-geistreiche Schilderung der Gedanken, Erlebnisse und Erfahrungen einer klugen Frau jenseits der Lebensmitte, die noch lange nicht zum alten Eisen zählt.

Angélica Gorodischer, 1928 in Buenos Aires geboren, studierte Literatur und arbeitete dann als Bibliothekarin. In Argentinien ist sie seit langem durch ihre phantastischen Romane und Erzählungen bekannt, für die sie mehrere Preise erhielt. ›Eine Vase aus Alabaster‹ wurde 1984/85 mit dem Premio Emecé ausgezeichnet.

Angélica Gorodischer
Eine Vase aus Alabaster
Roman

Aus dem
argentinischen Spanisch
von Marion Kappel

Fischer Taschenbuch Verlag

Die Frau in der Gesellschaft
Herausgegeben von Ingeborg Mues

Veröffentlicht im Fischer Taschenbuch Verlag GmbH,
Frankfurt am Main, Januar 1997

Lizenzausgabe mit freundlicher Genehmigung des
Orlanda Frauenverlages, Berlin
Originaltitel: ›Floreros de alabastro, alfombras de Bokhara‹
Emecé Editores, Buenos Aires, Argentina

Gesamtherstellung: Clausen & Bosse, Leck
Printed in Germany
ISBN 3-596-13278-9

Gedruckt auf chlor- und säurefreiem Papier

Für Margo Glantz,
die nicht weniger ist als Mexikanerin,
Schriftstellerin
und meine Freundin

Wir danken Eugenia Erazo
für die Unterstützung und Beratung
bei der Übersetzung

Yo era la invulnerable que por su ruta avanza;
indómita amazona sobre la grupa fiera;
rodaban las corazas al choque de mi lanza,
los cetros se borraban al sol de mi bandera.

Hermana de los héroes, su indómita pujanza
como un blasón erguía mi heráldica cimera,
los dardos enarcados en trágica acechanza
de lauros florecían a mi triunfal carrera.

María Eugenia Vaz Ferreira

Es gibt wenige Dinge, die so beruhigend wirken wie Kräuter. Mit geübtem Griff rupfte ich drei weitere Bluthirsepflanzen aus dem Boden, legte sie zur Seite und machte an einer anderen Stelle weiter.

»Señora«, sagte Zulema.

Das Gute an der Bluthirse ist, daß man sie so leicht aus dem Boden bekommt. Man muß nicht erst umständlich nach den Wurzeln suchen und sie dann mit einem Spaten ausgraben, so wie bei der Zwergdistel.

»Señora«, sagte Zulema, »da ist ein Herr, der Sie sucht.«

Bluthirse, wohin man nur sah, und die ganze Palette an Frühjahrsunkraut. Der Frühling macht mich reizbar.

»Na gut«, sagte ich, »hoffen wir, daß er mich findet. Irgendwann in den nächsten Jahren.«

»Er läßt Ihnen diese Karte schicken«, sagte Zulema und hielt sie mir unter die Augen.

»Ich kenne keinen Doktor Kerr«, erwiderte ich und nahm die Brille ab. »Er soll wieder gehen.«

Zulema ging langsam wieder zum Haus zurück.

»Er wartet auf Sie im Wohnzimmer«, sagte sie.

Ich setzte meine Brille auf und rupfte weiter Bluthirse.

Zulema öffnete die Tür zum Wintergarten: »Ich habe ihm gesagt, daß er Platz nehmen soll.« Sie schloß die Tür.

Ich nahm die Brille ab. Ich setzte die Brille wieder auf, nahm sie wieder ab und beschloß, keine Phlox mehr zu pflanzen, denn sie gefielen mir nicht. Und da ich schon einmal dabei war, das Aschenkraut auch nicht.

Er war tatsächlich im Wohnzimmer und hatte tatsächlich Platz genommen und auch noch auf dem Sofa. Ein großer Mann, nicht ausgesprochen dünn, aber auch nicht dick. Distinguiert, das war es. Und diskret. Als er mich hereinkommen sah, stand er auf, weder ruckartig noch besonders eilig, sondern langsam, gemächlich. Grauer Anzug, weißes Hemd, als persönliche Note erlaubte er sich gerade einmal eine blaurote Krawatte, ein schmaler Streifen weißes Taschentuch über dem Rand der Jakkettasche, schwarze Schuhe, die Strümpfe im Moment nicht zu sehen. Graumeliert, rasiert, lächelnd. Nichts, das irgendwie gestört hätte, überhaupt nichts.

»Señora«, sagte er und verbeugte sich, zwar nur andeutungsweise, aber ich schwöre, daß er sich verbeugte, »es ist mir eine Ehre, Ihnen die Hand geben zu dürfen.«

»Geben Sie nicht so an, mein Junge«, antwortete ich, »ich habe Ihnen meine Hand noch gar nicht gegeben.«

»Aber ich habe die Hoffnung«, gab er zurück, »daß Sie mir diese Ehre tatsächlich erweisen werden.« Und er hielt mir seine Hand hin.

Man kann doch so einen Typen – auch wenn er Doktor Kerr heißt und man diesen Namen vorher weder gehört noch gesehen hat – mit ausgestreckter Hand und vollkommenem Lächeln im Wohnzimmer seines eigenen Hauses nicht einfach so da stehenlassen. Ich hielt ihm meine Hand hin, und er machte sich das Vergnügen.

Ich zog sie augenblicklich zurück und zeigte ihm mein abweisendstes Gesicht.

»Also gut«, sagte ich, »jetzt hatten Sie die Ehre. Gehen Sie.«

»Aber liebe Señora!«

»Weder liebe Señora noch sonst irgend etwas. Gehen Sie, hinaus, verduften Sie, raus hier! Und lassen Sie sich nicht einfallen, hier noch ein einziges Mal aufzutauchen, verstanden?«

»Ich hatte die Hoffnung, mich mit Ihnen ein paar Minuten unterhalten zu dürfen.«

»Sie haben zu viele Hoffnungen.«

»Das ist doch auch gut so, meinen Sie nicht?«

Mein guter Vorsatz schmolz dahin, ich konnte ihn nicht länger so kühl ansehen. Ich lachte. Ich wußte, daß er mein Lachen als

Triumph für sich verbuchen würde, aber ich hatte große Lust zu lachen, deshalb tat ich es.

»Setzen Sie sich«, sagte ich zu ihm. »Nein, nicht da, auf das Sofa setze ich mich. Setzen Sie sich dahin, in den Sessel, wo Sie schön weit weg sind und wo ich Sie sehen kann.«

Er ging zu dem Sessel, setzte sich ganz gehorsam und schlug die Beine übereinander. Er trug natürlich graue Strümpfe. Natürlich aus Seide.

»Sie sind also Doktor Kerr, he?« fragte ich, da er nichts sagte. Vielleicht ließ sich die ganze Sache ja auch schnell beenden, ein wenig Konversation über das Wetter und wie schön doch das Leben ist, und er würde bald wieder gehen.

Er riß die Augen auf und streckte mir seine Hände entgegen. Helle, heitere Augen, deren schmeichelndem Blick ich nicht nachgeben würde, weder heute noch morgen, noch irgendwann; seine Hände hatten nichts zu verbergen, auch das hatte ich nicht anders erwartet.

»Aber natürlich, meine liebe Señora«, sagte er, »so heiße ich. Doktor Marcelo J. Kerr, Sie haben es doch auf meiner Karte gelesen. Das Jot«, und hier senkte er verlegen die Augen, »steht für Jonas.«

»Jonas«, wiederholte ich.

»Ja, Señora. Mein Vater, wissen Sie?«

»Na so was. Er hieß wahrscheinlich Jehova.«

Er lachte, aber ich blieb ernst.

»Nein, nein«, sagte er schließlich.

Für meinen Geschmack war sein Lachen zu laut und zu überschwenglich.

»Nein, nein«, wiederholte er, »ich wollte Ihnen sagen, daß mein Vater die Geschichten der Bibel liebte.«

»Na gut. Und sonst?«

»Was mit ihm ist? Oh, ich fürchte, er hat nicht mehr so viele Wünsche, außer Fernsehen zu gucken und in der Sonne liegen zu können. Der Arme ist ziemlich alt geworden.«

»Ich war viel zu freundlich zu Ihnen, Doktor Marcelo Jot Kerr«, sagte ich. »Übrigens, was für ein Doktortitel ist das denn?«

»Doktor der Politologie, Señora.«
»Also, Doktor der Politologie Marcelo Jot Kerr, was zum Teufel suchen Sie in meinem Haus?«
»Zuerst einmal ist es mir ein großes Vergnügen, Sie kennenlernen zu dürfen«.
»Ja, das ist klar.«
»Zuerst einmal ist es mir ein großes Vergnügen, Sie kennenlernen zu dürfen«, wiederholte er, ohne mit der Wimper zu zucken, »außerdem haben wir vor kurzem darüber nachgedacht, ob Sie sich nicht freuen würden, vorübergehend eine Arbeit anzunehmen.«
Er sah mich an, vollkommen von sich selbst eingenommen, als wenn... ich weiß nicht, mir fällt kein passender Vergleich ein. Als hätte er etwas Geniales gesagt und als müßte ich ihm nun Beifall klatschen, an seinen Lippen hängen, ohnmächtig vor ihm zusammensinken.
»Ich habe es befürchtet«, sagte ich.
»Enttäuschen Sie uns nicht, liebe Señora!«
»Das ist etwas, was *Sie* befürchten müssen. Und wenn ich die Wahrheit sagen soll, tun Sie gut daran.«
Ich stand auf und holte meine Zigaretten. Ich nahm eine Zigarette aus der Schachtel, bot ihm jedoch keine an, zündete sie an, inhalierte und blies den Rauch aus, strich über meinen Rock, zupfte eine Falte in der Gardine glatt, sah in den Spiegel, um zu prüfen, ob meine Frisur noch in Ordnung war – und sie war es, trotz des leichten Windes im Garten –, ging langsam zum Sofa zurück und setzte mich wieder.
»Ich möchte weder eine Arbeit für begrenzte Zeit noch eine Arbeit auf Dauer«, sagte ich sanft und gelassen, ohne ihn eines Blickes zu würdigen.
»Sie und... und... und Ihre Freunde oder Geschäftspartner oder wie Sie sie nennen mögen, können aufhören, über solche Dinge nachzudenken, soweit es mich betrifft. Ich bin mit meinem jetzigen Leben sehr zufrieden, danke. Es ist viel Zeit vergangen, ich habe geheiratet und war sehr glücklich, ich bekam meine Töchter, ich wurde Witwe, und nach einigen Jahren

lernte ich wieder, glücklich zu sein; ich besitze dieses schöne Haus, einen Garten, den Sie niemals zu Gesicht bekommen werden, aber er ist eine Pracht, das versichere ich Ihnen, ich reise, wann und wohin ich will, ich habe ein ausgefülltes soziales Leben, ich werde bald Großmutter, und der Rest der Welt kümmert mich einen Dreck. Ich bin eine angesehene Frau, verstehen Sie? Und das will ich auch bleiben.«

»Aber meine liebe Señora«, sagte er voller Entrüstung, »wie können Sie nur denken, wie kommen Sie nur auf die Idee... aber nein, Sie waren doch immer eine angesehene Frau, und glauben Sie mir, niemand würde es wagen... wirklich nicht... ich würde Ihnen niemals etwas anbieten, was Sie kompromittieren oder ihrem Ruf in irgendeiner Weise schaden könnte.«

»Reden Sie keinen Quatsch, mein Junge, tun Sie mir den Gefallen. Ich habe nichts davon gesagt, in fremde Betten zu hüpfen. Wenn man von solchen Dingen wie Ehrgefühl, Respekt oder der Ehre einer Frau spricht, muß das dann immer mit dem Bett in Verbindung gebracht werden? Und bei einem Mann mit seinem Bankkonto? Sie beginnen mich zu langweilen, also nehmen Sie sich in acht! Und falls Sie einmal Ihre Memoiren schreiben sollten, vergessen Sie nicht zu erwähnen, daß ich nicht mit Ihnen geschlafen habe.«

»Ich verspreche Ihnen, diesem Thema ein ganzes Kapitel zu widmen.«

»Ein Abschnitt reicht auch, Sie brauchen Ihre Hand nicht unnötig zu strapazieren.«

Es wurde still im Zimmer. Er betrachtete mich mit dem gleichen Blick wie ganz am Anfang, als er vom Sofa aufstand und mir mit dieser Geschichte kam, es sei ihm eine Ehre, meine Hand drükken zu dürfen, und ich darüber nachdachte, wie ich ihn loswerden könnte. Ich mußte mein Gehirn nicht sonderlich anstrengen, um zu dem Schluß zu kommen, daß es das beste war, ihm noch einmal zu sagen, daß er gehen solle und hinzuzufügen, daß er am besten wüßte, wohin er sich seine vorübergehende Arbeit stecken könne. Aber eine Frage mußte ich noch klären:

»Als Sie mich mit Ihren erotischen Phantasien unterbrachen,

sprach ich gerade davon – nein, nein, widersprechen Sie nicht, schweigen Sie, jetzt bin ich an der Reihe –, ich wollte gerade dazu kommen, daß Ihre geheimnisvollen Arbeitsangebote, seien sie nun für begrenzte Zeit oder auch nicht, sich doch immer ziemlich nah an der Grenze zum – nennen wir es Verbrechen – bewegen, oder ist Ihnen das Wort zu melodramatisch? Vielleicht aber auch nicht, vielleicht ist das Wort angemessen, also nennen wir es doch so, denn wir sind doch immer so tollkühn, und wir sind es auch immer gewesen. Nein danke, in so eine Sache will ich nicht verwickelt werden.«
»Und wenn ich Ihnen etwas anzubieten hätte, das vollkommen legal ist, das vollkommen entfernt ist von der Grenze zum Illegalen?«
»Eher noch weniger, nochmals danke. Ich habe weder Bedarf noch Interesse daran, als Schreibkraft oder als Chefsekretärin zu arbeiten oder irgendeines dieser blödsinnigen Dinge zu übernehmen, die Männer Frauen anzubieten haben. In beruflicher Hinsicht, verstehen wir uns richtig! Ich sage das so deutlich, damit Sie mir nicht wieder mit irgendeinem Quatsch kommen.«
Er lehnte sich in seinem Sessel zurück und machte es sich unnötigerweise noch bequemer. Ich weiß nicht, mit welchem Recht. Er tat so, als sei er ein willkommener Gast und nicht ein Eindringling, der sich unter falschem Namen Zugang zu meinem Haus verschafft hatte.
»Während des Krieges...«, begann er.
»Während des Krieges«, unterbrach ich ihn, »war ich jung, mein Kopf steckte voller Ideale mit großem I, ich lebte in Europa, ich war sehr schön, sehr mutig, ich war sehr dumm und habe mich von Ihnen und von anderen Ihrer Art beschwatzen lassen, ich habe viele Dummheiten gemacht und mein Leben und das Leben anderer in Gefahr gebracht.«
Er unterbrach mich: »Jetzt erzählen Sie mir nicht, daß Sie all diese Jahre bereut haben!«
»Das habe ich nicht gesagt. Ich würde das auch nicht sagen, denn es stimmt nicht. Ich denke nur noch selten an diese Dinge. Und wenn ich daran denke, freue ich mich. Es ist wahr, ich freue

mich. Ich habe es nun mal getan, Dummheit oder nicht, es war schon alles richtig so, und es bereitet mir eine Genugtuung zu wissen – und das weiß ich wirklich –, daß es zu etwas nütze war. Aber ich weiß auch, daß viele so gerade eben mit dem Leben davongekommen sind, und ich weiß, wie die gestorben sind, die sich nicht retten konnten – und ich weiß, wie man das nennt, was wir getan haben, Sie, ich und andere. Jetzt ist kein Krieg mehr. Ich bin eine angesehene Frau. Und ich bin alt.«

Er wurde ernst. Das erste Mal, seit er mein Haus betreten hatte, wurde er ernst.

»Es gibt andere Kriege.«

»Es wird immer Kriege geben.«

»Natürlich. Aber hören Sie mir bitte zu, auch wenn es ein paar Minuten dauert.«

»Ich will nicht«, sagte ich.

»Es ist nichts Illegales, nichts Anrüchiges, es steckt kein Geheimnis dahinter, und es ist mit keinerlei Gefahr verbunden.«

»Sie wollen mir doch nicht erzählen, daß Sie ein Picknick mit den Taubstummen aus dem Santa-Agueda-Hospiz organisieren wollen?«

»Es handelt sich darum«, sagte er, so als hätte er mich gar nicht gehört, »sich mit jemandem anzufreunden.«

»Mit wem?«

Er versuchte, es zu unterdrücken, aber es gelang ihm nicht: Ich hörte, wie er seufzte, und ich wußte, daß es ein Seufzer der Erleichterung war, ein Siegesseufzer.

»Hören Sie«, sagte ich, »das will gar nichts heißen. Das war reine Neugierde. Sagen Sie es mir nicht, ich will es gar nicht wissen. Gehen Sie und freunden *Sie* sich mit diesem Jemand an.«

»Ich nicht. Es muß jemand sein, der über jeden Verdacht erhaben ist. Eine Frau, die ganz offensichtlich *nichts* mit uns zu tun hat. Und die außerdem charmant ist, schön, intelligent, gebildet und sympathisch.«

»Tun Sie mir einen Gefallen, ja?« sagte ich.

»Was Sie wollen.«

»Verpissen Sie sich!«
Wieder lachte er ganz begeistert, aber diesmal war es nicht übertrieben.
»Es ist wirklich genau so, wie ich gesagt habe«, meinte er, »ich gebe Ihnen mein Wort darauf.«
»Ich habe kein Interesse. Mich interessiert weder die Arbeit noch Ihr Wort, noch Ihre Ehre.«
»Und das Geld?« fragte er. »Das interessiert Sie nicht?«
»Selbstverständlich«, sagte ich. »Als ich das Wort Ideale nur noch mit kleinem I schrieb, arbeitete ich weiter, weil ich gerne viel Geld haben wollte. Aber jetzt habe ich genug.«
»Die Arbeit ist einfach«, sagte er, »sie wird nicht lange dauern, sie ist angenehm, ohne Risiken, ohne große Verantwortung. Und wir bieten Ihnen hunderttausend Dollar.«
Das Geld gefiel mir schon, aber ich war schließlich nicht dumm.
»Hunderttausend Dollar, sieh mal einer an. Die Antwort ist nein.«
Er war verwundert. Nicht daß sich in seinem Gesicht etwas verändert hätte, er hörte einfach auf zu spielen: Er war wirklich verwundert.
»Finden Sie das wenig?«
»Ich finde, es ist viel. Wenn Sie mir so viel Geld anbieten, heißt das, daß die Arbeit weder einfach noch zeitlich begrenzt, noch ohne Risiken ist. Das heißt also, sie ist aufwendig, schmutzig, illegal und gefährlich.«
»Wir bieten deshalb so viel, weil es sich um Sie handelt.«
»Ich bin also ein Luxusartikel? Meine Güte, das hätte ich eher wissen sollen, ich wünsche mir schon seit Jahren einen Buchara-teppich.«
»Sie können sich davon sogar zwei kaufen. Oder drei.«
»Die Antwort bleibt nein.«
»Teodor Felix Pedro Brülsen«, sagte er.
»Kenne ich nicht.«
»Das wundert mich. Aber es ist nicht wichtig, ob Sie ihn kennen oder nicht. Wichtig ist, daß Sie sich mit ihm anfreunden.«

Ich betrachtete ihn und fühlte mich ziemlich schlecht. Ich wurde langsam schwach. Die Schuld hatte er, der nicht Kerr hieß und auch kein Doktor war, oder wer weiß, vielleicht war er es sogar. Ich betrachtete ihn und sah ihn als jungen Mann. Ich sah ihn als Zwanzigjährigen, er war schmutzig, erschrocken, trug einen Bart und lehnte aus einem Mauerloch. Er war so schmal, daß er ohne Schwierigkeiten hätte hindurchschlüpfen können, ohne Frage. Ein Bein zuerst, dann ein Arm, nein, er überlegte es sich anders, verschwand, dann erschien er wieder, man sah zuerst sein Gewehr, dann einen zerschlissenen Rucksack, dann einen Arm, ein Bein, noch mal seinen Kopf, und schon war er hindurch. Er war schon immer ein Pedant gewesen, schon damals, ein kalter Verführer, ein erfolgreiches Arschloch. Vielleicht hatte er jetzt einen Doktortitel, aber es war offensichtlich, daß sich sein Charakter nicht geändert hatte. Sein Anzug war aus englischer Serge, nichts erinnerte mehr an den zerschlissenen Rucksack. Mich selbst jedoch konnte ich nicht mehr als Zwanzigjährige sehen. Ich konnte nur an die einsamen Nächte denken, in denen sich die Schatten in mein Bewußtsein schlichen und ich mich fragte, wie ich sterben würde; nicht wann, sondern wie. Zulema, lassen Sie bitte das Licht im Flur brennen! Gut, Señora. Ich wurde weich, im Namen jener anderen Welt der Mauerlöcher, des Gewehres, das man irgendwo versteckt hatte, im Namen der Kellerräume, der Gefahr, des Blutes, das mein eigenes war und das der anderen. Und im Namen der hunderttausend Dollar. Ich wurde weich. Ich haßte ihn, weil ich ihn fragen würde, wer dieser Brülsen war.

»Wer ist dieser Brülsen?«

»Ein Millionär.«

»Wie schön. Wo ist er?«

»In seinem Haus, nehme ich an.«

»Wo wohnt er?«

»In Las Lomas.«

»Lomas de San Isidro?«

»Lomas de Chapultepec.«

»Mexiko?« rief ich.

»Ja«, sagte er.

Mexiko. Mexiko, o mein Gott. In Mexiko gibt es diesen tödlichen Smog aus gelbem Dunst und schwüler Hitze, der einen morgens mit Schmerzen in der Lunge aufwachen läßt und der daran schuld ist, daß der Torre Latinoamericana vom Paseo de la Reforma aus kaum zu sehen ist. In Mexiko sind die Autofahrer irrsinnig, und niemand von ihnen kennt auch nur die grundlegenden Verkehrsregeln, geschweige denn die Regel, daß Fußgänger Vorrecht haben. Als Konsequenz daraus sind in Mexiko auch die Fußgänger verrückt und überqueren die Straßen und die großen Avenidas mit ihren endlosen Autoschlangen an den unmöglichsten Stellen. Egal, wohin man schaut, sieht man unverschämte und unsympathische Touristen und, was noch schlimmer ist, unverschämte und sympathische Mexikaner. Als Frau kann man in Mexiko weder mit dem Bus noch mit der Metro fahren, denn man wird ausgeraubt, begrapscht, plattgedrückt, fast totgetreten. In Mexiko fordern die Taxifahrer, soviel sie wollen, und das heißt immer zuviel. In Mexiko gibt es 25 Straßen mit dem Namen Emiliano Zapata und 37 mit dem Namen Benito Juárez, wenige Häuser und Gebäude haben Hausnummern, und alles erscheint wie ein so großes Labyrinth, daß man über den Mann mit dem Stierkopf und über Jorge Luis Borges nur lachen kann.

In Mexiko tragen die Frauen Röcke, Blüschen und Jäckchen, Schuhe mit überhohen Absätzen, und sie ziehen Strümpfe an, selbst wenn es 40 Grad im Schatten sind; die bunten Kleider, die so wunderschön sind, können sie nicht anziehen, sonst würde jeder denken, sie seien arm. In Mexiko gehen die Männer in Weste, Krawatte und Hemden mit gestärktem Kragen, auch bei den schon erwähnten 40 Grad im Schatten, denn wenn sie luftige, bestickte Hemden und Taxco-Sandalen trügen, würde sie jeder für Indígenas halten. In Mexiko haßt man die Gringos, aber man frühstückt im *Sanborns* und ißt bei *Vip* zu Mittag. In Mexiko regnet es im Sommer jeden Tag, und im Winter ist Trockenzeit, aber in allen Jahreszeiten ist die Haut trocken und gespannt, und man hat das Gefühl, daß sie jeden Moment auf-

springen könnte. Die mexikanischen Männer sind Machos, spucken auf den Boden, und alle, die es sich leisten können, haben zwei Frauen, und die es sich nicht leisten können, schlagen ihre Frauen. Auch die Frauen sind dem Männlichkeitskult verfallen, sie betrachten sich im Spiegel der *Vogue* und leiden. Mexiko ist eines der schönsten Länder der Welt, und ich habe es immer schon geliebt, schon bevor ich das erste Mal über den Zocalo ging und eine luxuriöse Fahne vor der Fassade einer unmöglichen Kathedrale wehen sah, auch schon bevor ich in den Palästen von Palenque saß und daran zu zweifeln begann, daß die menschliche Zivilisation am Mittelmeer entstanden sein soll, schon bevor ich in einer mahagonifarbenen Straße, die von grünen Bäumen gesäumt war, den Geist der Malinche zu spüren glaubte. Früher, viel früher schon habe ich es geliebt. Ohne Vorbehalt, ohne Bedingungen, grenzenlos, hoffnungslos.
»Ist er Mexikaner?«
»Nein, liebe Freundin, er ist ein Landsmann von Ihnen, sein Vater ist Deutscher, seine Mutter Kreolin. Aber er ist reich genug und kann sich den Luxus erlauben, Häuser zu kaufen, wo immer es ihm gefällt. Zur Zeit ist er in seinem Haus in Mexiko, er wird dort einige Monate bleiben, und Sie werden dorthin reisen.«
»Sie werden mir außerdem den Flug, das Hotel und die Spesen bezahlen.«
»O nein.«
»O doch. Sonst kommen wir nicht ins Geschäft.«
»In Ordnung«, sagte er mit einem Lächeln. Er war darauf vorbereitet gewesen, das war offensichtlich. Er mochte einen Doktortitel haben und englische Serge tragen, aber irgend jemand gab die Befehle, und er führte sie aus. Langsam fand ich die ganze Sache spannend. Ich schaute nach unten und sah den Bucharateppich auf meinem Fußboden; der Anblick gefiel mir. Die Vergangenheit konnte warten, das war egal, ich war dort lange genug gewesen.
Hunderttausend Dollar plus Spesen: Dieser Trottel konnte mir nicht weismachen, daß es sich um eine einfache, schnell zu erle-

digende und ungefährliche Arbeit handelte. Ich würde meinen Körper ein wenig trainieren müssen. Und ich würde natürlich auch das Rauchen aufgeben müssen, das war klar.

»Wo hast du die Zigaretten?« fragte Inés.
»Ich rauche nicht mehr«, antwortete ich.
»Mama!«
»Was ist denn mit dir los?«
»Das frage ich dich, was ist mit dir los? Bist du krank? Was hast du?«
»Schluß jetzt, Inés, du kommst mir vor wie ein zahmer Papagei. Unangenehme Tiere, übrigens.«
»Jetzt laß die Tiere aus dem Spiel!«
»Findest du Papageien etwa nicht unangenehm? Und Sittiche und Tukane und was es da sonst noch gibt?«
»Du brauchst gar nicht wieder so abzulenken, ich kenne dich doch. Jetzt sag doch, bist du krank?«
»Natürlich nicht.«
»Du hast abgenommen.«
»Freut mich, daß man es sieht. Ich mache eine Diät.«
»Wieso das denn? Warst du beim... ?«
»Bei wem war ich, Inés? Tu mir den Gefallen und drück dich klar und deutlich aus!«
»Du weißt, was ich meine.«
Es war eindeutig Inés, die hier bald an die Decke ging, nicht ich. Meine Güte, dieses Mädchen würde die Kunst der Geduld wohl niemals lernen.
»Warst du beim Arzt?«
Ich hätte jetzt fragen können, bei welchem, aber ich wollte sie nicht verärgern. Außerdem war ich selbst auch nicht gerade geduldig.
»Nein, Liebes, warum sollte ich denn zum Arzt gehen?«
»Hör mal«, sagte Inés.
»Jaaa«, sagte ich mit meiner mütterlichsten Stimme.
»Seit meiner Geburt kenne ich dich nur mit der Kippe in der Hand. Oder im Mund. Oder du überlegst dir gerade einen

Grund, dir die nächste anzustecken. Auf einmal rauchst du nicht mehr, hast abgenommen und kommst mir mit ausweichenden Antworten.«

Ich lachte.

»Ich habe keinen Lungenkrebs, du kannst dich beruhigen.«

Das Telefon klingelte, zum Glück, denn sonst hätte ich den geballten Zorn meiner Tochter zu spüren bekommen.

Und das kann wirklich anstrengend sein, denn er ist immer gemischt mit Liebe, Angst, unbeantworteten Fragen, halbwahren Erinnerungen und verletztem Stolz.

»Nichts ist mit mir los. Ich will verreisen«, sagte ich.

Sie erstarrte, ihre Hand hielt auf halbem Wege zum Telefonhörer inne.

»Was? Wohin?«

»Schon wieder der Papagei, hm? Und beim Reisen ist es unpraktisch, wenn man raucht, man findet nie seine Zigarettenmarke, und man kann nie das anziehen, was man gerne möchte. Geh mal dran, ja? Nach Mexiko.«

»Hallo«, sagte Inés, sah dabei aber mich an.

Ich setzte mich auf das Sofa und streckte mich wie eine Katze. Eine alte Katze zwar, aber immerhin eine Katze. Alle Muskeln taten mir weh. Alle. Seit drei Tagen ging ich jeden Morgen um acht zur Gymnastik, und es war hart.

»Sie sagt, sie will verreisen«, sagte Inés.

»Wer ist dran?« fragte ich, aber ich wußte es schon, es war die übliche Uhrzeit.

»Judith.«

»Sag ihr, sie kann ganz beruhigt sein, ich bin zum Termin zurück.«

»Sie sagt, du kannst beruhigt sein, sie wird da sein, ja, warte. Sie will mit dir sprechen.«

Vorsichtig sammelte ich meine Muskeln, stützte sie gegen die Knochen und befahl ihnen zu arbeiten. Sie ächzten, die Armen.

»Hallo, Judy«, sagte ich. »Na Liebes, was machst du?«

»Aber Mama«, sagte Judith.

Ich begann mit meinen Erklärungen. Ich log wie ein Kameltreiber, aber was sollte ich sonst tun?
»Aber warum?« fragte sie. »Wäre es nicht besser, du wartest und fährst später?«
»Bist wohl verrückt«, antwortete ich, »danach bin ich nur noch damit beschäftigt, voller Entzücken meine Enkelin anzuschauen. Oder Enkel, bah, mir ist es gleich. Du kannst kriegen, was du willst, Kind, du hast meine Erlaubnis.«
»Nein, im Ernst, Mama, ich meine das ganz ernst. Wieso willst du denn im Herbst nach Mexiko fahren, das ist eine furchtbare Jahreszeit.«
»In Mexiko sind alle Jahreszeiten furchtbar, Judy, also was soll's?«
»Fahr nicht!«
»Ich fahre.«
»Aber warum denn?«
»Schon wieder! Sag mal, seid ihr beide plötzlich begriffsstutzig, du und deine Schwester? Ich fahre, weil ich Lust dazu habe. Das ist nicht das erste Mal, oder? Ich brauche eine Reise. Was ist daran so schrecklich?«
»Ich habe nicht gesagt, daß es schrecklich ist. Ich will wissen, warum, mehr nicht.«
Ich sagte ihr, daß ich nicht länger als einen Monat bleiben würde, daß ich ihr bestickte Kleider und rote und grüne Täubchen für das Mädchen mitbringen würde und daß ich nicht beleidigt wäre, wenn sie einen Jungen wollte, und daß ich auch ihm rote und grüne Täubchen kaufen würde. Sie lachte. Ich versprach, sie abends besuchen zu kommen. Sie erzählte mir, daß sie sich großartig fühle. Ich sagte ihr, daß man sich immer großartig fühlt, wenn man ein Mädchen bekommt. Oder einen Jungen. Wir schickten uns Küsse und legten auf.
Inés stand immer noch da, steif wie ein Stock.
»Und was ist mit dir los?« fragte ich.
»Ich würde gerne wissen, warum du fährst. Die Wahrheit.«
Inés ist nicht dumm. Keine meiner Töchter ist dumm. Ich tat so, als ließe ich die Maske meiner Begeisterung fallen und zeigte ihr

eine Miene tiefer, metaphysischer Verzweiflung. Ich kann so etwas.
»Hast du nicht gehört, was ich zu deiner Schwester gesagt habe? Gut, das ist die Wahrheit. Ich brauche es einfach. Ich muß mal raus aus dem Trott. Ich bin, wie soll ich's sagen, ein wenig deprimiert.«
»Du und deprimiert, na hör mal!«
»Es muß am Alter liegen«, sagte ich. Ich gab mein Bestes und brachte sogar ein Stöhnen heraus. Plötzlich weinte sie.
»Inés, Liebes, was ist denn jetzt?«
Eine weinende Inés, ich wollte es nicht glauben. Ich nahm sie in die Arme, küßte und streichelte sie und wiegte sie sanft hin und her. Eine Inés, die weinte, Inés, die so stark war, so beherrscht, so hart, so schön, Inés, die Verfechterin der Logik und Vernunft, Inés weinte in meinen Armen.
»Inés, ist etwas mit Julio?«
Sie schüttelte den Kopf.
»Was dann, was ist los mit dir, sag's mir.«
Sie löste sich aus meinen Armen, trat ein Stück zurück und trocknete ihre Tränen.
»Ich bin schwanger«, sagte sie.
Ich schrie so laut, daß Johnny Weißmüller, hätte er mich gehört, vor Neid gestorben wäre. Er wäre ein zweites Mal gestorben. Er hätte sich in seinem Grab umgedreht, einen Post-mortem-Infarkt bekommen, er wäre von der Liane gefallen, hätte nichts mehr von Tigern und Pygmäen wissen wollen und hätte das Häkeln angefangen.
Zulema öffnete die Küchentür.
»Señora«, sagte sie alarmiert.
Ich lief zu ihr und umarmte sie.
»Champagner, Zulema!« rief ich und küßte sie. »Drei Flaschen ins Eisfach, jetzt sofort. Inés bekommt ein Baby, Inés ist schwanger!«
Ich ließ sie los, lief zu Inés hinüber, umarmte und küßte sie.
»Und darf man vielleicht wissen, weshalb du weinst, Dummkopf?« fragte ich.

»Ich weine nicht.«
»Um so besser.«
»Herzlichen Glückwunsch, Kind, wirklich«, sagte Zulema und gab ihr einen Kuß.
Ich hatte Lust, den beiden noch mehr Küsse zu geben.
»Danke, Zulema«, sagte Inés.
»Welchen Champagner soll ich ins Eisfach legen?«
»Den besten.«
Zulema ging und schüttelte den Kopf. Erstaunt fragte sie noch einmal:
»Drei Flaschen?«
»Eine«, sagte ich.
Sie verschwand, und ich sah Inés an, bevor ich mit den Küssen weitermachte.
»Es ist nur... ich habe eben Angst«, sagte sie.
Und ich hatte aufgehört zu rauchen. So ein Mist, gerade jetzt.
»Was sagt der Arzt?«
»Daß alles in Ordnung ist und daß es keinen Grund gibt, das Gegenteil zu denken.«
»Natürlich. Und jetzt muß ich dir sagen, daß du nicht albern sein darfst, du hast acht Jahre darauf gewartet, schwanger zu werden, und hast alle möglichen Behandlungen hinter dir, du solltest jetzt zufrieden sein und deine Ängste vergessen. Und Julio?«
»Er freut sich wie verrückt. Wenn es nach ihm ginge, müßte ich den ganzen Tag auf dem Sofa liegen und Hühnersüppchen essen. Er kauft mir jeden Tag Blumen und schaut sich nach einem Haus um, weil seiner Meinung nach eine Wohnung ungeeignet ist, wenn man ein Kind hat.«
»Er hat recht. Was für Blumen? Langstielige Rosen, hoffe ich. Nicht diese billigen Buschwindröschen.«
»Mama, und wenn irgend etwas schiefgeht?«
»Ich glaube nicht, daß irgend etwas schiefgeht, aber ich werde dir nicht garantieren, daß alles gutgehen wird. Es kann etwas passieren, klar. Es kann immer etwas passieren. Na gut, und? Es wird dir nicht schlechter gehen als vorher, sondern besser, weil

du weißt, daß du schwanger werden kannst, und weil du dir darüber im klaren wärst, wie groß dein Kinderwunsch ist. Wenn irgend etwas Schlimmes passiert, weinst du, soviel du weinen mußt, und dann adoptiert ihr ein Kind. Oder zwei, oder drei, oder wie viele ihr wollt. Oder du wirst noch einmal schwanger.«

»Für dich ist das ja alles absolut einfach. Gut, daß du allmächtig bist.«

»Was du nicht sagst!«

»Also gut, ich werde tapfer sein.«

»Es ist gar nicht nötig, tapfer zu sein. Sei feige. Flenn, soviel du willst, und laß dich von Julio und den langstieligen Rosen trösten. Die gelben sind besonders edel.«

Sie lachte. Ich auch.

»Hör mal«, sagte ich, »die anderen beiden sind aber nicht schwanger, oder?«

»Ach nein. Glaube ich zumindest.«

Die beiden anderen sind Flavia und Atala. Das mit Flavia war eine Laune meines Mannes, der verliebt war in Rom, Italien, das Imperium, Neapel sehen und sterben, Fellini, das Quattrocento, den Trastevere und die Pizza. Sie sah nie italienisch aus, mit Ausnahme ihres entschlossenen Profils und der leichten Hakennase, ein wenig Julius Caesar auf dem Weg nach Gallien, wenn sie es auf etwas abgesehen hatte. Nichts und niemand konnte sie dann aufhalten, egal wie es um sie herum und in ihr selbst aussah. Und das mit Atala war meine Idee, und wenn es ein Junge gewesen wäre, hätte ich ihn René genannt, oder Renato, für den Fall, daß ich auf einen zu strengen Standesbeamten getroffen wäre, und das nur deshalb, weil sie es bestimmt nicht erlaubt hätten, daß ich mich mit dem Letzten der Abencerragen einließ.

Atala war all das und die Überraschung, daß sie kein Junge war – die nur als eine Art Ausgleich diente zu der wundervollen und explosiven Liebe, die wir für sie empfanden. Atala war all das, war alle, war all ihre Schwestern, sie war die Letzte, sie war mehr als alles, was ich ihr oder mir hätte sagen können. Jedesmal, wenn ich ins Haus kam und sie lachen hörte, dachte ich, daß es noch Hoffnungen gäbe. Und daß ich niemals allein sein würde.

»Fahr nicht«, sagte Inés.

Ich nahm sie bei den Händen.

»Doch, ich fahre«, sagte ich.

Und das tat ich auch.

Mit dem Reiseführer in der Hand blieb ich auf dem Paseo de la Reforma unter den Bäumen stehen, kurz hinter dem Engel, und sah mich um. Der Reiseführer war auf englisch. Ich trug eine Hose aus grobem Leinen, eine braune Bluse und weiße Leinenschuhe. Daß ich keine Mexikanerin war, konnte man aus Kilometern Entfernung sehen. Brülsens Haus lag eher am Rande von Las Lomas, so daß ich mich in die entgegengesetzte Richtung aufmachte, mit dem Photoapparat und einer Tasche über der Schulter, einer dunklen Sonnenbrille im Gesicht und langsamen Schritten. Seit drei Tagen wohnte ich jetzt schon in einem Yankeehotel, und zwei Tage hatte ich passenderweise im Museum für Anthropologie verbracht: Es war an der Zeit, etwas zu tun. Aber vorher mußte ich etwas für meine Rolle tun. Ich machte drei Photos vom Engel. Zu viele für meinen Geschmack, aber es wird allgemein angenommen, daß Damen meines Alters, die sich in Plastikhotels mit Klimaanlage einquartieren, stehenbleiben müssen und mehrere Photos vom Engel machen. Ich versuchte, so auszusehen wie eine Dame meines Alters, die sich in Plastikhotels mit Klimaanlage einquartiert, und knöpfte die Kameratasche zu.

»Langsam«, sagte eine Stimme vor mir, ganz in der Nähe.

Diese Stimme war nicht mexikanisch. Sie war auch nicht gerade verdächtig, aber der Doktor Marcelo Jot Kerr war so voller Andeutungen gewesen, daß ich bereit war, jeden für verdächtig zu halten, der nicht Jesus Christus persönlich war. Jeden, der nicht ein auserwählter Neugeborener war, denn wenn Hannas und Kaiphas das Richtige von Jesus Christus gedacht hätten, hätten sich die Dinge anders entwickelt. Ich weiß nicht, ob besser, aber anders.

Ich fragte mich, wie meine Enkel als Neugeborene aussehen würden, die, die jetzt unterwegs waren. Hoffentlich hatte Inés'

Kind so helle Augen wie Julio. Der Typ in dem Auto hatte helle Augen. Er wußte nicht, daß ich ihn beobachtete, und er schaute mich an. Aber ich kämpfte mit dem Verschluß der Kameratasche, und meine dunkle Brille war *sehr* dunkel. Es war keine mexikanische Stimme, es war eine argentinische Stimme. Der andere, der am Steuer saß, hatte das Gesicht einer unterernährten Maus.

»Die da?« fragte er.

Die da war ich.

»Vorsicht«, sagte der mit den hellen Augen.

Das Auto beschleunigte und verlor sich auf dem Paseo.

Diese beiden da sind entweder verrückt oder schwachsinnig, dachte ich. Was ist das für eine Art, mich zu beschatten? Denn ganz eindeutig beschatteten sie mich, sie hatten es gerade gesagt. Na gut, sie waren vielleicht übergeschnappt oder kleinhirnig, darauf kam es nicht an. Worauf es ankam, war, daß sie, ohne mir zu irgend etwas Zeit zu geben, schon hinter mir her waren. Und daß wir damit nicht gerechnet hatten, weder der Doktor Marcelo Jot Kerr noch ich. Langsam ging ich ein paar Meter weiter und sah mir die Schaufenster an. 3000 Pesos für ein besticktes Kleid? Ich war doch nicht verrückt. Wenn ich für die Mädchen Kleider kaufen wollte, würde ich zu *Fonart* auf der Avenida Juarez gehen müssen. Und jetzt mußte ich die Sache wohl aufgeben. Schade. Schade? Und... ja, sagte ich mir, als ich vor einem Antiquitätengeschäft stand, schade wegen des Bucharateppichs. Ich ging hinein.

»Wie teuer ist diese Vase?«

»Die da? Sie ist aus Alabaster.«

»Das sehe ich. Na gut, sagen Sie mir nicht, wie teuer sie ist.«

»Zweihundert Dollar.«

»Aha. Auf Wiedersehen.«

»Natürlich, falls Sie wirklich interessiert sind...«

Ich ging hinaus und setzte mich vor das Schaufenster des Ladens nebenan. Ich mußte nachdenken, aber ich hatte keine Lust zu denken. Ich öffnete den Reiseführer auf irgendeiner Seite und begann zu lesen, ohne wirklich aufzunehmen, was ich las.

»May I help you?«
Ich sah ihn an. Sah ihm direkt in seine himmelblauen Augen.
»Oh, yes, please«, sagte ich und stand auf.
Und als ich aufstand, blickte ich nach hinten und sah den mit dem Gesicht einer unterernährten Maus; er saß vor einem der anderen Plastikhotels mit Klimaanlage, an einem Tisch im Straßencafé. Mit Sicherheit würde er sich eine Scheibe Gorgonzola bestellen. Das Auto war nirgendwo zu sehen, und ich reichte dem mit den Augen gerade einmal bis zum Kinn, und das, obwohl ich groß bin.
»Let's see, what can I do for you?« fragte er mit einem Perlmuttzahnlächeln, genau dosiert, um die Herzen alleinstehender Damen zu schmelzen.
Das war es also. Der Groschen fiel, und ich mußte mich beherrschen, um nicht loszulachen. Also würde ich mir den Bucharateppich doch kaufen. Und die Vase aus Alabaster, warum nicht?
»Mexico is so complicated, you know«, sagte ich mit schwacher Stimme. »I'm rather disappointed.«
»Maybe a guide is all you need.«
»I've got one«, sagte ich.
»I didn't mean that kind of guide.«
Ich lächelte, Typ alleinstehende Dame, die ein Herz zum Schmelzen hat.
»Are you alone?« fragte er. »All by yourself?«
Verdammt noch mal, er kam schnell zur Sache, der Junge. Oder ich wurde langsam eine gute Schauspielerin. Ich nickte.
»You shouldn't«, sagte er mit Bolerostimme.
Ich lächelte wieder. Ich senkte die Augen, denn ein wenig Scham wirkt immer gut, egal, wie alt man nun ist, und dieser Kunstgriff erlaubte es mir, einen Blick in die Runde zu werfen, in der auch das Mausgesicht saß. Den Gorgonzola hatten sie ihm noch nicht gebracht. Er saß dort, abwartend, rauchend, und strengte sich an, als müsse er bei dieser Geburt helfen. Noch heute nacht würde ich die beiden anrufen, Inés und Judy. Alle vier, denn wie konnte ich Atala und Flavia nicht anrufen?

»Allow me to introduce myself«, sagte er.
Jetzt reichte es aber.
»Verausgab dich nicht, du Trottel«, sagte ich, »mit dieser Masche kommst du nicht weit.«
Er sah mich entsetzt an.
»Ich bin keine Yankee-Touristin. Ich bin zwar blond, aber keine Gringa. Ich bin auch keine Millionärin. Du vergeudest also deine Zeit.«
Sein Schreck verging allmählich, während ich redete, und schließlich kam er wieder zu sich und lachte.
»Das ist mir noch nie passiert«, sagte er, »niemals. Deshalb weiß ich nicht, was ich jetzt tun soll, mich entschuldigen, abhauen, Erklärungen abgeben, Schadenersatz fordern, was weiß ich.«
Seine Reaktion gefiel mir.
»Lebst du in Mexiko?« fragte ich ihn.
»Ja. Seit drei Jahren.«
»Und du hast das schon immer gemacht?«
»Ähm...«
»Na gut, was geht's mich an, oder? Sag deinem Freund, daß ich euch zu einem Kaffee einlade.«
Er war wieder erstaunt.
»Du hast uns also von Anfang an durchschaut.«
»Man muß ein wenig vorsichtig sein, mein Junge.«
»Wir waren ganz sicher, daß du eine Gringa bist. Wir haben sogar gewettet, aus welchem Bundesstaat du kommst. Aus Connecticut, meinte Rolito, und ich dachte, aus Oklahoma.«
»Oklahoma?« fragte ich empört. »Wieso aus Oklahoma?«
»Ich hatte noch nie eine.. ähem... also... eine Kandidatin aus Oklahoma.«
Ich lachte und versuchte zu erraten, was er in Wirklichkeit hatte sagen wollen.
Zu dritt saßen wir schließlich an dem Tisch unter der Markise, zwischen dem Immergrün, das in den falschen Weinfässern nur mühsam gedieh.
»Bestellt euch, was ihr wollt«, sagte ich.
Warum bloß? Sie bestellten gleich ein ganzes Festmahl. Ich

nahm einen amerikanischen Kaffee, der ekelhaft schmeckte, und einen Orangensaft, der ein wenig erträglicher war.
»Ihr habt ja Hunger«, meinte ich.
»Wir haben zur Zeit eine Pechsträhne«, erklärte Rolito.
»Das liegt an der Jahreszeit. Im nächsten Monat wird es wohl langsam wieder aufwärtsgehen«, sagte Fred.
Eigentlich hieß er Alfredo Lorenzo Gregorini. Namen sind so wichtig. Ich würde mit den Mädchen darüber sprechen.
»Und das mit dem Aufwärtsgehen, was heißt das?«
»Daß wir sechs Monate lang wie die Könige leben können.«
Rolito stopfte sich den Mund mit gesalzenen Mandeln voll, und Fred machte dem Kellner verzweifelte Zeichen, um noch mehr zu bestellen, ich weiß nicht, was, etwas, irgend etwas. Obwohl er wie ein Ausgehungerter aß, war er beneidenswert schlank. So schlank wie eine Gerte, nur daß der Vergleich mit den Gerten immer auf Frauen angewandt wird, niemals auf junge Männer, auch wenn sie noch so himmelblaue Augen und andere Dinge vorweisen können.
»Ohne zu arbeiten«, sagte ich inmitten meiner Studien über das Schlanksein.
»Klar«, meinte Rolito, die Mandeln schon im Magen und die nächste Ladung in der Hand, »ohne zu arbeiten. Du stehst auf, wann du willst, und fährst nach San Ángel zum Essen.«
»Kleine Ausflüge nach Acapulco«, bemerkte ich.
»Neeein, das bezahlen die Puten.«
Fred verschluckte sich. Der Kellner kam an unseren Tisch, beladen mit Tellern, Untertellern, Schüsseln und Schalen.
»So nennt man sie? Puten?«
»Man nennt sie nicht so.« Rolito atmete Unschuld aus und den Duft der Teller und Schälchen ein. »Wir nennen sie so, weil wir immer nach Paris wollten.«
»Und was ist daraus geworden?«
»Mhm. Das Übliche.«
»Das Leben hat euch betrogen, putain de vie.«
Sie lachten, kauten und schluckten, genau in dieser Reihenfolge.

»Ja, aber wir wollten sie schließlich nicht Putains nennen.«
»Und du?« fragte Fred. »Hat dich das Leben auch betrogen?«
»Mich? Was willst du denn hören, nein, mal sehen, laß mich nachdenken. Nein, es hat mich nicht betrogen.«
Hier draußen wurde es langsam grau, warm und schwül. Die Regenzeit konnte uns immer noch mit einem Wolkenbruch erster Güte von der Straße vertreiben, auch jetzt noch.
»Ich habe es auch nicht betrogen, seien wir doch gerecht«, sagte ich. »Es steht unentschieden.«
Bis jetzt, sagte ich im stillen. Ich sprach mit mir selbst, was mir häufig passiert, wenn ich unaufmerksam bin.
Ich bin selten unaufmerksam.
»Bis jetzt«, sagte ich laut, ich mußte nur den Blick nach innen aufgeben.
»Kennt ihr viele Leute in Mexiko?«
Ich wechselte das Thema, um das Intermezzo meiner Selbstgespräche zu beenden und um nebenbei herauszufinden, ob ich die beiden vielleicht irgendwann zu etwas gebrauchen könnte: Das nennt man das Nützliche mit dem Nützlichen verbinden.
Sie versicherten mir, daß sie einen Haufen Leute kannten, und ich glaubte ihnen. Sie waren bestimmt nicht besonders kritisch in der Auswahl ihrer Freunde. Klar, denn wer weiß, ob sie überlebt hätten, wenn sie kritisch gewesen wären; wahrscheinlich eher nicht. Sie kannten alle Zimmermädchen, alle Hausdiener und alle Portiers der Hotels. Der teuren Hotels. Mit einigen verstanden sie sich blendend, und die anderen haßten sie: So etwas wie Gleichgültigkeit kam in ihrem Gefühlsleben nicht vor. Sie kannten alle Bullen des D.F.*, denn als Anfänger in ihrem edlen und ach so alten Gewerbe waren sie bei ihnen gründlich in die Lehre gegangen, bis sie die Kunst und die Technik der Bestechung gelernt hatten. Es war ihnen nicht schwergefallen, das zu lernen, denn sie hatten genügend Übung in dem, was sie Schmieren nannten. Sie kannten die Mädchen der Nacht, die Jungs mit den Koksbriefchen, die Buchmacher, die

* D. F., Distrito Federal, Bezeichnung für Mexico City.

Cops, die Dealer und, so wie sie mir erzählten, auch die feinen Leute. Ich wurde hellhörig, aber, wie man weiß, ist Zurückhaltung nicht immer die schlechteste Strategie, und ich sagte nichts, und bevor sich unser Gespräch in die Länge ziehen konnte, bezahlte ich und verabschiedete mich von ihnen.
»Wenn du mal Langeweile hast, komm uns besuchen, wir sind immer irgendwo«, sagte Rolito. »Und wenn er hier nicht gerade arbeiten muß, wirst du Mexico by night kennenlernen, aber das echte!«
»Okay«, antwortete ich ihm. »Und wenn ihr Langeweile habt, kommt ihr bei mir vorbei. Ich wohne im...«
»Das wissen wir«, meinte Fred, »das war das erste, was wir herausgefunden haben, als wir noch dachten, daß du aus Oklahoma bist.«
»Zum Teufel mit Oklahoma!« sagte ich. »Tschau.«

Ich gab ein Vermögen aus und telefonierte mit den Mädchen. Ich fragte sie, welche Namen sie sich überlegt hätten, und sie lachten mich aus. Judy erzählte mir, sie fühle sich großartig und daß Mauro mit ihr zu den Kursen gehe und bei den Übungen die Zeit stoppe. Inés sagte: »Langstielige in Gelb«, als sie meine Stimme erkannte, alles war in Ordnung. Atala schrie: »Mami!«, und zwei Tränen liefen über mein Gesicht, und wir plauderten viel zu lange. Flavia war nicht zu Hause, aber das war nichts Besonderes.
»Ruft bitte bei Zulema an«, bat ich sie, »viele Grüße, und sagt ihr, sie soll ein Auge auf den Gärtner haben. Er soll alles Unkraut entfernen, wirklich alles!«
Ich verließ das Hotel und machte mich in Richtung Las Lomas auf. Altrosa Hose, weiße Bluse, Sandalen. Wie immer der Photoapparat, die dunkle Brille und den Riemen der Tasche quer über der Schulter. Ausgerüstet wie ein mexikanischer Bandit mit gekreuzten Patronengürteln, wie der Held mit Gewehr, wie... ich weiß nicht. Gut bewaffnet ist halb gewonnen, hombre! Ich hatte alle möglichen Photos im Kopf, Photos von der Vorderseite des Hauses, der Rückseite des Hauses, den Dor-

nenhecken, Fotos vom Eingang, vom Swimmingpool, von der Yacht, vom Sekretär, von den Hausangestellten und vom Hund. Von ihm selbst hatte ich kein einziges. Dieser Schnappschuß, der ihn als Dreißigjährigen in der Schweiz zeigte, nützte mir überhaupt nichts. Er ließ sich nicht fotografieren. Er gehörte nicht zum Jet-set, verkehrte nicht in den einschlägigen Urlaubsorten, empfing den Besuch zu Hause und ließ sich selten in den Büros blicken. Ein Eremit – ha! Du wirst bald sehen, was dich erwartet.

Zehn Straßen, zwanzig, ich dachte an die Zeit, als meine Muskeln noch ächzten, dreißig, die Tankstelle, die Botschaft... fünf Straßen... eine, meine Muskeln waren prima in Form. Es wäre wirklich am besten, wenn Inés eine Tochter und Judy einen Sohn bekäme, aber das Schicksal ist entweder ein Idiot oder ein Arschloch, denn es läßt keine Gelegenheit verstreichen, alles genau umgekehrt zu machen. Judy mit einer Tochter wäre das Idealbild für den Muttertag: Sie würden sich aneinanderkuscheln, sich nur noch miteinander unterhalten und den Rest der Welt für immer vergessen. Und wenn Inés einen Sohn bekäme, sah ich ihn schon jetzt als 25jährigen, ein überkorrekter Justizbeamter, unbeugsam wie ein Blitzableiter, auch wenn er die gleichen himmelblauen Augen wie Fred hätte *e anche* schlank wie eine Gerte wäre – denn man soll ja schließlich bei seinen Vergleichen bleiben. Das Tor öffnete sich, so ein Pech, und zum Vorschein kam der Kühler eines Autos. Ein Mädchen würde sich gegen Inés behaupten können, ohne in Trotz zu verfallen, denn es sind die Männer, die trotzig auf den Boden stampfen. Das ist ihr Schicksal. Es war mir gar nicht recht, daß man mich vom Haus aus sehen konnte, aber jetzt stand ich hier. Nein, aus irgendeinem Grund sind die Traditionen ja schließlich Traditionen; ich will damit sagen, daß sie normalerweise nicht falsch sind, man muß sie nur einmal aus einer anderen Perspektive betrachten, klar? Klar. Es gab nichts, wo ich mich hätte verstecken können, nichts, wohinter ich hätte verschwinden können. Es ist nicht so, daß Mädchen braver sind, sie haben einfach keine andere Möglichkeit, als *nicht* auf den Boden zu stampfen. Das ist ihr Schicksal. Ich war viel zu nah am Tor, an dem Kühler des Autos, an den Leuten, Scheiße. Das einzige, was ich tun konnte, war, weiterzumachen und auf das unbeholfene Schicksal zu vertrauen, das ständig ins Fettnäpfchen tritt – und es trat auch diesmal hinein. Natürlich würde Judy ein Mädchen bekommen, und natürlich würden wir drei unendlich glücklich sein. Ich mag es nicht, wenn die Dinge zu perfekt sind. Es war ein Datsun 280 ZX, ein Coupé mit allen Schikanen, ein Angeberschlitten. Wie merkwürdig. Ich hätte geschworen, daß Brülsen der Typ für den neuen Mercedes oder einen Liebhaberdaimler war. Ich ging weiter, ganz im Schritt der Touristin, die Augen fest auf Judys Tochter gerichtet, und das Auto kam endlich raus. Ich kam am Tor an. Touristinnen gucken, also guckte ich.

Am Ende des Parkes, an der Tür des soliden Hauses mit vergitterten Fenstern, das im Pseudokolonialstil erbaut war, mit einem ekelhaften, mageren Dobermann an seiner Seite, grüßte ein Wächter – nicht mich, sondern den Typ mit dem Datsun. Er lächelte und winkte. Ich blieb stehen, das Tor schloß sich, der Typ mit dem Datsun drehte sich um, unsere Blicke kreuzten sich.

Na und? Wenn Schriftsteller das sagen dürfen, sehe ich nicht ein, warum ich das nicht auch tun kann. Ich habe es nicht nur gesagt, sondern ich wiederhole es: Unsere Blicke kreuzten sich.

Zwei Sekunden später war er weg, und ich ging weiter, was sollte ich sonst tun? Zu Mauros Nachnamen würde ein griechischer Vorname gut passen. Mir fielen nicht viele griechische Namen für Judys Tochter ein; ich würde das Griechische stattdessen für Inés überkorrekten Justizbeamten verwenden müssen. Ob Brülsen wohl Experte der Physiognomie war? Ja, das war er, beziehungsweise – es stand so in den Unterlagen – warum sollte es dort stehen, wenn es nicht so war? Man würde eine Strategie ausarbeiten müssen, Schweinerei, das war Kerrs Vokabular, aber es war ganz nützlich, eine Strategie, in der meine Anwesenheit hier begründet war, aber keiner Erklärungen bedurfte, zumindest nicht von meiner Seite. Wenn man es bei Licht

betrachtete, war das Problem unlösbar oder, dank der brillanten Vorstellung des verdammten Schicksals, fast unlösbar. Sie kamen mich teuer zu stehen, der Buchara im Wohnzimmer und die Alabastervase auf dem Queen-Anne- oder Chippendale-Möbel, oder was es sonst noch gab. Bei Möbeln gibt es für mich nur zwei Kategorien: die, die mir gefallen, und die, die mir nicht gefallen. Außerdem gibt es die Kategorie Betten, Anrichten, Stühle, Sessel, Bücherschränke, Tische, Armsessel und so weiter, und die Kategorien überlagern sich. Die Bauhausmöbel gefallen mir zum Beispiel nicht. Als ich um die nächste Ecke bog, fünf oder sechs Straßen weiter, schätzte ich, stand dort, mit offener Motorhaube, der Angeberschlitten Datsun 280 ZX; er war nur einen Steinwurf von mir entfernt – aber es war wohl absolut unangebracht, ihn mit Steinen zu bewerfen –, und Brülsen starrte in den Motor mit der eindeutigen Miene – und was mache ich jetzt?
Ich ging auf ihn zu, als ob nichts wäre, dachte weder an die Tochter von Judy noch an Iphigenie oder ans Bauhaus, sondern sah mir Brülsen an, und er war die Mühe wert. Er war so groß wie Fred, braungebrannt, graue Schläfen, kantiges Kinn, große Hände, die Schultern eines Athleten, schmale Hüften, alles an ihm langgestreckt und geschmeidig. Keine hellen Augen dieses Mal. Ich betrachtete ihn, und er betrachtete den Motor, und beide verstanden wir nichts. Er war der bestaussehende Typ, den ich in meinem Leben gesehen hatte, und jetzt setzte er sich ins Auto und versuchte, es zu starten. Genau in diesem Moment war ich an der offenen Motorhaube angekommen. Ich hörte auf, ihn anzuschauen und sah auf den Motor. Der Typ versuchte es noch zweimal, stieg aus dem Auto und bemerkte mich nicht einmal. Ich sah ihn an, ihn, nicht den Motor.
»Es ist die Zündspule«, sagte ich.
Jetzt sah er mich an. Aus seinen Augen, Ohren und Nackenhärchen sprang mir die Frage entgegen:
»Pah, was versteht eine Frau schon von Autos?«
Er sprach sie nicht aus. Auch seine Abneigung sprach er nicht aus, aber man sah sie ihm an.
»Der Funke springt nicht über«, fügte ich hinzu.

Er hatte Angst. Es macht den Männern immer angst, wenn eine Frau etwas weiß, was sie nicht wissen darf; nämlich das, was *sie* nicht wissen. Deshalb gibt es auch keine Urologinnen.
Ich streckte die Hand aus und drückte das Kabel nach unten.
»Also los. Lassen Sie den Motor an«, sagte ich.
»Na, Sie sehen doch, daß er nicht anspringt.«
Es waren so viele heftige Gefühle auf einmal, daß er sie in einem Satz gar nicht unterbringen konnte: Er stotterte, und man verstand ihn kaum.
»Wetten, daß er jetzt anspringt?« sagte ich.
Ich dachte, er würde explodieren. Aber er setzte sich ins Auto, drehte den Schlüssel, brrrr machte der Datsun und sprang an. Ich ließ das Kabel los, und er ging wieder aus.
Der Typ lehnte sich aus dem Fenster. Beinahe hätte ich den Tanz der Sioux zur Feier ihres Sieges über die wilden Büffel der unendlichen Prärie begonnen: Ich hatte ihn in der Hand, ganz klein und zahm, mußte ihn noch nicht einmal zum Fluß schleppen, um ihm den Kopf zu waschen, zum Glück, denn in Mexiko gibt es wenige Flüsse, und es werden immer weniger.
»Haben Sie Isolierband?« fragte ich. »Es kann auch Klebeband sein.«
Er setzte sich wieder ins Auto, durchsuchte das Handschuhfach und kam mit einem Rest einer Rolle Heftpflaster wieder.
Er wollte immer noch nicht aufgeben.
»Sind Sie auch sicher?«
»Man hat doch ganz deutlich gehört«, sagte ich und umwickelte das Kabel an der Knickstelle mit Heftpflaster, so daß es mehr oder weniger gerade blieb, »daß es an der Zündung liegt. Das Kabel ist nicht ganz unterbrochen. Hiermit können Sie ein paar Meter fahren. Wenn Sie aber weiter weg wollen, sollten Sie es auswechseln lassen.«
Er lächelte mich an. O Geister der Luft und der Sonne, er lächelte mich an. Das war kein Lächeln für alleinstehende Damen wie das von Fred. Es war wie, wie soll ich sagen, es war ein Lächeln, wie ich es mir wünschte, genau so.
»Ganz herzlichen Dank«, sagte er überschwenglich.

Na wunderbar, dachte ich, und lächelte vorsichtig zurück, damit er nicht merkte, wie entzückt ich war. Gleich fragt er mich, wohin ich will, und ich erzähle ihm, daß ich kein bestimmtes Ziel habe. Ach ja, fragt er, sind Sie schon lange in Mexiko? Nein, antworte ich, erst seit ein paar Tagen. Dann erlauben Sie, daß ich Sie ein wenig herumführe, meint er und nimmt meinen Arm. Er zeigt mir die Stadt, wir gehen zusammen Mittag essen, und am Abend haben wir uns schon unsere Lebensgeschichte erzählt, sitzen in seinem Park und trinken einen Cocktail. Ich trinke zwar keine Cocktails, aber das ist ja unwichtig. Den Dobermann hat er angebunden.
Er schloß die Motorhaube, setzte sich ins Auto, schlug die Tür zu, winkte mir mit der Hand zu wie vorher dem Wächter und fuhr weg.

Eine Dicke mit Lockenwicklern und verdächtig blonden Haaren rekelte sich auf einem mit falschem Leopardenfell überzogenen Sofa. Ich fand sie furchtbar. Sie war im Farbfernseher, war damit beschäftigt, Schwachsinn zu erzählen, und ich lag auf dem Bett und war damit beschäftigt, einen Daiquiri anzuschauen. Anzuschauen, nicht zu trinken.
Der Daiquiri war symbolisch. Ich hatte gerade an unseren Mann in Havanna gedacht, und das legte die Vermutung nahe, daß ich unsere Frau in Mexiko City war, und als ich mich voller Wut auf mich und das Schicksal in mein Zimmer in dem Plastikhotel zurückgezogen hatte, rief ich bei der Bar an und bestellte ihn.
Zu anderen Zeiten wäre es ein Calvados gewesen. In nochmals anderen zwei Zigaretten, angezündet vom jeweiligen Liebhaber der Saison. Nur daß ich jetzt das Rauchen und der jeweilige Liebhaber der Saison mich aufgegeben hatte. Noch nicht einmal das mit dem Liebhaber war mir vergönnt, und was die Saison anging, hatte ich diesen Begriff schon seit langem aus dem Wortschatz meines Liebeslebens gestrichen. Ich beschwerte mich nicht; das ist nicht mein Stil.
»Wenn du willst, daß du und dein Mann zusammenbleiben, darfst du ihn nicht aus den Augen lassen«, sagte die Dicke.

»Also gut«, sagte ich zu der Dicken, »was muß ich tun, na los, Kindchen, klär mich auf.«
»Also zuerst einmal solltest du dir keine merkwürdigen Dinge in den Kopf setzen«, antwortete mir die Dicke.
Fast hätte ich den Daiquiri auf die Bettdecke gekippt.
»Schau mich an!« fuhr sie fort.
Ich sah sie an. Ich bereute es sofort, aber es war zu spät. Hier lag ich nun, mit dem Glas in der Hand, einem schmerzenden Ellbogen vom langen Aufstützen, vollkommen fasziniert, und dachte darüber nach, warum die Dicke da nicht zwanzig Kilo abnahm. Sie hatten sie in eine schwarze Satinhose gezwängt, die jeden Moment an den Nähten aufplatzen würde, und in eine schwarzweiße Bluse mit einem Dekolleté bis dorthinaus. Sie kniete sich auf allen vieren auf das Sofa, streckte ihren riesigen Kopf und das andere Extrem in die Höhe, um ihre Silikonbrüste zu zeigen und schnurrte:
»Sei immer in seiner Nähe, lock ihn, quäl ihn, mach ihn eifersüchtig, flüstere ihm süße Dinge ins Ohr, und laß ihn dann links liegen, mach ihn vollkommen verrückt!«
»Du bist diejenige, die hier total verrückt ist, Kleine«, sagte ich zu ihr.
»Und wenn deine beste Freundin...«
Ich kam nicht dazu, herauszufinden, was es mit der besten Freundin auf sich hatte, und das ist schade, aber ich schaltete den Fernseher aus, stand auf, massierte mir den Ellbogen und versuchte, nicht einen Tropfen zu verschütten, ging ins Bad und goß den ganzen Daiquiri ins Klo. Ich spülte, fragte mich zum wiederholten Male, warum es in Mexiko keine Bidets gibt, ordnete meine Haare ein wenig, schaute mir in dem Spiegel über dem Waschbecken meine Zähne an, ging ins Zimmer, warf mich auf das Bett, ohne den Ellbogen ins Kissen zu stützen, und flüsterte mir selbst zu:
»Also gut, was mache ich jetzt?«
Ich schaltete den Fernseher an. Fernbedienung, ein echtes Yankee-Hotel, alle Bequemlichkeiten außer einem Bidet.
Die Dicke hatte – sozusagen – die Katzenposition aufgegeben

und lag wie hingegossen auf dem Sofa, wenn man von einer Frau, die achtzig Kilo wiegt, ich übertreibe, fünfundsechzig, und die auf einem Sofa mit falschem Leopardenfell liegt, überhaupt von hingegossen sprechen kann, und sie sah mich von der Seite an:

»Es ist wichtig, daß du in Form bleibst«, sagte sie zu mir und klatschte auf einen ihrer breiten Oberschenkel. »Aber dabei nicht den Verstand vernachlässigen!« Sie hob eine Hand an die Schläfe.

»Denk nach! Denke, urteile, erwäge jedes Problem und dann...«

Ich schaltete den Fernseher ab. Ich war beeindruckt.

»Scheiße«, sagte ich, »das einzige, was mir jetzt noch fehlt, sind Stimmen aus dem Nichts.«

Das mit dem Nichts war ein Kompliment, wenn man das spezifische Gewicht und den Umfang der Dicken in Erwägung zog. Aber die Dicke hatte recht.

Ich kann nicht stillbleiben, wenn ich nachdenke. Ich bin sicher, daß meine Gehirnwindungen – *falls* man in den Gehirnwindungen denkt; man sagt zwar, daß es bewiesen ist, aber wenn sich ein so weiser Mann wie Aristoteles in dieser Sache mit der Leber als Sitz der Seele irren konnte, wer soll mir dann das mit den Gehirnwindungen garantieren? –, ich bin sicher, daß meine Gehirnwindungen, oder was es sonst ist, mit meinen Händen und mit meinen Füßen unmittelbar verbunden sind. Da ich hier ja schlecht Fenster putzen oder den Bücherschrank ordnen konnte, Tätigkeiten, die Zulema zu Tode beleidigen, wenn sie mich dabei erwischt, lief ich im Zimmer herum. Ich zog meine Sandalen aus, denn der Teppich war einer von diesen ganz dikken und weichen. Ein Vergnügen, Madame. Der Preis eines Hotels steht in direktem Zusammenhang mit der Dicke seiner Teppiche. Dieser hier war nicht nur dick, sondern zum Einsinken. Na klar, zu viele synthetische Fasern, aber man weiß ja, daß die leichter zu reinigen sind. Ich ging ungefähr siebenmal vom Fenster zur Tür, quer durch das Schlafzimmer und den Vorraum, am Badezimmer und den Spiegeltüren des Wandschranks vorbei, bevor ich das ordnen konnte, was sich vermutlich in den Gehirnwindungen und ihrer Umgebung befindet. Kerr, genau, hier fing alles an, nein, nicht hier, sondern noch viel früher, aber damit würden wir uns jetzt nicht befassen. Kerr, alles in bar, ja, aber es ging darum, daß ich herausfinden sollte, worin Brülsen verwickelt war, nein, einen Moment, nicht worin, sondern *ob* er in etwas verwickelt war. Hör zu, Kerr, alle extrem reichen Männer sind in etwas verwickelt, darauf gebe ich dir mein Wort. Ob er in etwas verwickelt war, das war die Frage, und ich mußte es herausfinden, ja oder nein. Das war alles – und hunderttausend Dollar in kleinen Scheinen bar auf die Hand. Kerr, oder wie er vorher geheißen hatte, Doktor Marcelo Jot der Politologie, war nicht dumm, die Angst auch nicht, und ich auch nicht. Hinterlisten, Tricks, Fallen, stillschweigendes Wissen. Was ich wußte, war, daß es vielleicht zwei Mädchen würden, nein, was ich wußte, war, daß das, worin Brülsen vielleicht verwickelt war, eine ganz dicke Sache war. Nicht Brülsen war dick, sondern die Sache, in die er verwickelt war oder auch nicht. Judy war nicht besonders dick geworden. Dünn, schlank, und er war mir entwischt, verflucht soll er sein! Jetzt kamen wir zum Kern des Problems. Dick, also *richtig* dick war ich nie gewesen, bei keiner der vier. Nur der Bauch, das natürlich schon. Wie Judy. Inés schwanger, ach das war wunderbar, wunderbar. Die Frage war ganz einfach: Wie konnte ich mich nach diesem Zwischenfall mit dem Auto Brülsen nähern, ohne Verdacht zu erregen? Nähern war zuwenig. In sein Haus in Las Lomas kommen, eingeladen werden, sich mit ihm anfreunden, und sei es auch nur für kurze Zeit. Ich mußte ernsthaft und gründlich überlegen. Wenn jede meiner Töchter eine Tochter bekäme, und jede Tochter meiner Töchter Töchter hätte, ja aber – und die Väter? Jede Sache hat einen Haken. So eine Pracht von einem Mann, und er war mir entwischt, ein Winken zum Abschied... aber ich hätte ihn mir, was das Auto anging, weniger protzig vorgestellt. Wie kann es sein, daß er von Autos überhaupt nichts versteht? Chauffeure, antwortete ich mir. Er wird wahrscheinlich immer von einem Chauffeur kutschiert, wahrscheinlich ist er sein ganzes Leben lang von Chauffeuren kutschiert worden. Die Mädchen sollten spazierengehen, viel spazierengehen, Gymnastik machen, sich nicht vernachlässigen. Auch wenn die Kurse gut waren. Aber das reichte nicht aus. Und ich mußte zu Brülsen eingeladen werden, aber ich konnte ja schlecht hingehen und zu ihm sagen, hören Sie, laden Sie mich doch bitte in Ihr Haus ein, und ich kannte niemanden, der mich mitnehmen konnte, Tag Brülsen, wie geht's, ich möchte dir eine Freundin vorstellen, na, das ist ja eine Überraschung, wir kennen uns doch schon, erinnern Sie sich? Es war wirklich dumm, daß ich niemanden kannte, ich müßte viele Leute kennenlernen, aber vielleicht auch besser nicht, damit niemand auf die Idee käme, sich näher für mich zu interessieren. Fred und Rolito. Das war's. Sie kannten sehr viele Leute. Feine Leute. Regungslos verharrten meine Füße auf der dicken Schicht synthetischer Fasern. Ich stand direkt am Fenster. Ich sah auf die Straße, und was ich sah, gefiel mir. Ich liebte Mexiko, ich würde bald Großmutter werden, würde einen Haufen Dollars bekommen, das war alles, und es war so leicht.

»Mal sehen, was die Dicke erzählt«, sagte ich an der Fensterscheibe, süchtig nach der Fernbedienung.

Ich stellte den Fernseher an. Die Dicke war nicht mehr da. An ihrer Stelle saß ein sehr ernster Señor, der mir berichtete, was der Präsident zu dem amerikanischen Botschafter gesagt hatte; es war nicht gerade das, was ich zu ihm gesagt hätte, aber zum Glück bin ich keine Präsidentin – von nichts und niemand. Ich stellte den Fernseher ab und fragte mich, ob ich nicht eine Pause brauchte, nicht vom Fernsehen, sondern von den Ereignissen. Neun Monde und zwei Tage. Du kannst uns immer irgendwo finden, hatte Rolito gesagt.

»Morgen fahre ich nach Teotihuacán«, teilte ich dem Fernseher mit.

Ich zog meine Sandalen an, ging hinunter und lief bis zur Juárez, lehnte mich gegen Lázaro Cárdenas, setzte mich in das chinesische Restaurant und bestellte süßsaures Schweinefleisch. Es war exquisit. Ich trank eine ganze Kanne schwarzen Tee.

Schwarze Hose, aber nicht aus Satin und auch nicht in Gefahr, gleich zu platzen – ich wog sechsundfünfzig Kilo und sechshundert Gramm –, sondern aus Jersey. Die Bluse auch aus Jersey, ein gelbes Halstuch, schwarze Schuhe mit einem kleinen Absatz, eine schwarze Tasche, passend zu den Schuhen. Kleidung ist ungemein wichtig, genauso wie gutes Benehmen. Mit anderen Worten, die Etikette begünstigt immer diejenigen, die sie anzuwenden wissen. Ich gab den Zimmerschlüssel am Empfang ab und ging auf die Straße.

Ich blieb auf der obersten Treppenstufe stehen, und obwohl dies bestimmt nicht der beste Ort für eine Eingebung war, machte ich die Entdeckung: Genauso wie es keine Krankheiten gibt, sondern nur kranke Menschen, gibt es auch keine Erfahrung, sondern nur erfahrene Menschen. Als ich zwanzig war, berechnete ich alles im voraus, wog ab, überlegte und plante. Fast vierzig Jahre später war ich fähig, mir die Nase zuzuhalten und ins Wasserbecken zu springen, ohne vorher nachzuprüfen, ob Wasser drin war. Aber mit offenen Augen. Ich selbst gefiel mir heute besser als mit zwanzig Jahren. Es gab zwei Möglichkeiten: Entweder hatte mich die Erfahrung das gelehrt, was die Volksweisheiten üblicherweise der Jugend zuschreiben, oder aber, daß man auf die Volksweisheiten pfeifen kann. Ich neigte eher zu der zweiten Möglichkeit.

»Wir sind immer irgendwo« – das konnte alles mögliche heißen, sich auf alle möglichen Orte und alle möglichen Tageszeiten beziehen. Wie gern hätte ich eine Zigarette geraucht.

»Taxi, Madame?«

Ich sagte ja. Innerhalb kürzester Zeit saß ich in einem dieser Taxis, die nicht vom Taxistand sind, sondern frei herumfahren. Es gab ein kurzes Hin und Her, aus dem ich natürlich als Verliererin hervorging, und wir einigten uns darauf, daß ich zweihundertfünfzig bezahlen mußte.

Auch ich war jetzt irgendwo, und irgendwo hieß auch alles mögliche. Ich ging in zwei feine Restaurants, wer weiß, ob sie fein waren, zumindest waren sie teuer. In dem einen aß ich Spanferkel, das ich mir in Tortillas einwickelte, weil es so fettig war, aber egal, meine Leber meldete sich nicht. In dem anderen gab es keine mexikanischen Gerichte, und ich bestellte mir ein Käseomelette. In keinem der beiden sah ich Fred oder Rolito. In beiden sah man mich unfreundlich an, und die Bedienung war noch schlimmer. In keinem der beiden sah ich Frauen, die allein waren. In einem machte jemand eine laute Bemerkung, und ein anderer Jemand machte schhhh, und noch ein anderer sagte, sie ist Gringa, sozusagen Abfall. In dem anderen sprach mich ein Typ am Ausgang an und erzählte mir mit einem frechen kleinen Lächeln, er habe genau das, was ich suchte. Am allerliebsten hätte ich ihm gesagt, daß ich für das, was er hatte, nicht *einen* Knopf öffnen würde, aber ich bin eine Dame, und sein kleines Lächeln war so ekelhaft, daß er mehr verdient hatte. Ich sah ihn schweigend an. Ich sah ihn an, mehr nicht. Ich sah ihn an und sah ihn an und sah ihn weiter an, meine Augen fest auf seine Augen fixiert, ohne zu blinzeln, ohne ein einziges Wort, sah ihn mit dem ganzen Widerwillen an, den man in einem einzigen Blick unterbringen kann. Das ist nicht leicht, aber es geht. Er wollte weiterlächeln, aber nach einer Weile fiel seine obere Zahnreihe mit einem winzigen Geräusch auf die untere Zahnreihe. Ihm blieb noch immer ein Rest von Mut, um mich zu fragen, ob ich ihn nicht verstanden hätte, und ich sah ihn weiter an. Wir hätten im Sommer 79 am Fuß des Vesuvs stehen können, und ich hätte ihn weiter angesehen, ohne mit der Wimper zu zucken. Die einfachsten Dinge des Lebens sind die wirkungsvollsten, das sagen nicht die Volksweisheiten, das sage ich. Seine Oberlippe tat das gleiche wie seine Zähne, aber ohne Geräusch. Er wich zurück. Er sah mich nicht mehr an, aber ich ihn schon, ich sah ihn weiter an. Und was den Widerwillen angeht, er war da. Er wollte Nutte sagen, aber er kam nicht einmal bis zum u. Er ging, und ich auch.

Es war nicht einfach, hier ein Taxi zu finden. Es war schwierig, es war unmöglich, es war ein Wunschtraum. Ich ging ein paar Straßen zu Fuß. Wo sich diese beiden Idioten wohl herumtreiben mochten? Ich bekam nicht weniger als zwei Dutzend Einladungen – auf einen Drink, auf einen Spaziergang, essen zu gehen, tanzen zu gehen, ins Bett zu gehen und zu anderen nicht minder phantasievollen Aktivitäten, über die sich der Marcelo Jot Kerr empören würde, wenn er zugehört hätte. Das heißt also, eine Frau darf nachts eben nicht allein ausgehen? Nein, meine Liebe, wo gibt's denn so was? Mehr aus Notwendigkeit als zum Spaß oder aus Überlegung steuerte ich auf eine unauffällige Bar zu; viel Holz, vergoldete Buchstaben auf der Türscheibe, wenig Licht, sanfte Musik, kaum jemand sprach. Ich trat ein, setzte mich auf eine Bank an der Wand, bestellte mir einen Kaffee, aber es gab keinen Kaffee. Was gab es denn? Scotch, Bourbon, Cognac, trockenen Martini, tja, das war's. Ich bestellte Cognac. Er war französisch, und ich wußte sofort, daß sie mir das Geld aus der Tasche ziehen würden, und das bedeutete, daß für diesen der Doktor der Politologie Marcelo Jot Kerr, mit Jot für Jonas, bezahlen würde.

Ich wurde nachlässig, ja, niemand ist vollkommen. Es ging mir so gut hier, ich war so entspannt. Niemand kam auf mich zu, um mir seine besonderen Reize anzupreisen, niemand atmete an meinem Hals, niemand befummelte mich unter dem Tisch. Als ich gerade anfing, mich umzuschauen, um zu sehen, was die Umgebung zu bieten hatte, war es schon zu spät. Ich dachte, na gut, so schlimm ist es nicht; ich dachte, ich würde eben sofort bezahlen und gehen; ich dachte, daß ich schon schlimmere Umgebungen gesehen hatte. Ich machte dem Kellner ein Zeichen, aber er beeilte sich nicht sonderlich. Sie beeilen sich niemals.

Ich nahm die Tasche hoch und wollte sie gerade öffnen, um mein Geld herauszunehmen; ein Glück, daß ich es nicht tat, denn genau in diesem Moment begann der Angriff, so als hätten wir vorher unsere Uhren verglichen.

Es gab keinen Lärm, keine Sirenen, keine Pfiffe, gar nichts. Sie kamen herein, und der Tumult begann.

»Scheiße, die Bullen«, dachte ich, vielleicht sagte ich es auch laut, wer weiß.

Ich sah mich um nach einem anderen Ausgang, einem Fenster, der Toilette, nach irgend etwas, aber nein, es gab nichts. Ein paar Frauen weinten, einige Typen spielten den Mutigen, aber

das nützte ihnen überhaupt nichts. Sie trieben uns alle zusammen, und ich, ein Schäfchen in der Herde, dachte darüber nach, was ich tun konnte. Bestimmt nicht den Konsul einschalten, sondern zusehen, daß ich die ganze Sache allein regeln konnte. Ich glaube nicht, daß es jemandem etwas ausmacht, ein paar Stunden auf dem Polizeirevier zu verbringen; mir zumindest macht es nichts aus. Das Problem war eher, nicht mit Vor- und Nachnamen und besonderen Kennzeichen in den Zeitungen aufzutauchen. Ich wußte nicht, wie ich den mexikanischen Bullen gegenübertreten mußte, um ihnen ein Schmiergeld anzubieten. Ich nahm an, wie überall: Können wir das nicht anders regeln, Herr Kommissar? Auf jeden Fall würde ich später meinen Enkeln etwas erzählen können. Mir war nicht klar, ob ihnen das besser gefallen würde, als Fernsehen zu gucken.
Ich kam zur Tür. Ich ging hindurch. Zumindest versuchte ich es, aber jemand hatte die gleiche Idee wie ich gehabt, und wir kamen uns ins Gehege und stolperten. Eine Hand hielt mich mit Gewalt am Handgelenk fest: Es war nicht die Hand eines Polizisten. Ich dachte, daß ich auf das Gesicht fallen würde, und der Bulle, der die Leute in den Wagen steigen ließ, dachte das gleiche und trat einen Schritt zurück. Die Hand zog mich am Arm hoch, und ich fiel nicht, sondern wir rannten zusammen los. Ich hörte auf zu denken, und das ist das beste, was man in solchen Fällen tun kann. Ich rannte, die Aufmerksamkeit auf meinen Körper gerichtet, der mich weit forttrug, ich rannte und rannte. Man hörte Pfiffe und Schreie, aber sie verfolgten uns nicht, zumindest im Moment nicht. Sie hatten mit ihren Autos die Straße abgesperrt, und sie hätten sie erst holen müssen, wenn sie uns im Auto verfolgen wollten. Ich rannte, wir rannten beide. Es ist nicht leicht, mit hohen Schuhen zu rennen, obwohl meine Absätze nicht besonders hoch waren. Warum haben wir Frauen uns bloß davon überzeugen lassen, daß wir schön und elegant aussehen, wenn wir auf Zehenspitzen laufen? Es ist grauenvoll, es ist blödsinnig, es ist unbequem, und es macht uns zu Invaliden. Wir müssen mit dem ganzen Fuß auftreten, von der Ferse bis zu den Zehen, wir müssen die Erde spüren, die Erde unser

Gewicht spüren lassen; wir müssen laufen, tanzen, rennen, springen, spielen, vor der Polizei fliehen. Wie wir es geschafft haben, auf diesen Absätzen weiterzulaufen, ist mir ein Rätsel. Denn es war eine Frau. Es war eine Frau, ganz in Hellblau gekleidet, und sie rannte so schnell wie ich. Auch in diesem Punkt hatten wir die gleichen Voraussetzungen: Sie war jung, und ich war gut trainiert. Es waren keine Pfiffe mehr zu hören, und wir rannten weiter.

Wir bogen in eine Straße ein, die viel schmaler und viel dunkler war, und hielten an. Sie war erschöpfter als ich.

»Ich habe zu danken«, sagte ich.

»Pardon?«

»Danke.«

»Ah.«

Ich atmete tief ein, streckte den Hals weit nach links und nach rechts und entspannte mich, so gut ich konnte.

»Warum?« fragte ich sie.

»Pardon?«

»Jetzt hör mal, dieses Pardon geht mir auf die Nerven. Kannst du nicht *was* sagen oder *wie* oder irgend etwas Zivilisiertes?«

Sie lachte wie eine Blöde. Ich glaubte langsam, daß sie wirklich blöd war.

»Was ich fragen will, ist, warum du mich da rausgeholt hast?«

»Ah«, sagte sie wieder, aber diesmal sprach sie weiter, »ich habe gesehen, daß du Ausländerin bist und ganz ahnungslos in die Bar gekommen bist.«

»Also aus purer Großzügigkeit!«

Sie lachte wieder wie eine Verrückte.

»Hör mal, was willst du, ich mußte da raus, und nicht allein, also griff ich nach der ersten Hand, das war zufällig deine, weil du gerade da warst, und ich hatte dich beobachtet.«

»Ein Glück, daß du nicht die Hand eines Bullen erwischt hast.«

»Par...? Was?«

Sie mochte blöd sein, aber sie lernte schnell.
»Also gut, wo sind wir«, fragte ich, »und wie kommen wir ins Zentrum zurück?«
Sie antwortete nicht.
»Wo wohnst du?« fragte ich – mal sehen, ob ich damit mehr Erfolg hatte.
»In Villa Coapa.«
»Das ist weit weg.«
»Ja.«
»Macht nichts, das kriegen wir schon hin. Ist eine der Avenidas oder eine der großen Straßen hier in der Nähe?«
»Insurgentes.«
»Wir sind gerettet, muchacha, auf geht's.«
Wir liefen los.
»Du solltest nicht alleine herumlaufen«, sagte sie nach einer Weile.
»Ach, na klar, und du? Du gehst nicht alleine?«
»Ich war nicht alleine.«
»War dein Freund bei dir? Du hättest *ihn* an der Hand nehmen sollen.«
»Nein, das war nicht mein Freund. Mein Freund ist sehr eifersüchtig, und ich war mit einem Bekannten unterwegs.«
»Was soll denn das heißen, Kind? Du hättest dir gestern mal die Dicke mit den Lockenwicklern angucken sollen.«
»Pardon?«
Beinahe bereute ich, daß ich sie getroffen hatte. Als Begleitung war sie nicht gerade das, was man ideal nennen würde, aber man weiß ja, daß die Ideale nicht von dieser Welt sind, man denke nur an das Glück. Oder nein, ich bereute es nicht; es war besser als nichts, und wenn sie nicht gewesen wäre, wer weiß, was dann passiert wäre. Das zum ersten. Zum zweiten war sie jung, sie war so jung, daß sie mich rührte, denn alle jungen Frauen rühren mich – obwohl das vielleicht nur daran liegt, daß man an all die Dinge denkt, die sie noch nicht gelernt haben. Nein, *das* auf keinen Fall, ich würde jetzt nicht sentimental werden und an meine Töchter denken, nicht gerade jetzt. Der Doktor Marcelo

Jot hatte nichts Sentimentales oder Anrührendes, und jetzt war dieser Unglückselige auch noch der Pflicht entronnen, den Cognac zahlen zu müssen, *das* bereute ich schon.
»Nichts, Kind, nichts.«
»Woher kommst du?« fragte sie mich.
»Argentinien, da unten, ganz weit im Süden.«
»Ja, ich weiß schon. Machst du hier Urlaub?«
»Jaha.«
Einen verrückten Moment lang hatte ich Lust, ihr alles zu erzählen, und entsetzt sah ich, daß ich die Rechtfertigung schon bei der Hand hatte; ich sagte mir, daß sie mir vielleicht nützlich sein könnte – Sherlock Holmes und Doktor Watson, Batman und Robin, Perry Mason und Della Street, Mandrake und Lothar, Tom und Jerry, López und Planes –, aber ich riß mich sofort wieder zusammen und sagte:
»Ich bin ganz entzückt von Mexiko.«
Ich war nicht verrückt. Es lag daran, daß ich allein war.
»Ja, es ist schön, nicht wahr?«
Na und? Ich war immer allein gewesen.
»Es ist mehr als schön«, erwiderte ich, »es ist viel mehr als das. Vor allem ist es tragisch.«
»Und hast du viele Freunde in Mexiko?
Moment mal! Ich blieb stehen und sah sie an. War es nicht merkwürdig, daß sie mich sozusagen aus den Fängen der Polizei gerettet hatte? Wenn sie fliehen wollte, hätte sie das auch allein tun können, und es wäre sogar bequemer gewesen, denn sie konnte ja nicht wissen, daß ich so schnell wie eine Zwanzigjährige laufen konnte. Oder wußte sie es? Kannte ich diese Frau? Hatte ich sie vorher schon einmal gesehen? Hatte sie *mich* gesehen? Sie erschrak und wich einen Schritt zurück.
»Was ist los?« fragte sie mit Mühe.
»Nichts, meine Liebe, reg dich nicht auf. Ich dachte für einen Moment, daß du meiner Patentochter, der Pocha, sehr ähnlich siehst, aber wenn ich dich genau anschaue, sehe ich, daß es gar nicht stimmt, daß ihr euch überhaupt nicht ähnlich seid, es lag wohl am Licht. Was hast du gesagt? Ach ja, klar – also, nein, ich

habe nicht viele Freunde in Mexiko, nur zwei oder drei. Warum fragst du?«

Wir gingen weiter. Dort, irgendwo vor uns, mit jedem Schritt ein Stück näher, lag die Insurgentes.

»Ach, einfach so, weil du allein dort warst.«

»Dicke Marihuanaschwaden«, sagte ich.

Ich erklärte es ihr, bevor sie wieder Pardon fragen konnte. Sie sagte ja und erzählte mir einen Haufen verschiedener Dinge; sie sagte, daß der Besitzer ein Typ von der Regierung sei, und dann gebe es da noch einen anderen, der sich um den Kontakt zur Polizei kümmerte, und daß dieser mit Sicherheit das Bestechungsgeld unterschlagen hätte; deshalb hätte die Polizei die Razzia gemacht, aber er sei rechtzeitig verschwunden, und das, obwohl er sonst immer bis zum Morgen blieb. Sie erzählte es auf mexikanisch, natürlich, und sehr schnell, viel zu schnell. Vielleicht deshalb, weil wir jetzt schon fast an der Insurgentes waren.

Endlich waren wir da. Und nahmen sofort ein Taxi.

»Sag ihm deine Adresse«, schlug ich ihr vor.

»Aber...«, protestierte sie.

»Blödsinn«, sagte ich im Ton einer besorgten Mutter, der mir immer prima gelingt und die Mädchen furchtbar ärgert, »ich werde dich doch nicht um diese Uhrzeit mitten auf der Straße allein lassen.«

»Aber du mußt doch nicht nach Villa Coapa.«

»Woher weißt du das?«

»Als du mich gefragt hast, hast du nach dem Zentrum gefragt.«

Sie hatte recht, ja, ich hatte sie gefragt, wie wir wieder ins Zentrum kämen, als wir vorher in die kleine Straße eingebogen waren.

»Ja, natürlich, aber keine Sorge, ich lasse dich bei dir raus, und danach fahre ich weiter.«

Fast zwei Stunden später – ich lag schon im Bett, konnte aber nicht schlafen – sagte ich mir, daß ich die Sache wohl erst einmal zu den Akten legen mußte. Ich ging das Bild, das mir von der

Frau im Gedächtnis geblieben war, noch einmal durch, die hellblaue Kleidung, das hübsche, dümmliche Gesicht, den Klang ihrer Stimme, die Eisentür auf dem Flur im Wohnkomplex und vor allen Dingen mein Mißtrauen. Ich klappte den Aktendeckel erst einmal zu, und schon war ich eingeschlafen.

Ich fand sie, oder besser gesagt, ich fand Rolito am nächsten Abend im *El Parador*, wo man bekanntermaßen – oder wenn man es nicht weiß, kann man es im Reiseführer nachlesen – »sowohl eine geschäftliche Besprechung als auch eine amouröse Verabredung arrangieren kann«. Bei mir handelte es sich um Geschäfte. Nein, es waren keine Geschäfte. Um Liebe ging es auch nicht. Abenteuer in den Tropen. Auch nicht. Dienst am Vaterland. So ein Quatsch. Geschäfte, mein Kind, Geschäfte.
»Darf ich mich setzen, oder kompromittiert dich das?« fragte ich, als ich sah, daß er allein war.
Er lachte. Es gelang ihm überhaupt nicht gut, aber man muß zugeben, daß er einen bewunderungswürdigen Versuch machte. Allein, übernächtigt und ausgezehrt, obwohl es gar nicht früh am Morgen war. Er sagte, ja, setz dich, und hallo und wie geht's und was machst du so und all diese Dinge.
»So schlecht sieht es aus?« fragte ich ihn.
Zur Diskretion gehört auch zu wissen, wann man nicht diskret sein darf.
»Schlecht, also richtig schlecht... nein.«
»Dann geht es also aufwärts?«
»Nicht besonders.«
»Mensch, jetzt reicht's, hör auf, mit mir Katz und Maus zu spielen! Warum machst du ein Gesicht wie ein geprügelter Hund?«
Eine Maus ohne Gorgonzola, aber das sagte ich nicht, weil es nicht in meine Pläne paßte, so deutlich zu werden.
»Müde, überdrüssig, was weiß ich«, sagte er. »Ich brauche eine Million Dollar.«
»Ich auch.«
»Du bist reich.«

»Ha!«
»Erzähl mir nichts! Vielleicht bist du keine Gringa, aber du bist reich. Du machst Urlaub in Mexiko, wohnst in einem der teuersten Hotels der Stadt, du kleidest dich wie eine Göttin.«
»Wie eine Göttin, aah! Ich bin nicht reich. Ich hatte einen Ehemann, der mir ein paar läppische Pesos hinterlassen hat. Und ich habe gelernt zu leben, das ist alles.«
»Such dir einen anderen, der auch ein paar Pesos zu vergeben hat.«
Genial, das war wirklich genial. Ein Geschenk des Himmels. Meine geliebte Maus, ich kaufe dir zwei Tonnen Schweizer Käse, als Geschenk verpackt, aber ich würde es ihm nicht verraten – er war fähig, mich beim Wort zu nehmen. Genial: Er servierte mir Brülsen auf einem goldenen Tablett. Ein bißchen zu voreilig, meine Liebe? Na klar, was soll's? Ich dachte an die Volksweisheiten, an das Wasserbecken, an den Swimmingpool, ohne Wasser drin. Es blieb einfach genial: Das, was er mir auf einem goldenen Tablett mit Brüsseler Spitzendeckchen, Weihrauch und feierlicher Musik im Hintergrund servierte, war der perfekte Vorwand, ihn zu bitten, mir eine Einladung in das Haus von Brülsen zu verschaffen.
»Ach nein, mein Lieber«, sagte ich möglichst beiläufig, »nicht ein paar Pesos. Wenn ich mich entschließe, mir – zum zweiten Mal! – einen Ehemann aufzuhalsen, dann müßte es ein Typ mit einem Batzen Pesos sein. Oder besser, einem Batzen Dollars, einer Wagenladung, einem ganzen Berg voller Dollars.«
»Ich komme gleich«, lächelte mir der Kellner zu, und schnell wie der Wind war er an mir vorbeigerauscht.
»Meine Güte, in den mexikanischen Bars mußt du wirklich viel Geduld haben, bis mal jemand kommt und dich fragt, was du haben willst«, sagte ich.
Diese Ablenkung fiel unter die Rubrik des reinsten Luxus. Den Ball beherrschen nennen das die Männer, die sich ihr so etwas Banales wie Fußball interessieren. In diesem Fall paßte der Ausdruck genau, danke, meine Herren: Ich hatte die Gewißheit, daß ich alles tun konnte, was ich wollte; ich konnte über irgend

etwas Belangloses sprechen, Versteck spielen, abwarten, ihn irreführen und trotzdem am Ende dort ankommen, wo ich hinwollte.
»Sie sind gelassen«, sagte Rolito, »sie hetzen sich nicht, sie regen sich nicht auf, nichts. Es muß an der Höhe liegen.«
»Aber das ist absolut schwer.«
»Was?«
Er sah mich verwirrt an. Er hatte nichts kapiert, und ich verstand das, aber es amüsierte mich. Es amüsierte mich so sehr, daß ich ihn beinahe noch einmal in die Irre geführt hätte, aber es bestand die Gefahr, daß irgend jemand kam und uns unterbrach und so alles zunichte machte – denn ich hatte die Sache mit den vielen Leuten, die sie kannten, nicht vergessen. Ein guter Stratege weiß, daß er über seinen Tellerrand gucken muß, denn die Welt dahinter dreht sich weiter wie immer.
»Einen Milliardär zu finden und ihn zu heiraten«, sagte ich.
Nachdem der Spähtrupp ausgeschickt, die Spione eingeschleust, die Bärenfallen aufgestellt waren, konnte ich nun in aller Ruhe zu den unvergänglichen Gipfeln des Sieges schreiten – also holte ich meinen Spiegel und einen Lippenstift heraus und zog mir die Oberlippe nach. Und da ich schon einmal dabei war, die Unterlippe auch. Keine der beiden mußte nachgezogen werden, und als ich fertig war, fühlte ich mich wie in den Tuschkasten gefallen, aber Paris ist eine Messe wert, und Brülsen war es wert, eine Extraschicht *Dawn Rose* aufzutragen, sogar zwei.
»Ja, das stimmt«, sagte Rolito und ließ sich ablenken, schon hatte er die ganze Sache vergessen.
Ich schwieg ganze fünfzehn Sekunden lang. Fünfzehn. Ich zählte sie. Das ist gar keine so kurze Zeit, wie man denkt.
»Ich weiß schon, was wir tun können«, sagte ich, als ich bei sechzehn war. »Vierzehn, fünfzehn, sechs und zehn, wer hat die kleine Hex gesehn?«
Rolito sah mich an und ich ihn, und ich dachte an die Siestas voller Gelächter. Ich wartete noch einmal sieben Sekunden. Auch die zählte ich.

»Was?« fragte er.
Diesmal wartete ich nicht.
»Ihr beide findet zwei Millionärinnen und ich einen Millionär, wir heiraten alle und segeln mit unseren Yachten von 80 Metern Länge um die Welt.«
»Phhh«, machte er.
»Wir machen eine Liste«, sagte ich, »von allen Millionärinnen und Millionären. Los, Rolito, raff dich auf, wir gehen einfach die Gästelisten der teuren Hotels durch, na los, du kennst doch schließlich alle Portiers!«
Das war nicht mehr als ein unschuldiger Scherz, um einen Freund aufzuheitern, der einen Frust hatte.
»Oder noch besser«, mir fiel etwas ein, welch eine brillante Idee, »laß uns lieber alle Millionärinnen und Millionäre heraussuchen, die in Mexiko leben, damit uns keiner entgeht, das ist es, wir schauen einfach im Telefonbuch nach!«
»In Mexiko gibt es keine.«
»Telefonbücher? Was meinst du, es gibt keine? Sie nennen sich vielleicht Adreßbücher – eine blödsinnige Bezeichnung –, aber es gibt welche.«
»Millionäre meine ich.«
»Was für ein Quatsch!«
Wieder war ich still, aber ich gedachte nicht, es lange zu bleiben. Diesmal mußte ich mir noch nicht einmal die Mühe machen. Ich sah, wie es plötzlich bei ihm klick machte. Man sah es an seinem Gesicht, an der Art, wie er den Kopf hob, an der Bewegung seiner rechten Hand, die sich vom Tisch löste, daran, daß seine Augen, die vorher ruhelos umhergeirrt waren, plötzlich ein Ziel fanden, an seinem Unterkiefer, der sich ein Stückchen in Richtung Oberkiefer hob.
»Es gibt einen hier in Las Lomas«, sagte er, »und Witwer ist er auch noch. Er ist allerdings kein Mexikaner, sondern ein Landsmann von dir.«
»Ach nein, dann nicht, ich möchte lieber in Mexiko wohnen. Nach dem Trip mit der Yacht, meine ich.«
»Wenn du willst, stelle ich ihn dir vor.«

»Aha, ihr verkehrt also sogar schon mit Millionären, guck mal einer an. Na gut, stell ihn mir vor, vielleicht... wer weiß?«
»Na ja, in Wirklichkeit ist er nicht direkt ein Freund von mir, aber... ich hab's...«, einmal im Jahr hatte auch er eine brillante Idee, »wir gehen zu Hekke.«
»Er heißt Hekke? Wie furchtbar.«
»Nein, er heißt Félix.«
»Wie furchtbar!«
»Sobald Fred kommt, gehen wir. Hekke ist ein guter Freund von uns, und er kennt den Typen sehr gut und wird uns eine Einladung besorgen. Er hat uns schon zweimal mitgenommen.«
»Laß mal, das war doch nur ein Scherz.«
»Nein, im Ernst, du wirst schon sehen, Fred kommt mit.« Sein Frust war vorbei. »Hekke ist ein ganz ulkiger Typ, und er ist ein Freund von Brülsen.«
»Von wem?«
»Von Brülsen, deinem Millionär.«
»Ach«, sagte ich und stellte mich dumm, »es ist nicht *mein* Millionär, du brauchst ihn mir nicht aufzuhalsen, er ist bestimmt todlangweilig.«
Der Kellner kam. Gerade zur rechten Zeit, als wären wir mitten in der Generalprobe mit Kostümen. Ich bestellte, ich weiß nicht, was, denn ich war so zufrieden mit mir. Selbst wenn ich einen Ballen Alfalfa bekommen hätte, hätte ich ihn heruntergebracht, ohne mich gedemütigt oder beleidigt zu fühlen.
»Da kommt er.«
»Der Millionär?«
»Nein, Fred.«
Schon wieder frustriert, der Arme.
Fred dagegen strahlte: Neun von zehn braungebrannten Jungs, angeschwemmt in Paris oder Mexiko, spezialisiert auf alleinstehende Damen, schrubben sich dreimal am Tag die Zähne mit Zahnweiß. Von weitem konnte ich nicht anders – denn ich kann zwar eine Dame sein, aber vierundzwanzig von vierundzwanzig Stunden bin ich's nicht, und ich bin weiß Gott alleinstehend, aber niemals eine Kandidatin für bezahlte Romanzen, eine soge-

nannte Pute –, als sein Lächeln zu bewundern. Rolito haßte das Lächeln.
»Ah. Kommst du auch noch mal?«
Wenn er vorhatte, giftig zu sein, bekam er zehn Punkte.
»Nein«, sagte Fred, ließ sein verhaßtes Lächeln unglaublicherweise noch breiter werden und schloß die Augen halb, »ich bin immer noch dort.«
»Wo ist dort?« fragte ich. Hätte ich doch nur geschwiegen!
Fred setzte sich.
»Im Zimmer einer reizenden Frau, zart, romantisch, traurig, sanft und gekleidet in Altrosa«, sagte er so, als würde er nur mir ein Geständnis machen.
Zum Glück hatte ich eine fixe Idee zwischen den Augenbrauen, vor den Augen, in den Fingerspitzen, im Zwerchfell und in der unsterblichen Seele – denn wenn nicht, wäre ich schwach geworden. Und wenn ich erst einmal schwach werde, bin ich ganz sicher verloren. Rolito schnaubte und fauchte Rauch und Funken vor Wut.
»Hast du ihr wenigstens was abgenommen?« bellte er.
Fred erstarrte inmitten seiner Geste, ein Fältchen am tadellos sitzenden Hosenbein seiner tadellosen Hose zurechtzuzupfen.
»He?«
Angriffslustig baute sich Rolito vor ihm auf. Das war keine Maus ohne Gorgonzola, armer Rolito, das war eine Kanalratte, die die Zähne zeigt, fest entschlossen, ihr Nagetierleben teuer zu verkaufen und die schwarze Pest zu übertragen, wenn sich die Gelegenheit bot.
»Sie dauert schon ziemlich lange, diese Sache«, zischte er.
London, 1665.
Aber wenn sich Fred vorher auch von dem Gebell hatte erschüttern lassen – Moment mal, Ratten bellen nicht; was tun Ratten, außer in Kanälen herumlaufen? Trompeten sie? Nein, die, die trompeten, sind Elefanten, die – so sagt die Volksweisheit – ein unfehlbares Gedächtnis haben und sich vor Ratten erschrekken –, diesmal ließ er sich absolut nicht aus der Ruhe bringen.

»Ich arbeite langsam, das weißt du doch«, sagte er.
Danach sah er mich an und lächelte mir zu; ist gut, Junge, genug jetzt mit dem Perlweiß.
»Sorgfalt«, sagte er zu mir, »Sicherheit, und der Gewinn ist um so besser, das ist mein Motto. Alle Welt zufrieden, die Kundin hat immer recht, und wenn sie gehen, zurück in ihre Länder voller Kälte und Nebel, weinen sie die Kissen voll, wenn sie an mich denken, aber was soll man tun, die Welt ist so groß!«
»Gewinn«, sagte Rolito. »Gewinn ist das, was du herauskriegst, ja, und ich würde zu gerne wissen, in welcher Größenordnung. Das ist es, was ich zu gern wissen möchte!«
Er wiederholte sich, der Junge, aber man muß das verstehen – mit dieser riesigen offenen Wunde mitten in seiner Brust seit so langer Zeit. Seit drei Jahren mindestens.
»Ach, das würdest du zu gern wissen, he?« meinte Fred, ohne zu lächeln.
Nein, einen Moment, mein Junge mit dem butterweichen Pappherzchen, einen Moment, nein, nein und nein, weder du noch du, keiner von euch beiden wird mir den Braten verderben, den ich mit soviel Sorgfalt vorbereitet habe, aber nein. Macht eure lächerlichen Streitereien doch unter euch aus, später und woanders, denn jetzt müssen wir uns erst mal um meine Sache kümmern. Genau das dachte ich, wörtlich. Ich schlug mit der flachen Hand auf den Tisch, weder besonders hart noch besonders vorsichtig, aber laut und kräftig genug, um sie – für den Anfang – erst einmal zum Schweigen zu bringen.
Sie schwiegen, und ich sah sie an, zuerst den einen und dann den anderen, aufmerksam; ich weiß nicht mehr genau, wen zuerst und wen danach, aber mit der eindeutigen Absicht, sie durch meine eigenen Hände eines gewaltsamen Todes sterben zu lassen.
»Wollt ihr hier eine Szene machen?«
Fred versuchte, sein Lächeln wiederzugewinnen, und es gelang ihm nicht. Rolito versuchte gar nichts. Vielleicht hätte ihn das Wort ›wiedergewinnen‹ beleidigt. Ich sprach es nicht aus.
»Fangt ruhig an, ich halte euch nicht davon ab«, sagte ich wei-

ter, »ich finde es jämmerlich, aber ich halte euch nicht davon ab. Jeder hat seine kleinen Wehwehchen, und wenn es einem guttut, sich in der Öffentlichkeit Luft zu machen, dann muß man das eben tun. Ich würde das niemals machen, aber natürlich, ich bin auch anders erzogen worden. Na los, fangt an, ich spiele die Schiedsrichterin. Neutral, anständig, streng, unbestechlich.«

»Sei nicht böse«, sagte Fred.

»Mein Lieber, an dem Tag, an dem du mich böse siehst, wirst du weder Zeit noch Lust haben, mir zu sagen, ich soll nicht böse sein. Du würdest den Schwanz zwischen die Beine klemmen und dich am Rockzipfel deiner Mutter festklammern. Ich bin nicht böse, ich bin höchstens leicht gereizt. Wahrscheinlich liegt es daran, daß mich euer Scheißkram nervös macht.«

»Sei nicht böse, ehrlich«, lächelte er – gut, bravo! – »sei nicht böse, du hast ja recht, wir sollten uns nicht um Geld streiten.«

»Um Geld?«

»Wir trinken noch was, plaudern über irgend etwas Nettes, und dann gehen wir zu dritt da hin.«

»Zu diesem Freund von dir mit dem komischen Namen?« Das war ein wenig übereilt von mir, aber ich wagte es.

»Welcher Freund?«

Es war genau richtig, denn diese Taktik – sich mit offenen Augen herabzustürzen, auch wenn die nötigen Informationen in bezug auf die Wasserhöhe fehlen – kam mir zugute. Wenn ich nachgedacht hätte, wäre mir aufgefallen, daß meine plötzliche Wiederaufnahme des Themas genau das war, was Rolito brauchte, um wieder zu unserem Gespräch zurückzufinden, ohne seine Ehre zu verlieren.

»Hekke«, sagte er.

»Hekke! *Du* kennst Hekke?«

»Überhaupt nicht«, gestand ich.

»Wir haben uns über Millionäre unterhalten.« Rolito sprach weiter, jetzt endgültig zurückgekehrt in die Welt der lebenden, vernünftigen, wohlerzogenen Gentlemen, die in der Öffentlichkeit niemals rülpsen.

»He?«

Fred kapierte das mit den Millionären nicht, nachdem wir von Hekke gesprochen hatten. Rolito erklärte es ihm, und Fred verstand immer noch nichts, denn Rolito servierte ihm die Erklärung zwar ohne Einbuße seiner Ehre, aber mit mehr als einem Rest schlechter Laune und mit abgewandtem Blick, denn schließlich ging es darum, sich nicht mit Pferden und Reitern und ohne Bedingungen zu ergeben und die reiche Beute dem Feind kampflos zu überlassen.
Da haben wir's, dachte ich. Jetzt verirren wir uns in den Mäuselabyrinthen der Laboratorien, in der Exegese, in Berichtigungen und Interpretationen, und da kommen wir nicht wieder raus. Es stand so wackelig, mein Gerüst aus Worten, Witzen und Andeutungen, es schwankte so sehr, daß es nur noch kurze Zeit gerade stehen würde, und jetzt wohl noch kürzer, da von links der Pampero pfiff und von rechts der Mistral.
Es war Fred selbst, der uns den Weg zum Ausgang freiräumte: »Mà, ja, ich verstehe zwar nichts, aber du hast recht, wir sind ja bescheuert, vergeuden hier die Zeit, wo Hekke doch so ein witziger Typ ist, wir stellen ihn dir vor, er wird dir gefallen und außerdem, Baby... Whisky vom Feinsten, Tequila, Rum, Gin, alles, was du willst, aber er ist Abstinenzler, na, was sagst du?«
Es gefiel mir gar nicht, daß er mich Baby nannte, aber ich schluckte es. Ich sagte: »Wie, Abstinenzler?«
»Ist er, na, du wirst schon sehen.«
Das Auto stand ganz in der Nähe, und wir fuhren zu Hekke. Rolito blieb bei seinem gequälten, langen Gesicht, Fred blieb bei seinem strahlenden Lächeln, und ich blieb bei ihnen und dachte an die gute Fee, die mich zu Brülsen bringen würde. Mäuse hatten wir schon einmal für den Anfang. Warten wir auf die Kalebasse.

Das geschah mir recht. Es geschah mir mehr als recht, denn ich war voller Vorurteile, Hoffnungen, rosa Träume mit blauen Prinzen auf weißen Rössern oder in goldenen Daimlern oder Datsuns. Mit anderen Worten, zuviel Technicolor, und das ist ein böser Fehler, wenn man einen kühlen Kopf und einen ruhi-

gen Puls haben muß. Das Problem war nämlich, daß ich den Boden unter den Füßen verlor, als sie ihn mir vorstellten, und wie!
»Er ist Finne«, sagte Rolito.
»Däne«, sagte Fred.
»Finne.«
»Däne.«
»Finne.«
Sie beteten mir diese Litanei genau im Rhythmus des tuckernden Autos herunter, in dem wir zu Hekke Römberg fuhren.
»Jetzt reicht's«, sagte ich. »Ist doch egal. Meinetwegen kann er Zulu, Paraguayaner oder Monegasse sein.«
»Na gut, aber er ist Finne.«
Fast hätte ich ihm eine Ohrfeige verpaßt. Ich drohte damit, sofort aus dem Auto auszusteigen, und sie blieben still, weil sie nicht allein sein wollten. Und dann begann ich – Finne, Däne, Finne – von Erik dem Roten zu träumen, dem blonden, athletischen Riesen, der die blauen Augen starr auf den fernen Horizont gerichtet hatte und die Meere umsegelte auf der Suche nach dem Abenteuer, der Sonne, der Herrschaft über diese Welt, dem Geheimnis, irgend etwas, das ihn dazu verpflichtete, am Bug seines Schiffes den Stürmen zu trotzen.
Aber während Fred und Rolito erzählten und erzählten, verdorrte der athletische, blonde Riese langsam und schrumpfte immer mehr ein, die blauen, vom Horizont trunkenen Augen gingen unter zwischen Krähenfüßen und schlaffen Augenlidern, der sinnliche, lachende Mund fiel ein an den Mundwinkeln, auf der stolzen Nase sprießten Pickel und Härchen, die schwieligen Hände am Steuerrad begannen zu zittern, die Baritonstimme verzerrte sich zu schrillen und weinerlichen Tönen, was sollte man sonst von einem Typ erwarten, der schwul war und Antiquitäten sammelte, von dem niemand wußte, wie alt er war, ob dreißig oder sechzig, der Klavier spielte und ein sechseckiges Bett hatte, von dem er behauptete, es habe Mata Hari gehört? Und das war die gute Fee, die den Dietrich besaß, den ich brauchte, um in Brülsens Haus zu kommen.

»Ist er wenigstens nett?« fragte ich.
Sie sagten, ja, sehr nett. Sie sagten, er sei noch eine ganze Menge anderer Dinge. Zuvorkommend, gebildet, ganz der Caballero, geistreich, und in dem Stil ging's weiter, bis ich die Lobreden leid war.
»Hekke Römberg, der Herr des Hauses«, sagte Fred oder Rolito, oder was weiß ich. »Hekke, das ist unsere Freundin aus Argentinien.«
Das geschah mir recht – ich mit meinen Vorurteilen. Meine rechte Hand verlor sich in einer breiten und kräftigen Hand, schwielig vom langen Halten des Steuerrads, des Ruders, des Tennisschlägers, des flammenden Schwertes. Zwei blaue Augen lösten sich vom Horizont und blickten mich unter einem Paar blonder und buschiger Augenbrauen an. Eine Baritonstimme, die aus einem sinnlichen Mund mit nach oben gerichteten Mundwinkeln kam, sagte mir mit dänischem oder finnischem Akzent, daß er sich freue, mich kennenzulernen.
»Fühl dich wie zu Hause, mein Schatz, wir sehen uns später«, lächelte Erik der Rote mir zu.
Es war wirklich ein ganz besonderes Erlebnis, zuzuhören, wie dieser Wikinger Mexikanisch mit skandinavischem Akzent sprach, aber ich wollte nur, daß er wegging, daß er wegging und aufhörte, mich anzuschauen. Konnte Gott Thor Gedanken lesen oder nicht? Natürlich konnte er's. Wenn nicht, war es kein dankbarer Beruf, ein nordischer Gott zu sein; für all diese Kälte, diesen Schnee, diese Fjorde, diese Dunkelheit am Mittag mußte es doch irgendeine Entschädigung geben, mal abgesehen vom Hammer. Er würde bemerken, daß ich gedacht hatte, auf ein klappriges, geiferndes altes Hutzelmännchen zu treffen – und warum das alles? Vorurteile. Das liegt alles am System, sagte ich mir, aber ich überzeugte mich nicht.
Jemand drückte mir ein Glas in die Hand, der blonde Gott ging und begrüßte die Leute, die ankamen. Fred sprach mit einem Typ mit rundem Gesicht und quadratischem Körper. Rolito hatte sich in Luft aufgelöst. Eine Pause sei dir gegönnt, Thor, aber bereite dich darauf vor, daß du derjenige bist, der mich zu

Brülsens Walhalla führen wird. Zum Teufel, es gab zu viele Nachnamen aus dem nördlichen Sternenhimmel in meinem Abenteuer. Kerr zum Beispiel, war Kerr nicht ein Nachname, der deutsch klang? Er klang nach einem falschen. Er stank nach einem falschen. Aber Brülsen, die Walhalla, Hekke Römberg, das war schon eine Konstellation, obwohl die Walhalla ein Beitrag meinerseits war. Bildschön, er war bildschön im wahrsten Sinne des Wortes, obwohl weder ich noch eine andere Frau etwas davon haben würden. Erik der Rote mit der Hand am Steuerrad und eine kleine weiße Maus, die sich in ihrem Drahtlabyrinth um sich selbst drehte, passen Sie mir auf dieses Paar auf, Doktor Marcelo Jot. Sollte ich wetten, daß Rolito schon gar keinen Platz mehr für jemand anderes hatte? Ich wettete nicht. Ich wettete nicht, sondern machte eine Runde durch das Haus. Niemand hatte mich eingeladen, das zu tun, aber niemand hinderte mich daran.

Parterre und erster Stock. Marmortreppe mit einem Geländer aus Holz und Bronze, Statuen von Jünglingen und Mädchen als Füße für Lampen mit unterschiedlichem Licht, riesige Vasen, Ming oder T'ang oder Sèvres oder Talavera oder Coyotepec, ich weiß nicht, was für welche, und es interessierte mich auch nicht, und ich würde mir solche Dinge zu Hause weder neben die Tür noch unter die Treppe stellen. Um die Decken beneidete ich ihn schon, Kassettendecken, mit Zierleisten und indirektem Licht. Bilder, Teppiche, ein spanischer Innenhof, versteckt in einem Zwischengeschoß, und alles ein wenig staubig und vernachlässigt. Was sammelte dieser Mann wohl? Schiffe in Flaschen – ich hatte gerade zwei davon auf einem Tisch mit Marmorplatte gesehen. Nein, Fächer, einen in einem vergoldeten Rahmen hinter geschliffenem Glas mit Bronzeecken, einen anderen in einem Pult, zwei weitere in einer Vitrine, in der auch Sonnenschirme und Stöcke standen. Nein, auch nicht. Bilder, das war es. Er sammelte Bilder. Einen Moment bitte, dies waren keine Bilder.

Ikonen. Er sammelte Ikonen.

Ich hatte eine Ikone zu Hause. Vor vielen Jahren in Piräus ge-

kauft und möglicherweise falsch. Das Haus von Hekke Römberg war vollgestopft mit Ikonen, die möglicherweise echt waren. Ich hörte auf, mir die Vitrinen, Möbel und Fächer anzuschauen und führte mir statt dessen eine Riesenportion Jungfrauen, Apostel und Erzengel zu Gemüte. Goldene Madonnen mit Händen hinduistischer Tänzerinnen wiegten dicke Kinder, die mit kitschigen Heiligenscheinen gekrönt waren, und schwebende Putten sangen dem Herrn ein Loblied. Um die Ikonen herum waren auch Leute, aber die interessierten mich weniger. Ich traf auf schmachtende Rothaarige, teilnahmslose Brünette, strahlende Jünglinge, Männer mit leeren Augen; schließlich sprach ich sogar mit ihnen, aber es war nicht so, daß wir uns viel zu sagen hatten. Es war wie in einem großen Wartesaal, in dem Erfrischungen serviert wurden. Hat vielleicht schon jemand eine Rede darüber gehalten, daß in der Arbeit eine Befriedigung liegt? Wollten all diese Frauen und all diese Typen auch zu Hekke, so wie ich? Nein, es war nicht einmal sicher, daß sie etwas wollten oder daß sie jemals etwas gewollt hatten. Und wenn sie etwas gewollt hatten, hatten sie's vergessen, und die Rede würde sie vollkommen überraschen. Das war nicht meine Sache. Die Ikonen schon. Ich ertappte mich dabei, ernsthaft darüber nachzudenken, ob ich nicht eine klauen sollte. Ich berechnete die Höhe des Wassers und entdeckte, daß weder Hindernisse noch Skrupel zu sehen waren. Ich würde mir eine aussuchen, so als wollte ich sie wirklich klauen. Ich war gerade dabei, als Thor in meinem Blickfeld erschien. Mit ihm hatte ich gesprochen, belangloses Zeug, aber wir hatten miteinander gesprochen, dieses belanglose Zeug, das man sich erzählt, wenn man mit dem Gastgeber in einem Zimmer ist – vier Wände, Decke, Türen, Gardinen –, und sowohl er als auch ich hielten unser Glas in der Hand. Meins war leer, und seins war bis zum Rand voll mit Orangensaft.
Und ich fragte:
»Warum Ikonen?«
Er fragte nicht, warum nicht, und dafür war ich ihm dankbar.
Er sagte:

»Weil sie mich ansehen.«
Der Mann gefiel mir. Nicht als Beute und nicht als Dietrich, sondern als ein Typ, der eine Frage beantworten kann. Wo gibt es schon jemanden, der wirklich ehrlich auf die Frage antwortet, die man ihm stellt?
»Ja«, erwiderte ich, »sie haben mich angeschaut, seitdem ich hier drin bin.«
Er war auch dankbar.
»Ah, du hast es gespürt?«
»Jaha. Ich bin nicht sicher, ob es mir gefällt.«
Wir hatten angefangen, durch das Haus zu schlendern, von einem Zimmer ins nächste. Keiner von uns machte die Lampen an, denn in einigen Zimmern brannte schon Licht, und in den anderen war es nicht nötig.
»Kann man das ertragen?«
Als ich das sagte, verstand ich.
»Jetzt verstehe ich«, sprach ich weiter. »Es ist dieser Blick, den du spüren willst, weil du den anderen nicht ertragen kannst.«
Aber er sah mich nicht an. Das Lachen blieb ihm im Hals stekken.
»Ja klar«, meinte er, »aber wie kommst du darauf? Ich habe immer geglaubt, daß Frauen nichts davon wissen können, und jetzt kommst du, und es stellt sich heraus, daß sie's wissen.«
»Wir sind eben dumm, mein Lieber, hast du das noch nicht gemerkt? Aber die Männer fordern uns pausenlos auf, vernünftig zu sein, und wir Armen können das nicht. Wir sind dumm, wir wissen zu viel.«
»Weiter, ich bin gespannt«, meinte er.
Einen Flur, ein Vorzimmer und zwei Zimmer lang gingen wir schweigend. Ich legte los, bei Thor kann man das.
»Du schläfst mit Männern, weil du den Blick von Angesicht zu Angesicht nicht ertragen kannst. Ein Rücken schaut dich nicht an, der Nacken ist taub und stumm. Klar, du könntest auch im Dunkeln mit einer Frau schlafen, aber weil du ein Mann bist, der die Sonne und das Licht liebt, und weil der Blick da ist, auch wenn du ihn nicht siehst, ziehst du einen Jungen vor. Und ich,

ich glaube, daß das alles sinnlos ist, weil der Blick dich nicht losläßt, man kann ihn nicht abschütteln, es ist nicht der Blick des anderen, sondern das Spiegelbild deines eigenen.«
Das Mexikanische färbte auf mich ab, hoffentlich mit argentinischem Akzent, nicht mit finnischem oder dänischem. Mal sehen, ob ich demnächst Schwedisch oder Finnisch reden würde. Und dann? Es ist keine Frage von Sprachen, Erik.
»Und was ist mit den Ikonen?« fragte er.
»Die Ikonen, weißt du«, sagte ich, »mit den Ikonen ist es genau das gleiche, sie sind wie die Kathedralen der Gotik. Nicht das Streben nach Gott hat sie errichtet, sondern die Last der Schuld.«
Er blieb stehen.
Er drehte sich um und sah mich an. Er legte mir die Hände auf die Schultern und sah mich weiter an. Es war weder der gefürchtete Blick noch der Blick der Strafe.
»Hör mal«, sagte er, »warum willst *du* bloß einen verdammten Millionär heiraten?«
Der Schreck fuhr mir in die Glieder. Diese Idioten hatten ihm die Wahrheit gesagt oder das, was sie für die Wahrheit hielten. Und wenn Erik der Rote die Nase voll hatte von Blicken und vom Orangensaft und es Brülsen erzählte? Der Schreck verging in zwei Zehntelsekunden, beziehungsweise in der Geschwindigkeit eines Gedankens – und die muß beträchtlich sein. Sollte er's ihm doch erzählen! Hoffentlich erzählte er's ihm. Das würde alles erklären. Meinen Aufenthalt, meine Beharrlichkeit, alles. Und so würde aus einer verdächtigen Frau eine schrullige Person fortgeschrittenen Alters, die – naiv wie sie war – glaubte, sich einen Millionär angeln zu können. Man würde mich nicht mehr verdächtigen, sondern sich über mich lustig machen. Man würde mich für harmlos halten. Phantastisch, man würde mich für harmlos halten! Und meine Selbstachtung? Und meine Würde? Ach, zum Kuckuck mit der Selbstachtung und der Würde! Hunderttausend Dollar, Bucharateppiche, Vasen aus Alabaster, das beste Hotel, Flug in der ersten Klasse, prächtige Geschenke für meine Töchter und Enkel. Zum Kuckuck mit der

Selbstachtung, sie kümmert mich nicht die Bohne – die ich übrigens am liebsten püriert und mit Guacamole esse.
Ich warf ihm einen betretenen Blick zu.
»Mach dir keine Sorgen«, sagte Hekke Römberg, »von mir erfährt niemand etwas. Am Donnerstag gibt Teo ein Essen, und du gehst mit mir dahin.«
»Könntest du« – ich flocht eine Pause ein – »mich wirklich mitnehmen?«
»Kann ich«, antwortete er.
Die ganze Zeit lang hatte er die Hände auf meinen Schultern. Ich weiß nicht, wie lange wir noch so dagestanden und uns angeschaut hätten, wenn es nicht unten plötzlich laut geworden wäre. Ich weiß nicht, wie lange, denn wir waren im oberen Stockwerk, und auch hier hingen überall Ikonen und schauten uns an.
Er schenkte mir ein Lächeln, drehte sich abrupt um, und schon war er auf der Treppe verschwunden. Das machte mir nichts. Endlich war ich am Tor angekommen und hatte den Dietrich in der Hand, und ich beschloß, daß, wenn ich mir schon eine Ikone klauen würde, es der Heilige Diofrasto sein würde, der dem Jesuskind Luft zufächelte. Das tat er wirklich!

Ich wachte früh um sieben auf, fest entschlossen, mich in der Kunst der Geduld zu üben, heute nicht rauszugehen, um Fred und Rolito nachzuspüren, sondern durch die Stadt zu schlendern wie die unbeschwerte Touristin, die ich angeblich war, mich darauf zu verlassen, daß achtundvierzig Stunden ein Tröpfchen im Meer der Zeit waren, und sorgfältig zu überlegen, was ich für meinen Auftritt in dem Haus in Las Lomas an Hekke Römbergs Arm anziehen würde. Etwas Diskretes und Elegantes, aber mit persönlicher Note, auf keinen Fall so einen schwarzen Rock mit weißer Crêpebluse, eine Perlenkette und ein Paar dieser Damenschuhe, die weder einen besonders hohen noch niedrigen, noch besonders breiten, noch schmalen Absatz und ein goldenes Riemchen am Spann haben.
Ich ließ mir das Frühstück hochbringen und nahm mir dafür so viel Zeit wie möglich – es war nicht besonders lange. Schon

gegen halb neun war ich es leid, mich in Geduld zu üben, oder – um es mit den Worten anderer zu umschreiben – meine innere Stimmung entsprach nicht den äußeren Umständen. Ich nahm das Telefon zur Hand und meldete vier Ferngespräche an. Unten in den Telefonzellen mit Selbstwählservice war es weitaus billiger, aber ich wollte dem Doktor Kerr eine gepfefferte Spesenrechnung präsentieren.
Er würde zu mir sagen:
»Aber meine liebe Señora!«
Und ich würde ihn unterbrechen: »Was? Gibt es irgendwelche Klagen?«
Es würde sich alles zum Besten entwickeln, wie, Klagen? Das Telefon klingelte.
»Ich dachte mir, daß du es bist«, sagte Inés, »als ich das Tut, Tut für Ferngespräche hörte.«
Ich sah sie vor mir, sie stand neben dem kleinen Telefontischchen. Im Haus lag dieser leichte Duft nach Brighton-Parfüm, Sauce Béarnaise und Leder, ein Geruch, der an all ihren Sachen haftet und an allem, was sie berührt.
»Inés, Liebes, wie geht's dir?«
Es ging ihr gut, sie war zu Hause, stand neben dem kleinen Telefontischchen, und ich sprach mit ihr von ›so weit weg‹.
»Gut geht's mir. Es ist alles bestens in Ordnung, kein Grund zur Sorge, amüsier dich!«
»Amüsier du dich auch«, ermunterte ich sie, weil ich nicht wußte, was ich ihr sagen sollte und wie, »das ist das beste, was man tun kann, wenn man schwanger ist.«
Sie erzählte mir, daß sich Julio darum kümmere.
»Daß du schwanger bist? Ja, na gut. Das dachte ich mir.«
»Aber nein, darum, daß ich mich amüsiere.«
Sie fragte mich, ob ich nach Acapulco fahren würde, und ich antwortete, ich würde nicht fahren – ach, ich solle doch nicht so langweilig sein. Dann berichtete sie mir, daß sie zu Hause gewesen wäre, daß sie mit dem Gärtner geredet hätte und daß Zulema mich grüßen ließ. Viele Grüße an Julio – hör auf mich und fahr nach Acapulco – paß auf dich auf, tschau.

Das Telefon klingelte wieder.
»Mamii!« – anscheinend errieten sie, daß ich es war, bevor ich auch nur hallo sagen konnte.
»Wie geht's meiner Kleinen?«
»Deiner Kleinen geht's blendend, du solltest mich sehen, einfach blendend – hast du dir schon einen Mann angelacht? Ist Mexiko immer noch so aufregend? Hier ist es super, es ist Frühling, du müßtest hier sein, oder nein, lieber nicht, amüsier dich gut, bring mir Tuniken mit, Sandalen, diese blauen Dinger aus Glas, alles mögliche, aber keine bemalten Puppen, die mag ich nicht, ich finde sie unheimlich, komm bloß nicht auf die Idee, dazubleiben und dich in Guanajuto niederzulassen! Wo bist du denn jetzt? Nimm dich bloß vor den Yankees in acht!«
Und so ging's noch ein Weilchen weiter.
Ich hatte kaum aufgelegt, da klingelte das Telefon wieder. Flavia war nicht da, aber Guillermo, und ich sprach mit ihm. Er war erkältet und nieste mir fünfmal ins rechte Ohr. Ein Mann mit einer Erkältung ist eine Plage, für die es meiner Meinung nach kein passendes Adjektiv gibt. Wenn man einen erkälteten Mann zu Hause hat, verliert man den Orientierungssinn und den Sinn für Proportionen, seine Begeisterungsfähigkeit, die Lust am Leben, das körperliche und psychische Gleichgewicht, den Muskeltonus, die Stimme, Eros, die Spannkraft der Haut, die Klarheit des Blicks, man verliert einfach alles. Und wenn dann die Erkältung vorbei ist und der Mann das Haus verläßt, wirft man einen Blick in die Runde und fragt sich, wie es kommt, daß man noch unter den Lebenden weilt. Abends kommt er nach Hause und schlägt vor, ins Kino zu gehen; du weigerst dich entschieden, und er sagt, Mensch, du bist ja unerträglich in letzter Zeit. Ein Mann mit einer Erkältung kann über nichts reden, was nicht mit seiner Erkältung zu tun hat. Nicht einmal über seine Frau, die zu allem Unglück auch noch ausgegangen war, anstatt ihm das Händchen zu halten und ihm kalte Tücher auf die fiebrige Stirn zu legen. Ob es Flavia gut ging? Ja, gut, aber er war so furchtbar erkältet, ob man das nicht an seiner Stimme hören konnte? Ja, natürlich, man konnte es hören, so ein Pech, in die-

ser Jahreszeit eine Erkältung zu bekommen, oder? Wenn sie zurück sei, würde er ihr sagen, daß sie mich anrufen solle – *wenn* er daran dachte, denn diese Erkältung war ihm so in die Glieder gefahren, daß er alles vergaß. Nein, bitte, sie brauchte nicht anzurufen, ich sei wahrscheinlich nicht da, ich wollte mich nur erkundigen, wie es ihnen ginge, sonst nichts. Alles in Ordnung, bis auf diese Erkältung, die ihn schlimm erwischt hatte, und jetzt kam es ihm so vor, als hätte er auch noch eine Bronchitis, das fehlte ihm noch. Heiße Leinenwickel und Dampfbäder. Was? – fragte er. Mein Ohr war es leid. Wir schickten uns Grüße und legten auf.
Das Telefon klingelte nicht noch einmal. Ich sah es fest an, na los, noch einmal – nichts passierte. Nach einer Weile rief ich unten an, und sie sagten, alles in Ordnung, aber die Leitungen seien zur Zeit überlastet. Also nahm ich ein Bad. Das hilft sonst immer, aber diesmal half es nicht. Ich zog die Leinenhose an und eine weiße Baumwollbluse mit schmalen Ziersäumen, Sandalen, einen braunen Gürtel und wartete. Ich kämmte mich, kämmte mich noch einmal, blickte zum Telefon, sah wieder weg und zählte bis zehn, trank den Rest Orangensaft, und das Telefon klingelte.
Es war nicht Judy. Es war die Telefonistin, die mir berichtete, daß die Leitung gestört war; sie bat vielmals um Entschuldigung und – pardon? Nichts, das war ich, ich fluchte zwischen den Zähnen. Ich setzte mich und sann über mein Leben nach und bemühte mich um eine distanzierte, gelassene, möglichst objektive, genaue und skeptische Perspektive. Ich kam zu verschiedenen wichtigen Schlußfolgerungen wie zum Beispiel: daß ich das Museum für Anthropologie haßte, daß ich nach Hause wollte, daß Judy bestimmt ihr Kind verloren hatte und daß die internationale Telefonvermittlung Bescheid wußte und mich deshalb nicht verbinden wollte, daß Mexiko ein beschissenes Land war, daß Argentinien ein beschissenes Land war. Alle hochgewachsenen und gutaussehenden Männer waren entweder schwul oder Verbrecher oder beides; warum waren wir nicht alle in Japan oder Deutschland geboren, wo alle Leute

supertüchtig und organisiert waren, obwohl sie Nazis waren – natürlich war Japan kein Naziland, was war Hirohito? –, aber sie hatten ja schließlich nicht grundlos im Krieg zusammen gekämpft, sag mir, mit wem du verkehrst, und ich sage dir, wer du bist; all das war die Strafe dafür, daß ich auch im Krieg gekämpft hatte; was sollte ich tun, wenn das Telefon nicht klingelte und ich einen ganzen Tag lang nichts von Judy hören würde? Ich sollte mich besser beruhigen, weil ich sonst einen Herzinfarkt bekäme; wenn wirklich etwas passiert wäre, hätten die anderen Mädchen mir Bescheid gesagt, oder sie hätten mir nichts gesagt, um mir nicht diese vermeintlich »nette Reise» zu verderben; die anderen Mädchen konnten gar nichts wissen, wenn Judy allein zu Hause war und in der Badewanne ausgerutscht und seit vierundzwanzig Stunden ohnmächtig war oder um Hilfe rief und niemand sie hörte und alle Welt glaubte, alles sei in Ordnung; ›alles bestens in Ordnung, amüsier dich.‹ Ich traute mich nicht, Inés oder Flavia oder Atala noch einmal anzurufen, am wenigsten Inés, denn ihr konnte ja etwas zustoßen, aber wenn sie es erführe, würde es ihr genauso zustoßen – und das würde ich nicht überleben.

Ich überlebte bis zum späten Abend, als endlich die Verbindung klappte und Judy zu mir sagte: Hallo Mama, wie gut, daß du erst so spät anrufst, so erwischst du uns wenigstens, denn wir waren den ganzen Tag im Landhaus von Susana und Ale, und stell dir vor, du hättest früher angerufen und niemand wäre drangegangen. Ich konnte es mir vorstellen.

»Ich rufe erst jetzt an, weil ich auch den ganzen Tag unterwegs war«, sagte ich, »ich war in Tepotzotlan und bin gerade erst wiedergekommen; wie schön, daß ihr den ganzen Tag draußen und an der Sonne wart, ich finde das toll.«

Das mit Tepotzotlan stimmte, aber ich sagte nicht dazu, daß das einzige, was ich in dem Spiegel, der die Kuppel reflektiert, gesehen hatte, mein eigenes Gesicht gewesen war. Ich hatte von den Nonnen geträumt, die den Boden scheuerten und dabei vor sich hinträumten. Heute haben sie Bohnermaschinen. Aber an das Taufbecken wollte ich mich nicht erinnern. Ich hatte es sogar

berührt... wie warst du früher, und was ist jetzt aus dir geworden, in welche Machenschaften hast du dich verwickeln lassen! Ich bin alt, ich hätte mich nicht in so etwas einlassen sollen.
»Wie geht's meiner Enkelin?« war das, was ich schließlich sagte.
»Sie hat mir den ganzen Tag nicht eine ruhige Minute gelassen, du solltest mal sehen, wie sie sich bewegt!«
»Sie ist ungeduldig«, erwiderte ich, »aber das muß sie sich abgewöhnen, wenn sie da raus will.«
»Vielleicht will sie gar nicht.«
Da hat sie ganz recht, dachte ich.
»Sag ihr, wehe, sie kommt nicht!«
»Mama, wirst du zum Termin zurück sein?«
»Aber klar, ich bin so zehn Tage vorher zurück.«
Mauro kam ans Telefon und sagte mir, Vorsicht mit den Mexikanern, und ich solle für ihn herausfinden, wie teuer eine Kurzausgabe von Hunter sei und ob sie billiger war als die deutsche von irgend jemand anderem und daß er nicht mehr wüßte, ob der Laden auf der Tacuba oder auf der 5 de Mayo war, auf keinen Fall auf der Madera, aber ganz in der Nähe vom Bellas-Artes-Palast.
Ich wollte nicht aufhören, aber was blieb mir übrig?
Ich nahm ein Bad von fast einer Stunde, stieg zähneklappernd aus der Wanne, ging ins Bett und stellte den Fernseher an. Ich weiß nicht, was ich mir anguckte, aber es war so schlecht, daß ich mir die Dicke mit den schwarzen Satinhosen auf dem Sofa mit falschem Leopardenfell zurückwünschte. Als ich aufwachte, war es drei Uhr nachts, und der Fernseher rauschte und flimmerte. Entweder hatte ich diesen Tag nichts weiter getan, als einzuschlafen und aufzuwachen, oder das Leben lief plötzlich verkehrt herum.

Den Dobermann hatten sie eingesperrt, und das war mir recht, denn ich mag diese bösartigen Hunde nicht, der Park war viel größer, als er auf den Photos ausgesehen hatte, und Brülsen war nirgendwo zu sehen. Hekke nahm meinen Arm, und wir liefen

zwischen den Bäumen und Tischen herum und begrüßten irgendwelche Leute mit kleinen Freudenschreien, die noch falscher klangen als der Nachname des Doktors Marcelo Jot.
»Lauf mir bloß nicht weg, hier sind einige Leute, die mir furchtbar auf die Nerven gehen. Wenn du nicht wärst, mein Schatz, wäre ich gar nicht erst hingegangen.«
Wir blieben an einem Tisch stehen und aßen Toastscheibchen mit Kaviar und belegte Brote mit Gurken und Roquefort. Ich aß die Kaviarhäppchen und Hekke die belegten Brote. Ich hasse Gurken und Roquefort und liebe Kaviar, und Hekke starb für Gurken und Roquefort und fand Kaviar widerlich. Das perfekte Paar, denn außerdem liebten wir beide das Meer und Haydn und waren uns sehr sympathisch. Zwei winzige Kleinigkeiten trennten uns: seine Vorliebe für Männer und meine feste Überzeugung, daß die Zeit des Paares in meinem Leben für immer vorbei war. Das war keine Tragödie, sondern ganz im Gegenteil, eine Garantie für Ruhe und Frieden. Keine Erwartungen mehr, keine Tränen, keine Illusionen, Täuschungen, Entschuldigungen, Träume, keine körperlichen oder geistigen Erschütterungen mehr. Einen Mann anzusehen, der so unglaublich gutaussehend wie Brülsen oder ein nordischer Halbgott wie Hekke war, war ein Vergnügen, das sich eher mit Gelassenheit mischte als mit Angst – Angst, weil du ihn hast oder weil du ihn nicht hast. Als ich sie sah, hatte ich beide Male gedacht, ›wie gut er aussieht‹ – aber ohne Kloß im Hals, ohne kalten Schauder den Rücken hinunter und ohne Herzklopfen. Und dann gibt es Leute, die über ihre verlorene Jugend Tränen vergießen, vor allem Frauen. Nicht ich, denn ich lebe in Frieden mit mir; nicht ich, denn ich schwelge in einer wunderbaren Einsamkeit. Von mir würde niemand Schönheit, straffe Haut, glatte Lider oder Sex-Appeal fordern. Zwanzig Jahre alt? Eine harte, feindliche Welt, ohne Chancen, unbegreiflich, in der es keinen Platz gibt für dich? Die Haut zerschunden von der Kleidung, die andere dir verpaßt haben und die du tragen mußt gemäß irgendwelcher Normen, die du nicht erfunden hast? Ein gieriges Lächeln? Hände zu Fäusten geballt? Eine Sprache, die du nicht verstehst?

Wer wollte zwanzig Jahre alt sein? Nicht ich, jetzt, wo aller Kaviar der Welt mir gehörte.

»Da ist er«, sagte Hekke.

Er war schneller als ich: Er hatte seine Brote schon aufgegessen, und die leeren Teller irritierten ihn. Mir hing immer noch der Kaviar in kleinen salzigen Kügelchen zwischen den Zähnen.

»Wer?« fragte ich.

»Teo.«

Die Pflicht rief mich.

»Wo?«

»Na da, siehst du ihn denn nicht?«

Ich drehte mich um und schaute, aber ich sah ihn nicht. Gerade rechtzeitig fiel mir ein, daß ich ihn offiziell ja gar nicht kannte.

»Wie soll ich ihn denn sehen, wenn ich gar nicht weiß, wie er aussieht? Ohne Rolito wüßte ich nicht einmal, daß es ihn gibt.«

»Komm, ich stelle ihn dir vor.«

»Hör mal, wir wollen es aber nicht so auffällig machen!«

Hekke schaute hinter mich, so daß ich annahm, daß Brülsen dort stand. Na los, je früher, desto besser; ich ging um den Tisch herum auf die andere Seite, auf der Suche nach dem letzten Teller mit Kaviarhäppchen und nutzte die Gelegenheit, um auch dorthin zu schauen. Brülsen war nicht da. Aber er war auf der Terrasse. Er war gerade aus dem Haus gekommen, stand neben der Tür und unterhielt sich mit drei Typen; alle hatten ihre Gläser in der Hand, und keiner schaute in die Richtung, in der wir standen. Und selbst wenn Brülsen herübergeschaut hätte, hätte er uns möglicherweise gar nicht gesehen, denn die Terrasse war hell erleuchtet, und Hekke und ich standen im Schatten der großen Bäume. Die anderen Typen konnten von mir aus schauen, wohin sie Lust hatten, und sehen, was auch immer sie wollten oder konnten. Hekke blickte immer noch angestrengt nach jemandem oder etwas im Garten, das sein Interesse geweckt hatte.

»Laß das stehen, komm, gehen wir!«

Ich ließ es stehen, und wir gingen. Es war auch kein Drama, denn es war nur noch ein Toast übrig, und zwar der mit dem wenigsten

Kaviar drauf. Er nahm mich wieder beim Arm, aber wir gingen nicht in Richtung Terrasse. Entweder wollte er mich schonen und wir wollten immer noch nicht auffallen, oder er wollte tatsächlich irgend jemandem von den Leuten guten Tag sagen, die hinter unserem Tisch standen.
Wir gingen langsam auf sie zu. Hekke grüßte in die Runde. Ich ließ mich von ihm führen und schaute nicht zur Terrasse hinüber, obwohl ich wirklich große Lust dazu hatte.
»Na, wie geht's?« fragte Hekke.
»Hallo«, antwortete jemand.
»Teo, ich möchte dir eine sehr gute Freundin von mir vorstellen. Mein Schatz, das ist Teo Brülsen, ein Landsmann von dir – er hat noch andere Vorzüge, aber keiner ist so wichtig wie dieser.«
Ich gab ihm die Hand. Das war nicht der Mann aus dem Datsun 280 ZX. Wer war dann der aus dem Datsun, der auf der Terrasse, wenn das hier Brülsen war – und natürlich war er es –, wer war der Gutaussehende aus dem Angebercoupé, den der Wächter des Hauses mit diesem völlig überflüssigen, ekelhaften Dobermann gegrüßt hatte.
»Es ist mir ein großes Vergnügen. Was haben Sie mit Hekke gemacht? Er ist doch eigentlich ein Einzelgänger, obwohl er immer von der Menge umgeben ist. Ah, ich weiß. Sie mögen Ikonen?«
»Ja, das stimmt. Ich habe sogar selbst eine, aber sie ist wohl nicht echt.«
»Und Katzen? Mögen Sie Katzen?«
»Das kommt darauf an.«
»Worauf kommt es an?«
»Darauf ob *Sie* sie mögen oder nicht.«
Ich hatte ihn kaum angeschaut, ich wollte ihn nicht anschauen. Ich wollte nicht, daß dieser so unscheinbare Typ Teodor Félix Pedro Brülsen war. Aber ich hatte ihn so durcheinandergebracht, daß ich ihn ansehen mußte: Einen Typen zu verwirren und dann auch noch woanders hinzugucken ist eine Taktlosigkeit, mehr noch, es ist auch ein taktischer Fehler.

»Und wieso das?«
Er war neugierig, und er würde sich von mir nicht so leicht abspeisen lassen. Unscheinbar im eigentlichen Sinne war er nicht. Seine Haare waren von einem ganz hellen Braun, das fast ins Blonde ging, sie waren fein und ausgedünnt; helle Augenbrauen, hellbraune Augen und einen Schnurrbart in der gleichen Farbe wie die Brauen. Er hatte ein ebenmäßiges Profil und einen großen Mund. Er war nicht so groß wie der falsche Brülsen aus dem Datsun, nicht so breitschultrig wie Hekke und auch nicht so gertenschlank wie Fred; er war ein wenig größer als ich und hatte bestimmt einmal Sport getrieben, vielleicht tat er das heute noch. Seine Stimme war nicht für alleinstehende Damen gemacht, auch nicht, um vom Bug eines Schiffes Kommandos zu geben; er sprach bedächtig, ohne Hast, und mit einer merkwürdigen Intonation, die am Ende des Satzes hoch statt runter ging. Er hatte verschmitzte Augen, die Augen eines alten Spitzbuben, aber er war nicht alt. Wie alt er wohl war? So alt wie ich? Ein wenig älter? Nicht viel. Oder war er jünger als ich? Ja, das konnte auch sein. Er war ein Mann einer anderen Epoche, der Salons, aber auch der Abgründe, der symmetrischen Räume, der Kreuzwege und der Zufluchtsstätten; kein Mann der unterirdischen Orte oder Verstecke. Er war so aufnahmefähig wie die großen Schatztruhen, wie die Meister, wie die Krypten.
All das legte ich mir erst später zurecht, aber als ich mir meinen ersten Eindruck in Erinnerung rief, fragte ich mich, ob ich nicht schon am ersten Abend alles vorausgesehen hatte. Zumindest wurde mir damals klar: Wenn Teo Brülsen in irgend etwas verwickelt war – und das war er bestimmt –, würde ich es jedenfalls nur unter großen Schwierigkeiten herausfinden können.
»Weil ich auf Sie einen guten Eindruck machen will. Weil Sie mich neugierig machen, weil mir Ihr Garten gefällt und weil ich Ihr Haus sehen will.«
»Ich mag Katzen«, sagte er. »Sehr.«
»Dann mag ich sie auch«, ich lachte, »sehr.«
»Sind Sie so trügerisch wie Rombergs Ikonen?«
Hekke war nicht hier und konnte uns nicht hören, aber sollten

seine Ikonen etwa so falsch sein wie die, die ich vor so vielen Jahren in Piräus gekauft hatte? Ach nein, Brülsen sprach von etwas anderem.

»Ich lüge häufig«, sagte ich, »ich habe in der Beziehung keine Skrupel, unter anderem, weil ich Wahrheit und Lüge nicht besonders gut auseinanderhalten kann. Deshalb ist das Thema für mich nicht sehr wichtig; wenn ich also in den wenigen Tagen, die ich noch in Mexiko bin, meine Intrigen auf den Tisch lege, können Sie mich entlarven, indem Sie die Wahrheit sagen.«

»Das ist nicht gerade sehr beruhigend.«

Das Grüppchen, das um ihn herumscharwenzelte, stieß kleine Laute aus, die man nicht einmal von weitem für Lachen halten konnte; wahrscheinlich meinten sie, es würde sich so anhören. Als sie sahen, daß ich ihn nicht loslassen würde, sagten sie ein paar Nichtigkeiten und zogen sich elegant zurück. Sie waren alle sehr fein, sehr international und sehr banal; sie gehörten zu diesen Leuten, die beim Sprechen kaum die Lippen bewegen und die überzeugt sind, daß die Quintessenz des Geistes ein für allemal in den vier Sätzen untergebracht ist, die schon zum alten Eisen gehörten, als sie sie vor zwanzig Jahren gelernt hatten. Hekke hatte sie mir in dem Moment vorgestellt, als ich vollkommen verwirrt war, als ich mich fragte, wer dieser Typ war und wer der aus dem Datsun war. Übrigens, noch einmal, wer war der aus dem Datsun? Jetzt würde ich doch wetten, daß Brülsen einen etwas älteren Daimler besaß.

»Kommen Sie, ich zeige Ihnen das Haus.«

Er nahm mich nicht am Arm, und das Haus war nicht so wie das von Hekke. Es war ein prächtiges Haus, und es war sauber, glänzend rein und aufgeräumt. Es war zu aufgeräumt, zu hergerichtet, zu kontrolliert und beschützt. Entweder war Brülsen ein Besessener oder er hatte eine Haushälterin, die sich die Kaiserin von China liebend gern für einen Feiertag engagiert hätte. Ich gab Aahs und Oohs von mir, hätte mich beinahe vor einem Bild von Frida Kahlo auf den Boden geworfen und strich mit dem Finger über den Bauch einer Alabastervase, die ihn sicherlich mehr als zweihundert Dollar gekostet hatte; als ich zu dem

Schluß kam, daß er – besessen oder nicht, aber wahrscheinlich doch – eine Haushälterin für die Sonn- und Feiertage hatte, die an den Ufern des Jangtsekiang am Fuße der Chinesischen Mauer begangen wurden, sagte er:
»Das ist mein Arbeitszimmer. Teils Bibliothek, teils Zufluchtsort für einen Mann, der allein lebt; wie Sie sehen, ist all die Unordnung gewollt und wird jeden Tag mit Hingabe und Geduld noch vergrößert.«
Es war weder sein Arbeitszimmer noch seine Bibliothek, noch sein Zufluchtsort; es war sein Zuhause. Man spürte, daß man kein Recht hatte, hier einzutreten, selbst wenn er einen persönlich dazu aufforderte. Ich hätte mich fast nicht getraut. Ich ging ein paar Schritte hinein, schaute, roch, und es gefiel mir; ich wollte gerade wieder umkehren, als mir etwas in die Augen fiel, das mich nicht mehr losließ.
»Es ist ein versteinerter Farn«, erklärte Brülsen hinter mir.
Weiß und federig, die Luft und der Staub und Millionen von Jahren dazwischen. Ohne einen Funken von Sympathie dachte ich an den Doktor Marcelo Jot Kerr. Ich drehte mich um und ging weg von hier. Er schloß die Tür.
»Hier entlang«, sagte er, »es fehlt noch etwas Wichtiges.«
Es gab einen Aufzug. Am Rande des Eßzimmers, in einem halbrunden Vorzimmer, das auf der einen Seite an die Wirtschaftsräume, auf der anderen an den Garten gegenüber der Terrasse grenzte, war ein eiserner Fahrstuhl mit geschliffenen Spiegeln und Bronzebeschlägen. Wir fuhren hoch. Erstes Stockwerk, zweites, Dachgarten. Wir stiegen aus, kamen in ein winziges Zimmerchen und von dort ins Freie, unter den Himmel von Mexiko. Kreuz des Südens? Daran war nicht zu denken.
»Mein Gott«, sagte ich.
Er lachte, zufrieden mit sich selbst und vielleicht auch mit meiner überraschten Reaktion. Er hatte ein Observatorium auf dem Dachgarten.
»Mein Gott, ein Observatorium.«
Er zog einen Schlüsselbund aus der Tasche, schloß die Tür auf und knipste die Lichter an.

Ich weiß nicht, wie es in den großen Observatorien aussieht. Vor langer Zeit, während des Krieges, war ich in einem. Es war nicht groß, es war baufällig, halb zerstört und verdreckt, und es hatte ein Teleskop kurzer Brennweite, das aber funktionierte. Als Vergleich zu diesem nützte es mir gar nichts. Es schien mir, als sei Brülsens Observatorium eine verkleinerte Nachbildung eines dieser ganz großen Observatorien der Welt, in denen ich nie gewesen war. Ich sah mir alles genau an. Ich hatte Lust, das Teleskop anzufassen und in den Himmel zu schauen, aber ich wußte nicht, wie man die einzelnen Teile bedient; ich wußte noch nicht einmal, wo man hineinschaut.

»Schauen Sie«, sagte Teo Brülsen.

Diese Aufforderung galt nicht den Sternbildern, sondern bezog sich auf etwas, das sich unter dem Tisch befand. Ich beugte mich hinunter.

Ich sah sie an,und sie sah mich mit ihren gelben Augen an, ohne jegliche Sympathie. Jeder, der sich ihr näherte, wäre schlecht beraten.

»Hallo«, begrüßte ich sie.

»Sie wird dir nichts tun«, beruhigte er sie, »sie ist eine Freundin.«

»Sie sind sehr schön«, sagte ich zu ihr in dem Versuch, mich bei ihr einzuschmeicheln, »wirklich schön. Am meisten gefällt mir die mit den weißen Pfötchen.«

Aber sie wollte keine Schmeicheleien. Sie wollte, daß wir sie in Ruhe ließen. Brülsen bückte sich und streichelte die Graue mit den weißen Pfötchen. Die Katze fauchte ihn an, aber sie bewegte sich nicht und gab ihm auch keinen Hieb mit der Pfote; sie blieb still und sah ihn an, bis er seine Hand zurückzog.

Wir gingen zum Teleskop. Man mußte auf eine Plattform steigen und sich auf einen Schemel setzen. Er zeigte mir, wie es funktionierte und wo man hineinschaute.

Ich schaute hinein und sah nichts.

»Hiermit können Sie es einstellen«, er nahm meine Hand und legte sie auf ein Ding, das man drehen konnte.

Es war wie ein Gashahn, aber größer und horizontal befestigt.

Ich drehte das Gas auf, schaute hinein, und als ich die Hand bewegte, wurde es langsam schärfer. Ich fand mich vor einer weißen und schweigenden Landschaft. Um mich und um sie herum war das Universum. Es gab Berge und Abgründe, und Schwarz und Weiß waren eine einzige und die einzige Farbe. Wie gut man nach oben sehen konnte – obwohl man doch nach unten schaute –, dieses Gefühl, den Schwindel zu spüren, nichts zu hören und zu verstehen, daß der Himmelsraum unfaßbar ist und daß man selbst irgendwo hier unten ist, verloren.
Ich hätte aufschreien können, aber ich wollte die Katze nicht erschrecken.

Die folgenden zehn Tage verbrachte ich einen nach dem anderen wie im Rennen der Formel I plus eins, so daß ich keine Zeit hatte, stehenzubleiben und nachzudenken, geschweige denn mich hinzusetzen und Ferngespräche anzumelden. Das hatte ich von Anfang an vorausgesehen, als ich in dieser Nacht Hekke in der Menge verlor, nachdem ich ihn ein paarmal irgendwo lachend erblickt hatte, und endgültig bei Brülsen blieb. Und vor allem, als ich sah, daß Brülsen felsenfest bei seiner Rolle als Gastgeber blieb, die er mehr als perfekt beherrschte. Es gab zwei oder drei Versuche, weibliche, männliche und gemischte, ihn in irgendeine Gruppe zu integrieren oder ihn an die Seite zu nehmen, denen er erfolgreich und gewandt auswich – er ignorierte sie einfach völlig. Die Leute kamen zu ihm und begrüßten ihn, einige nannten ihn Félix, andere Teo, wieder andere Brülsen; es gab einige, die ihn siezten, andere, die ihn duzten, und einige wenige, die sich nicht entschieden; sie lächelten, scherzten, sprachen mit ihm in einer nur von ihnen verstandenen Geheimsprache oder unter dem Mäntelchen der alten Freundschaft, die man nicht verschmähen kann, und nach einer Weile mußten sie zurückkehren, woher sie gekommen waren. Mein unerwarteter Triumph verwirrte mich. Hatte Hekke Brülsen diese Geschichte erzählt, daß ich vorhatte, ihn zu heiraten? Nein. Wenn er es ihm gesagt hätte, wäre Brülsen nicht so anhänglich, sondern würde alles daransetzen, möglichst schnell zu verschwinden. Es sei

denn, er hätte sich auf den ersten Blick leidenschaftlich in mich verliebt, und das konnte ich wirklich nicht glauben.
Um halb drei Uhr morgens hatte ich genug von Brülsens Freunden und war müde von der Anstrengung, ohne Unterbrechung geistreich, gut gelaunt und scharfsinnig zu sein, und ich sagte, daß ich gehen wollte. Es gab keinen Kaviar mehr, und der Gutaussehende aus dem Coupé war entweder schon gegangen oder hatte sich versteckt.
»Ich lasse Sie in meinem Auto nach Hause bringen«, schlug Teo Brülsen vor.
»Ach nein, ich bitte Sie«, antwortete ich ihm, »ich fahre mit Hekke.«
»Das möchte ich bezweifeln.«
Er rief nach einem Typen, sagte ihm das mit dem Auto, und wir liefen zusammen bis zu dem Tor, das auf die Reforma ging, das Tor, aus dem damals das protzige Datsun Coupé gekommen war. Der Chauffeur hieß Aníbal, und das Auto war ein grauer Bentley aus den vierziger Jahren. Meine Idee mit dem Daimler war also ziemlich nahe daran gewesen. Wir verabschiedeten uns, ich stieg ins Auto, die Autotür schlug zu, das Tor zur Straße öffnete sich, und wir fuhren los. Aníbal wollte wissen, wo es hinging. Das schien mir eine ziemlich unschuldige Frage zu sein, und ich sagte es ihm. Wie sollte mich Brülsen am nächsten Tag anrufen, wenn er nicht wußte, wo ich wohnte? Ach, er konnte doch Hekke fragen, fertig. Wußte Hekke meine Adresse? Er hatte mich nicht im Hotel abgeholt, sondern in der Bar, in der ich mit Fred und Rolito auf ihn gewartet hatte. Fred und Rolito wußten sie. Ja, aber was für ein Durcheinander, jemand zu fragen, der erst andere fragen mußte. Denn Brülsen würde anrufen, ganz sicher. Ich hätte wirklich zu gern gewußt, warum.
Er rief tatsächlich an, und ab jetzt begann der Marathon durch die Städte. Er begleitete mich selbst oder ließ mich mit seinem Auto oder Flugzeug nach Taxco und nach Cuernavaca bringen, nach Puebla und Guadalajara, nach Morelia, Oaxaca, Monte Albán, Mitla, Tlacolula und Tlacochahuaya, zum hundert- oder tausendjährigen oder ewigen Ahuehuete-Baum, nach San Mi-

guel de Allende, Pátzcuaro, nach León, Guanajuato und schließlich nach Yucatán, Palenque, Uxmal, Chichén. Ich zog das gesamte Touristenprogramm durch, und es wäre sinnlos gewesen, seinem Griff entkommen zu wollen; er hatte mich fest verplant, und zudem hätte jedes Ausweichmanöver Verdacht erregt. Manchmal kam er mit mir, und ich muß sagen, daß es mir Spaß machte, wenn er dabei war, denn er war ein intelligenter und gutinformierter Begleiter; er war auch unterhaltsam, auf seine ruhige und sehr zurückhaltende Art. Andere Male ließ er mich von seinem Chauffeur oder Piloten oder irgend jemand anderem begleiten, die sich um mich kümmerten, so als bräuchte ich jemanden, der sich um mich kümmerte. Auch wenn er selten mitkam, schien mir das schon zuviel; es war auffällig, daß ein Typ mit einem so großen Vermögen die Zeit hatte, mit herumreisenden Damen nette kleine Ausflüge zu machen. Ich sprach ihn direkt darauf an.

»Es kommen immer Momente, in denen es nicht nötig ist, etwas zu tun«, antwortete er mir. »Man muß sich nur hinsetzen und auf die Dinge warten, die da kommen.«

»Und sie kommen.«

»Pünktlich... und es ist wie verhext, sie kommen meistens alle auf einmal. Man muß auswählen, und genau das ist die Schwierigkeit. Das kann man niemand anderem überlassen. Manchmal ist es wirklich so, daß man damit fast all seine Zeit verbringt... zu unterscheiden, was sich lohnt und was nicht... auszuwählen.«

Ich fragte ihn auch offen, worin seine Geschäfte bestanden. Er sagte, es seien die unterschiedlichsten Dinge. Und er fügte hinzu:

»Für mich ist es am praktischsten, in Mexiko zu leben, und ich reise häufig in den Mittleren Osten. Ab und zu auch nach Argentinien, so ist es nicht.«

»Ah, ich verstehe, dann gehören Sie also zu den Glücklichen, denen diese schmutzigen und so äußerst ergiebigen Ölquellen gehören, das ist ja interessant.«

»Aber nein, meine Liebe, täuschen Sie sich nicht!«

Mir fiel dieser Blonde wieder ein, der in dem klapprigen alten Auto saß, den Sonnenhut tief ins Gesicht gezogen, die Füße über die Lehne des Vordersitzes gelegt. Sollte ich vielleicht einen kleinen Rundgang durch Brülsens Garten machen und fest auftreten, um zu sehen, ob sich in den Spuren meines Feenfußes schwarzes Gold sammelte?
»Ich bin nicht der Vater von James Dean.«
Entweder konnte dieser Typ meine Gedanken lesen, oder wir hatten eine ähnlich blühende Phantasie.
»Hier gehören die Ölquellen dem Staat, der Pemex, und dort den Scheichen.«
Dann also Petrochemie. Das war eines der Dinge, die der Marcelo Jot erwähnt hatte, aber Brülsen schien nicht geneigt, die anderen Dinge zu erwähnen. Ich fragte nicht weiter, ich hatte schon genug geschnüffelt. Er gab mir auch keine Zeit, ihm noch mehr Fragen zu stellen, er ließ das Thema fallen und erzählte mir statt dessen von Huitzilopochtli oder Benito Juárez oder irgendeiner anderen absolut mexikanischen Persönlichkeit. Huitzilopochtli war mir nicht sehr sympathisch. Benito Juárez schon.
Ich machte nicht nur einen Marathon durch ganz Mexiko, sondern ging auch zu einigen Festen in seinem Haus, zu denen ich eingeladen war – Aníbal und der Bentley startbereit vor meinem Hotel; Hekke war anscheinend nicht eingeladen, oder er ging nicht hin, und Fred und Rolito auch nicht. Brülsen verkehrte nicht an den einschlägigen Orten der Szene, aber die Leute kamen dahin, wo er war. Wenn man so reich ist, fallen einem anscheinend nicht nur die Geschäfte in den Schoß, auch die Leute folgen einem überallhin. Bequem, ja, aber es hat auch seine Nachteile.
Bei einem dieser Treffen stellten sie mir Víctor Mejía vor. Es war Brülsen, der ihn mir vorstellte. Víctor Mejía war dieser unglaublich Gutaussehende aus dem Datsun Coupé 280 ZX, und ich hatte ihn seit dem Abendessen, zu dem mich Hekke mitgenommen hatte, nicht mehr gesehen – und jetzt schüttelten wir uns in demselben Garten die Hände.

»Wie geht's?« sagte ich.
Er sah mich an.
Er erkannte mich, das war eindeutig. Ich sah in seinen Augen ein Lächeln tanzen. Ich benutze das einfach so, genauso wie ich vorher gesagt habe, daß sich unsere Blicke kreuzten – aber ich wiederhole es nicht. Ich dachte: Du wirst mir mein Spiel nicht vermasseln, wir werden ja sehen, ob ich dir die Zügel anlegen kann.
»Wir kennen uns doch, erinnern Sie sich?«
Er ließ sie sich anlegen. Das Lächeln hörte auf zu tanzen und setzte sich, um sich die schmerzenden Füße zu massieren.
»Ach... ähm... ja«, erwiderte er. »Ich dachte das auch schon.«
Er hatte einen argentinischen Akzent mit leicht mittelamerikanischer Betonung.
Was ich dann sagte, war für Brülsens Ohren bestimmt, aber ich sah Mejía dabei an. Ich wollte ihnen nämlich eindeutig zu verstehen geben, daß es mir nicht darum ging, Erklärungen abzugeben, sondern daß ich ordentlich Rauch in der Höhle machte, um die Maus ans Tageslicht zu locken.
»Ihr Auto war kaputt, und ich habe Ihnen geholfen.«
»Aber natürlich... ja... ich erinnere mich sehr gut.«
Na klar erinnerst du dich, mein Freundchen. Ich beschloß, ihn noch ein wenig mehr zu reizen, um mich dafür zu rächen, daß er mich so schmählich verlassen hatte, nachdem ich mir diesen ganzen Roman ausgedacht hatte. Natürlich hatte mir niemand befohlen, mir Romane auszudenken, aber das änderte nichts.
»Ich wette, Ihnen ist gerade wieder eingefallen, wie merkwürdig es ist, daß eine Frau etwas von Autos versteht.«
Was die Phantasie betraf, lag er mit mir nicht auf der gleichen Wellenlänge, und außerdem würde ich die Dollars dafür bekommen, daß ich etwas über Brülsen herausfand, nicht über Mejía, auch wenn er noch so gut aussah. Das Lächeln war endgültig aus seinem Gesicht verschwunden. Wahrscheinlich lag es mit einer Gallenkolik im Bett.
»Sie können wohl Gedanken lesen.«

»Ja«, gab ich zurück.
Ich gab mich zufrieden. Ich sah Brülsen an und wollte etwas zu ihm sagen, um so die ganze Sache zu beenden, und entdeckte, wohin sich das Lächeln geflüchtet hatte. Ich fragte mich, was diese beiden Typen wohl verband. Waren sie Verwandte, Freunde, Geschäftspartner?
»Sind Sie miteinander verwandt oder Freunde oder Geschäftspartner oder was?«
Ich war heute ziemlich wagemutig. Ich fand nicht heraus, was sie waren, denn es kam jemand und lenkte Brülsen ab, und es war Mejía, der mir antwortete: »Freunde.«
Und ich glaubte ihm nicht.
Am zehnten Tag – so stünde es im Alten Testament, wenn die Schöpfung etwas länger gedauert hätte – überdachte ich meine Situation und sagte mir, daß ich mir die Dollars noch nicht verdient hatte, Judys Termin langsam näherrückte und daß ich etwas tun mußte.
Ich wußte nur zu gut, was ich tun mußte, ich hatte es von Anfang an gewußt, wann auch immer der Anfang gewesen sein mochte; nur – der Gedanke daran begeisterte mich nicht gerade.
Ich dachte an den Buchara, und nicht einmal das half. Aber es war unumgänglich, also warum sollte ich noch länger warten? Es konnte heute oder morgen nacht sein, weil Brülsen an diesen beiden Abenden verabredet war, und ich wußte das, denn wir verstanden uns saumäßig gut – ich bedaure diesen Ausdruck, denn alles war sehr angenehm und exquisit, aber er ist anschaulich und in diesem Fall auch angemessen. Ich hatte Lust, es auf morgen zu verschieben. Nein, sagte ich, noch heute nacht, dann hast du morgen deine Ruhe.
Ich ging zum Empfang und bat sie, für mich ein Auto zu mieten. Ohne Chauffeur, einen Kleinwagen, dunkle Farbe, möglichst neu, vollgetankt und so weiter. Für welche Uhrzeit? Für zwölf Uhr nachts. Der Empfangsangestellte war ein Mann von Welt. Er zuckte nicht mit der Wimper.
An diesem Tag traf ich mich mittags mit Brülsen in einem Re-

staurant, das so elegant war, daß es nicht einmal in den Reiseführern erwähnt wurde. Danach fuhren wir nach Colpico. Ich war vorher noch nie in Colpico gewesen. Unheimlich. Ich wäre lieber nicht hingefahren. Oder lieber an einem anderen Tag.
Wir verabschiedeten uns um Viertel vor acht. Ich ging auf mein Zimmer und fand dort Blumen – das überraschte mich nicht. Seit einer Woche schickte er mir Blumen. Einmal hatte er mir Pralinen geschickt, aber das hatte ich ihm verboten. Es waren Rosen, keine gelben, sondern weiße.
Ich hatte noch vier Stunden vor mir. Eine konnte ich damit verbringen, mich anzuziehen, dann blieben mir immer noch drei. Ich hatte noch nie in meinem Leben Nägel gekaut, also würde ich jetzt nicht damit anfangen. Ich verließ das Hotel und ging auf Entdeckungsreise.

Ich fand Rolito in derselben Bar, am selben Tisch und wieder allein. Aber es gab einen Unterschied: Er war betrunken. Ich setzte mich, ohne ihn um Erlaubnis zu bitten.
»Was machst du?« fragte ich ihn.
Er antwortete nicht. Es kostete ihn Mühe, mich gerade anzusehen. Er bestellte noch mehr Whisky. Ich hatte noch drei Stunden vor mir.
Wenn ich mich als kleine Schwester des barmherzigen Samariters gefühlt hätte, hätte ich versuchen können, ihn von dem tiefen Abgrund des Lasters hinwegzulocken, das bekanntermaßen zum physischen, moralischen und intellektuellen Ruin der Männer führt und – wie man annehmen kann – auch der Frauen. Aber ich fühlte mich als kleine Schwester von niemandem und am allerwenigsten als Schwester dieser Herren, die in den Gleichnissen auftauchen.
Ich betrachtete ihn eine Weile, aber er nahm meinen Blick überhaupt nicht wahr.
»Also los, erzähl's mir«, forderte ich ihn auf, »oder besäufst du dich regelmäßig am wöchentlichen Zahltag, um zu zeigen, daß du ein Mann bist?«
Volltreffer. Das tat weh, aber es hatte gesessen. Mitten ins

Schwarze, in die Eier, in die Magengrube, mitten in die Tragödie seines Lebens, oh, großer Indianerschmerz!
»Dazu hast du kein Recht«, sagte er mit holperiger, rauher Stimme, »hau ab, verpiß dich, dazu hast du kein Recht.«
»Wenn du's mir erzählst, wird's dir besser gehen.«
»Tochter einer dreckigen Hündin!«
»Sei doch nicht blöd, Rolito, du kannst mich nicht beleidigen, und ich werde dich hier auch nicht wie ein Häufchen Elend alleine sitzen lassen. Außerdem habe ich nie verstanden, daß dreckige Hündin eine Beleidigung sein soll. Schürzen werden dreckig, und wenn ich eine dreckige Schürze anhabe, ziehe ich sie einfach aus und ziehe mir eine andere an, fertig – außerdem trage ich fast nie Schürzen. Na los, erzähl's mir. Was ist mit dir los?«
»Was geht es dich an?«
Ich blieb still und ließ ihn eine Weile in seinem eigenen Saft schmoren. Er wußte es noch nicht, aber er hatte schon verloren.
»Er ist mit ihr abgehauen«, sagte er schließlich.
Darum ging es also, Fred war mit einem Mädchen verschwunden, mit Recht.
»Wer?« fragte ich, und er konnte darunter verstehen, was er wollte.
»Mit der Konzertspielerin – so schimpft sie sich – diese falsche Schlange, die Spinett spielt, wie lachhaft, Spinett! Und er hat auch noch die Frechheit gehabt, sie mir vorzustellen.«
Es mußte die sein, die sich in Lila kleidete und so zart und romantisch war.
»Wann ist er denn gegangen?«
»Was weiß ich, gestern, heute. Er hat die Reisetasche gepackt und ist gegangen, hat noch gesagt, daß ich sie zurückkriege, die Reisetasche, sie gehört mir, er hatte noch nicht mal eine Tasche, dazu hatte er auch gar kein Geld; und die, die er mitgenommen hat, ist meine, denn als wir irgendwann mal flüssig waren, hat er sich keine gekauft, warum sollte er sich auch eine Tasche kaufen, kannst du mir das sagen?«

Was sollte ich tun? Sollte ich noch einmal einen Treffer landen, oder sollte ich ihn weiterreden lassen? Es stand eins zu null, wir konnten das Ergebnis eigentlich noch etwas verändern.
»Was soll's«, sagte ich, »vielleicht wird er ja glücklich mit ihr, wer weiß? Du willst doch, daß er glücklich ist, oder nicht?«
Er lachte; oder besser gesagt, er schnitt eine Grimasse, an der sich seine Zähne beteiligten, und quetschte weit hinten in der Kehle einen Laut hervor. Es war kein erfreuliches Schauspiel.
»Wie kann er nur?« fragte er. »Abgesehen davon, daß sie eine angemalte Zicke ist, wie kann er nur? Sie wird ihn ausnehmen. Alle nehmen dich aus, sie lassen nicht von dir ab, bis du nur noch ein ausgelutschter Putzlappen bist, zu nichts mehr nütze.«
»Meinst du.«
»Er hat es mir doch erzählt, verstehst du, er hat mir immer alles erzählt, und er hat über sie gelacht, genauso wie über die anderen, wir haben uns totgelacht, aber diesmal war es gelogen, in Wirklichkeit hat er nicht gelacht, er wollte mir nur etwas vormachen, denn sie wollte, daß er mitkommt. Ist ja klar, warum sie das wollte; sie hat ihn mitgenommen, um ihn auszusaugen, sie tun nichts anderes als betteln und fordern und heulen, sie wird das gleiche mit ihm machen, wie es alle tun, sie wird ihm den Schwanz abschneiden, zack, sie haben eine Schere zwischen den Beinen, da stellst du dich hin, und zack, schneiden sie ihn dir ab.«
Gleich würde er schreien. Noch eine Sekunde länger und er würde schreien, und von mir aus konnte er es in den Himmel brüllen, aber nicht, wenn ich vor ihm saß; ich wollte keinen Aufruhr.
»Sicher«, sagte ich, »man merkt wirklich, wie gut du die Frauen kennst, Rolito. Und wenn sie ihn abgeschnitten haben, streuen sie Salz und Pfeffer drauf und braten ihn sich auf dem Grill. Zwischen den Würstchen und Innereien fällt er noch nicht mal auf.«
Jetzt war er still und blaß. Er sah mich erschreckt an.
»Was weißt du denn?« brachte er nach einer Pause heraus. Aber er sprach leise, und es bestand keine Gefahr mehr, daß er einen Riesenskandal verursachte.

»Wieso soll ich das nicht wissen? Ich bin eine Frau, erinnerst du dich? Bei mir zu Hause steht hinten in der Ecke ein Grill, und ich mache ein paar wunderbare Braten.«

»Sei still, ja?«

Wir blieben beide still. Er schaute das Glas an, in dem immer noch ein wenig Whisky war, und ich schaute ihn an. Ich sah, wie sein Mund zitterte, und bevor mir irgend etwas einfallen konnte, um ihn zu stoppen, begann er zu weinen. Ich hatte ein bißchen Mitleid mit ihm, aber nicht viel, und außerdem konnte ich nichts für ihn tun. Das einzige, was er wollte, war, daß Fred zurückkam; und wenn es irgendwie in meiner Macht gestanden hätte, ihn zurückzuholen, hätte ich mich zurückgehalten – wie um nicht ins Bett zu pinkeln –, diese Macht zu benutzen. Ich hatte meine eigene Theorie, und diese Theorie besagte, daß Fred schließlich wieder zurückkommen würde.

Inzwischen hatten wir die Aufmerksamkeit dieser vornehmen Gäste erregt – das konnte auch nicht anders sein. Das klassische Bild sieht so aus, daß die Frau weint und der Typ sie kühl und peinlich berührt ansieht. Daß jetzt der Typ weinte – sein Gesicht in den Händen, die Ellbogen auf dem Tisch und mit zuckenden Schultern –, daß es die Frau war, die ihn ansah, ohne etwas zu tun, ohne irgend etwas zu sagen, war fast ein Skandal. Alle waren natürlich auf seiner Seite.

Langsam beruhigte er sich. Er holte ein Taschentuch heraus und wischte sich die Tränen aus seinem zerknautschten Gesicht.

»Ich bin ein Blödmann, stimmt's? Danke, daß du ausgehalten hast.«

Ich erinnerte mich an diese Geschichte, in der die Frau sagt: Ach, was denken Sie jetzt von mir?

»Nichts zu danken«, gab ich zurück, »und reg dich nicht auf, du bist kein Blödmann. Manchmal läßt die Trauer die Menschen ein wenig verblöden, aber das gibt sich wieder.«

Er versuchte sogar zu lächeln. Es gelang ihm nicht, aber der Versuch tat ihm gut. Er schaute zwar wieder zum Glas hin, aber er rührte es nicht an.

»Gleich als ich sie gesehen habe, wußte ich, daß sie uns Pro-

bleme macht«, sagte er, »aber ich hab ihn ja selbst auf sie aufmerksam gemacht, wie blödsinnig, ach, ich bin doch ein Blödmann gewesen – das liegt daran, daß im Moment alles schiefläuft.«
»Brauchst du Geld?«
»Laß sein.«
»Brauchst du was?«
»Nein. Ich habe was, ich schwör's dir. Wir haben immer eine Reserve gehabt. Er hat gesagt, daß er sie mir daläßt. Diese Nutte wird ihm alles geben, für sich will er nichts, noch nicht einmal die Reisetasche.«
Er würde wieder anfangen zu weinen. Wenn ich es zuließ.
»Laß uns gehen«, schlug ich vor. »Du kommst mit mir.«
Ich warf einen Schein auf den Tisch und nahm ihn ins Schlepptau. Ich ließ ihn ein paar Straßen laufen, verbot ihm, sich in eine andere Bar zu setzen, hörte mir noch ein halbes dutzendmal die gleichen Klagen an und bot ihm an, ihn nach Hause zu bringen. Er wollte nicht. Ich konnte ihn durch nichts dazu bringen, mir zu sagen, wo sie wohnten. Ich blieb neben seinem Auto stehen, machte einen letzten Versuch und erreichte nichts. Ich bat ihn, mich anzurufen, wenn er etwas brauchte, er sagte ja, und ich ließ ihn gehen.

Mir blieb etwas weniger als eine Stunde. Die Pfadfinderin hatte ihre tägliche gute Tat vollbracht. Weder sie noch die kleine Schwester des barmherzigen Samariters vollbringen mehr als eine gute Tat am Tag, denn sonst bliebe ihnen für nichts anderes mehr Zeit. Ich ging ins Hotel, durchquerte die Eingangshalle, fragte am Empfang nach dem Auto, sie sagten ja, es sei um Punkt zwölf Uhr hier; ich wartete auf den Fahrstuhl, wurde ungeduldig, drehte mich um – einen Moment mal, war dieser Mann, der in die Bar ging, nicht Víctor Mejía? Nein, er war es nicht, oder war er es doch? Und was hatte das mit mir zu tun, wahrscheinlich wollte er nur einen Freund besuchen, wahrscheinlich war es nicht Mejía. Und wenn er es war? Ich sollte wohl besser mal nachschauen; der Fahrstuhl kam, soll ich hinge-

hen? Nein, ich würde auf keinen Fall hingehen, ganz sicher war er es nicht, und selbst wenn er es war, das war doch unwichtig.
Die weißen Rosen standen noch auf ihrem Platz. Ich hatte nicht nachgeschaut, ob es Mejía war. Ich wollte nicht noch mehr Zeit verlieren. Jaha. Stimmte das? Ich zog meine Sachen aus, öffnete den Schrank, suchte aus, was ich anziehen wollte, und zog mich wieder an. Schwarze Unterwäsche, schwarze Strümpfe. Oder war ich nicht hingegangen, weil ich sofort wußte, daß es Mejía war? Schwarze Hose, langärmeliges T-Shirt aus schwarzer Baumwolle. Schwarze Handschuhe, schwarze Turnschuhe. Eine rote Jacke und eine rote Handtasche, um durch die Halle und zum Auto zu kommen. Ich kämmte mir die Haare straff nach hinten und steckte mir ein schwarzes Tuch in die Hosentasche. Und wenn es Mejía war, was dann?
Ich nahm den schwarzen Poncho, der ganz unten in der Reisetasche lag, heraus, faltete ihn zusammen und schob ihn in die Tasche. Ich sah auf die Uhr. Wenn es Mejía war, würden wir sehen, was zu tun war, aber im Moment würde ich nichts unternehmen. Er hätte aus Tausenden von Gründen hier sein können.
Hätte er.
Ich zog die Gardinen am Fenster zu, machte die Lichter aus und setzte mich vor den Spiegel. Ein Schatten in der Dunkelheit. Ich blieb ein paar Sekunden still sitzen – da war jemand. Ich blieb noch länger still sitzen – da war niemand. Zum Teufel mit Mejía, es war sieben Minuten vor zwölf.

Ich fuhr mit mittlerer Geschwindigkeit an Brülsens Haus vorbei; nicht besonders schnell und nicht besonders langsam, denn ich wollte keine Aufmerksamkeit erregen, obwohl niemand da war, dessen Aufmerksamkeit ich hätte erregen können, aber man weiß ja nie. Die Straße war verlassen, still und dunkel, so wie um ein Uhr nachts jede Straße in einer Wohngegend sein muß, die etwas auf sich hält. Ich hatte ein paar Runden gedreht, um Zeit zu gewinnen, zu planen, und schließlich hatte sich die

Zeit von selbst davongemacht, und für mich war der entscheidende Moment gekommen. Ich kam auf die Idee, daß ein Uhr nachts zu spät war, es zu versuchen. Du hast Angst, das ist alles. Ja. Es würde alles gutgehen, als ob ich das nicht wüßte, aber in diesem Moment hatte ich Angst. Man sagt, daß es den Schauspielern genauso geht, ich weiß nicht, warum ich mich in diesem Bereich nie versucht habe; wenn man es genau betrachtet, kann man die Dinge, in denen ich mich versucht habe, mit dem Theater und der Welt der Bühne durchaus vergleichen oder sogar gleichsetzen. Ich parkte drei Straßen weiter im Dunkeln. Ich band mir das schwarze Tuch um den Kopf, wickelte mir den Poncho um die Taille, zog die Handschuhe an, versteckte die Tasche und die Jacke unter dem Sitz, stieg aus, schloß ab und ging los.

Ich ging noch einmal zu Fuß am Haus vorbei, ganz leise, mit mittlerer Geschwindigkeit und ohne mich umzusehen. Wenn irgend jemand vorbeikam, war es bestimmt nicht die Geschwindigkeit, die ihn auf mich aufmerksam machen würde. Man würde mich verwundert ansehen, eine Gestalt ganz in Schwarz, die um diese Uhrzeit hier spazierenging. Ich hoffte, daß niemand vorbeikam, und es kam auch niemand. An der Ecke drehte ich um. Alles ruhig. Die Mauer war ziemlich hoch, aber sie hatte oben weder Glasscherben noch Gitter, noch Stacheldraht, und sie war auch nicht elektrisch gesichert. Ich nahm Anlauf und sprang. Langsam schwand mein Lampenfieber, zum Teil, weil ich dieses Stück schon einmal aufgeführt hatte, zum Teil, weil ich schon beim ersten Versuch mit den Händen die obere Kante erwischt hatte. Ich zog die Knie hoch und stemmte sie fest gegen die Wand, genauso wie die Zehenspitzen. Ich richtete mich auf. Meine Armmuskeln waren nicht mehr das, was sie einmal gewesen waren, und keine Gymnastik der Welt würde sie wieder so stark wie früher machen. Aber sie waren noch zu etwas nutze. Meine Beine gehorchten mir sehr gut. Ich zog mich in die Höhe. Ich weiß nicht, wie man das sonst beschreiben soll – diese robbende Sprungbewegung, die man macht, wenn man an einem Gebäude hochklettert. Ich lehnte mich zum Garten hinüber. Ich stemmte mich noch ein wenig höher, hob erst das eine, dann das andere Bein hinüber und setzte mich oben auf die Kante. Was jetzt kam, erforderte ein perfektes Timing und die Sehschärfe eines Luchses. Das mit dem Timing hing einzig und allein von der Intuition und den Reflexen ab. Und was die Sehschärfe anging – wenn ich ein Miniaturbild hätte malen müssen, wüßte ich nicht, wie ich das zuwege gebracht hätte; aber es ging darum, einen Hund kommen zu sehen, und dabei kam mir meine Weitsichtigkeit zugute. Ich würde ihn vielleicht nicht kommen hören, denn gut dressierte Hunde greifen an, ohne anzuschlagen, aber ich würde ihn auf jeden Fall sehen. Ich löste den Poncho von meiner Taille und wickelte ihn mir um den linken Unterarm. Ich mußte nicht lange warten: Da kam er, und er bellte nicht. Meine Angst war vergangen. Um die Wahrheit zu sagen, erinnerte ich mich nicht einmal mehr an sie. Da war es wieder, dieses Gefühl, die Wachsamkeit, die Herausforderung, die Kraft, die durch den ganzen Körper fließt und jede Faser durchdringt und sie erleuchtet, bevor sie zur Bewegung wird; genau das müssen junge Stuten spüren, wenn man sie in der Kälte des Morgens auf die Weide läßt, wo es nach Dung, frischem Holz und der Begegnung mit dem Hengst riecht. Fast schien es mir, als könne ich sehen, wie der Atem aus meiner Nase zu Dampf wurde, als könne ich jede Faser meines Körpers spüren, jedes Haar, jede Pore, jeden einzelnen Fingernagel. Ich gehörte wieder mir, wie mit zwanzig Jahren, ich war wieder meine eigene Herrin. Los, jetzt, spring!

Ich sprang hinunter.

Der Dobermann bremste ab. Gleich würde auch er springen. Er streckte sich und stürzte mit aufgerissenem Maul auf mich zu. Ich hielt ihm den linken Arm entgegen, der durch den Poncho geschützt war, und dieser Vollidiot grub seine Zähne hinein. Das Gehirn eines Dobermanns ist nicht viel wert. Ich kenne sie gut, denn damals wimmelte es dort von Dobermännern. Ich habe zugesehen, wie sie die Spur aufnehmen, hetzen und jagen, ich habe gesehen, wie tolpatschig sie sind. Aber sie sind dumm. Ein deutscher Schäferhund wäre mir nicht in die Falle gegangen, und selbst ein kläffender Spitz wäre gefährlicher gewesen, er hätte die halbe Nachbarschaft aufgeweckt und sich in meinen Knöcheln festgebissen. Dieser hier ging mir ins Garn, ohne einmal zu bellen und ohne Zögern. Er biß zu, vollkommen zufrieden mit sich selbst, und ich ließ ihn beißen. Während er damit beschäftigt war, hob ich die rechte Hand und griff um seinen Kopf herum, bildete eine Klammer – den Daumen auf der einen Seite, Zeige- und Mittelfinger auf der anderen – und drückte zu.

Man sagt, daß es Dinge gibt, die man nie verlernt. Radfahren, Schwimmen, Seilspringen, Tanzen. Die Schlagader eines Dobermanns zu finden, verlernt man offensichtlich auch nicht. Ich drückte weiter. Es war ein großes Tier und so kräftig, daß ich mich beinahe vor Erschöpfung geschlagen gegeben hätte – aber ich war nicht gewillt nachzugeben, niemals. Schließlich gab er nach, als mein Arm und meine Hand schon vor Schmerzen kribbelten. Er ließ los, und ich drückte noch ein wenig länger, wie bei einem Rennen, wo man noch einmal zum Endspurt ansetzt. Sein Maul ging auf, er winselte, seine Beine knickten ein, und er sackte zu Boden. Mir blieb keine Zeit mehr, seinen Käfig zu suchen und ihn einzusperren. Töten wollte ich ihn auch nicht, um seinet- und um meinetwillen, denn warum sollten sie mitbekommen, daß jemand eingebrochen war? Ich mußte mich auf das elendige Schicksal verlassen. Ich lief zum Haus hinüber und sprang dabei von Schatten zu Schatten. Ein unnötige Vorsichtsmaßnahme, denn es bewegte sich nichts, man hörte nichts; nichts war zu sehen, niemand war wach, niemand lag auf der Lauer.

Ich kam ans Haus und untersuchte die Fenster. Sie waren nicht vergittert, und Jalousien gab es auch nicht. Offensichtlich glaubte Brülsen, daß er mit einer Handvoll Leute und einem Hund in Sicherheit war. Aber – wo waren die Leute? Ich drückte gegen eines der Wohnzimmerfenster. Es gab auf der Stelle nach, und es machte einen Mordslärm. Ich kauerte mich unter einen Busch und wartete. Der Busch hatte Dornen und federige Blätter wie der versteinerte Farn, aber sie waren grün.

Um diese Zeit erschienen sie schwarz. Ich wartete noch ein wenig. Es konnte natürlich sein, daß sie mich schon erwarteten, aber wenn sie mir einen Schuß verpassen wollten, würde ich es nicht einmal merken. Und ich mußte mich beeilen. Ich stand auf, stieß das Fenster weit auf und stieg ins Wohnzimmer. Eine Taschenlampe hatte ich nicht mit, man soll nie eine Taschenlampe mitnehmen, sie sind gefährlich. Man muß einfach die Örtlichkeiten gut kennen, bevor man einsteigt. Ich kannte sie, und ich war mir sicher, daß sie in der Zwischenzeit die Möbel nicht umgestellt hatten. Solche Dinge tun die Haushälterinnen einer Kaiserin von China nur ein einziges Mal im Leben. Oder nie.

Ich ging direkt in Brülsens Arbeitszimmer, das glücklicherweise ein großes Fenster zum Garten hatte, durch das ein äußerst günstiges, gräuliches Licht ins Zimmer fiel; die Nächte in den Städten sind keine Nächte mehr, und das, was wir Dunkelheit nennen, ist in Wirklichkeit ein schmutziges Zwielicht, zu hell für den Tod und zu dunkel für die Liebe.

Wenn man weiß, wie es geht, kann man ein Zimmer in wenigen Minuten durchsuchen. Was ist denn ein Zimmer letzten Endes? Ein begrenzter, eingeschränkter Raum, von Mauern umgeben. Man kann ihn in Zonen aufteilen. Ich hatte sie mir vorher im Kopf schon zurechtgelegt, bevor ich aus dem Hotel ging und als ich aufgehört hatte, mir über Víctor Mejía den Kopf zu zerbrechen. Ich begann links von der Tür, oder um genau zu sein, begann ich am linken Türrahmen. Weiter ging es mit den Bildern, einem kleinen Tischchen, den Regalen. Ich tastete mich mit den Fingerspitzen an den Gegenständen entlang, aber meine Augen halfen mir auch, denn je mehr ich mich an das Zwielicht gewöhnte, um so deutlicher konnte ich die Dinge erkennen. Ich würde nicht jedes einzelne Buch durchblättern; was ich suchte, war kein Liebesbrief und auch kein Schatzplan. Ich tastete die andere Wand ab, von oben nach unten und von unten nach oben. Es gab keine hohle Stelle, kein Versteck, kein Geheimnis. Ich ging zum Schreibtisch, und hier mußte ich mir die Brille aufsetzen. Die sorgfältig angelegte Unordnung war nur zu leicht zu durchschauen. In weniger als einer Minute hatte ich einen Überblick über das Schema, nach dem sich Brülsen durch seine Papiere bewegte. Selbst in diesem schwachen Licht, das durch das Fenster einfiel, konnte man erkennen, worum es sich bei den einzelnen Schriftstücken handelte. Ich war überrascht, wie viele es waren. Ob er wohl alles selbst las, was mit der Post kam? Nein, klar, dafür hatte er einen Sekretär. Und dann waren da noch die Büros auf der Reforma, nicht sehr weit von meinem Hotel, in denen er so selten auftauchte. Da würde ich nachts nicht hineinkommen, aber das war egal. Wenn es etwas gab, hatte er es bestimmt nicht in den Büros, wo jeder Tintenkleckser drankam. Die Schubladen, schnell, denn die Zeit lief mir weg. Briefumschläge und Kataloge. Briefpapier mit Briefkopf, ohne Briefkopf, mit Initialen. Visitenkarten. Etuis mit Bleistiften und Füllfederhaltern. Ein elektrischer Rasierapparat. Wonach suchte ich eigentlich? Nach Beweisen, daß Brülsen in den Drogenhandel, Waffengeschäfte oder Mädchenhandel verwickelt war, in Spionage, Gegenspionage oder Abwehr der Gegenspionage, in irgendeine kriminelle, furchtbare, überraschende, unglaubliche Sache. Danach suchte ich.

Hier in diesem dunklen Arbeitszimmer, in einem fremden, schlafenden Haus mit einem bissigen Hund, der jeden Moment aufwachen konnte, um mir den Rückweg abzuschneiden, angesichts des Rasierapparats und des versteinerten Farns wurde mir plötzlich bewußt, wie lächerlich die ganze Sache war. Ob sie mich blufften? Andererseits, hunderttausend Dollar waren kein Bluff. Irgend etwas gab es. Vielleicht benutzten sie mich nur, aber es gab irgend etwas, und Brülsen war darin verwickelt.

All das ging mir durch den Kopf, während ich das Arbeitszimmer weiter durchsuchte. Ich fand nichts. Ein paar Minuten später war ich mit den anderen Wänden, dem Fensterrahmen und den Lampen fertig.

Ich hockte mich hin und untersuchte den Boden. Auch nichts.

Nicht einmal ein loser Splitter, keine verdächtige Nadel, keine Falte im Teppich, nichts. Tschau, Ende. Ich ging hinaus und schloß die Tür.

Ich ging durch das Wohnzimmer – schweigend und dunkel ich selbst genau wie das Haus. Das Schlafzimmer, wieso hatte ich nicht an das Schlafzimmer gedacht? Ich hatte nicht daran gedacht, weil ich von dem Arbeitszimmer so fasziniert war. Aber es war doch viel wahrscheinlicher, daß ein Typ seine kleinen Sünden im Schlafzimmer versteckt hatte und nicht im Arbeitszimmer. Zwischen den Unterhosen statt zwischen den Ordnern. Niemand wühlt zwischen den Hemden eines Typs herum, nur er selbst. Oder sein Butler, falls der Typ so immens reich ist wie Brülsen. Aber manchmal übersieht man das Offensichtliche. Es gibt offenbar immer wieder Kleinigkeiten, die man vergißt – inmitten all dieser Dinge, die man nicht vergißt. Ich blieb stehen. Sollte ich hochgehen oder nicht? Würde der Dobermann aufwachen? Ich wußte noch nicht einmal, wo das Schlafzimmer lag, in welchem Stockwerk. Und den Fahrstuhl konnte ich nicht benutzen.

Plötzlich war die Angst da, ohne Vorwarnung, und ich war sicher, daß mich jemand beobachtete. Meine Nackenhärchen stellten sich auf, und meine Stirn wurde schweißnaß. Jemand wußte, daß ich hier war, er beobachtete mich und lächelte. Ich zwang mich dazu, mich langsam umzudrehen, in die Runde zu schauen, nach oben, nach vorne und nach hinten. Ich spürte immer noch, wie mich jemand mit seinem Blick durchbohrte. Aber zum Glück gibt es andere Kleinigkeiten, die man nicht vergißt.

Ich erinnerte mich, daß ich dieses Gefühl kannte, daß ich es schon andere Male gehabt hatte, mitten in der Nacht, vor sehr langer Zeit. Wenn man ihm nachgibt, ist man verloren. Es war möglich, daß es keine Einbildung war, daß wirklich jemand da war und mich beobachtete, bewachte und verfolgte. Darum ging es nicht. Es ging darum, sich nicht von Panik überwältigen zu lassen. Zuerst mußte man seine Ruhe wiedergewinnen, und erst dann konnte man sich darüber Gedanken machen, was man

tun konnte, um diesen Jemand zu finden und ihn in Schach zu halten. Falls es ihn gab.
Ich bewegte mich langsam. Ich hörte nichts. Niemand machte das Licht an, niemand schrie: ›Halt, wer da?‹ – niemand schoß auf mich, niemand warf mit Dolchen nach mir. Ich ging weiter. Nichts und niemand. Ich kam zum Fuß der Treppe. Ich stieg hinauf. Wenn jemand da war, war ich ihm jetzt völlig ausgeliefert, denn aus dem Dachfenster im Treppenhaus fiel ein Lichtstrahl auf mich, und meine schwarze Gestalt mußte sich klar wie ein Scherenschnitt von dem hellbraunen Hintergrund der Wände, dem Teppich, den hölzernen Treppenstufen, dem zierlichen Bronzegeländer abheben.
Ich gelangte wieder in einen dunklen Bereich. Ich kam in eine Eingangshalle und ging hindurch, durchquerte ein Vorzimmer, öffnete Türen, fand drei perfekt aufgeräumte, aber unbewohnte Schlafräume, ein Wohnzimmer und zwei Badezimmer und ganz weit hinten die Privaträume Brülsens, die auf den Garten hinausgingen, ein Schlafzimmer, ein kleiner Raum, Bade- und Ankleidezimmer. Die Haushälterin war auch hier gewesen, sie war ohne Zweifel jeden Tag hier. Ich ließ den kleinen Raum links liegen und ging ins Schlafzimmer. Das Bett war aufgeschlagen, und ein Schlafanzug und ein Bademantel waren auf einem Stuhl zurechtgelegt. Das Ankleidezimmer erschien mir am vielversprechendsten. Der Hund, ich durfte den Hund nicht vergessen. Ich ging auf den Nachttisch zu. Ein Telefon, eine Uhr, ein Stapel Bücher, ein Notizblock, auf dem obersten Blatt stand etwas. Ich nahm ihn mit zum Fenster, setzte meine Brille auf und las.
Mein Herz blieb stehen, ich erstarrte, blutleer. Schwarzer Filzstift, eine rechteckige, deutliche Schrift – was dort stand, war mein Name, meine Adresse – nicht die Hoteladresse, sondern die von zu Hause, und meine Telefonnummer, auch die von zu Hause. Und darunter ein großes Fragezeichen.
Ich weiß nicht mehr, wie und wann ich den Notizblock an seinen Platz zurückgelegt habe, wann ich das Zimmer verlassen habe und wie ich die Treppen heruntergekommen bin. Ich fand

mich an dem Fenster wieder, durch das ich in das Haus geklettert war, und mein Herz begann wieder zu schlagen. Ich mußte dieses Haus schnell verlassen. Jetzt sofort. Ich zog das Fenster auf.
Der Hund? Jemand anderes? Nein. Alles war so wie vorher, genauso still, genauso dunkel. Ich kletterte hinaus, lehnte die Fensterflügel an und rannte los, ich rannte, krank vor Kälte und Schrecken, ich rannte und rannte. Der Dobermann war noch da, wo ich ihn zurückgelassen hatte, aber er lag nicht auf dem Boden, sondern stand auf seinen vier Beinen. Ich hielt nicht an. Wie der Blitz huschte ich an ihm vorbei. Armes Tier, er war immer noch halb betäubt. Er knurrte, sein Bein knickte ein, und fast wäre er wieder zu Boden gegangen. Ich sprang. Er bellte, es war ein erbärmliches kleines Kläffen. Ich kletterte hoch, hob ein Bein hinüber, das andere, ließ los und fiel auf die Straße. Ich stand auf. In der Hand hatte ich die Fetzen von dem schwarzen Poncho, aber ich konnte mich nicht erinnern, daß ich ihn aufgehoben hatte, als ich an dem Hund vorbeigelaufen war. Ich rannte durch die drei Straßen, setzte mich ins Auto, aber den Motor bekam ich nicht an. Ich versuchte es nicht einmal. Ich saß dort, zitternd, ich weiß nicht, wie lange ich dort saß, und dachte an diese mit Filzstift geschriebenen Buchstaben, dachte an meinen gestochen scharfen und mit Fragezeichen untermalten Namen auf einem Nachttisch im Schlafzimmer eines schweigenden und dunklen Hauses.

Am nächsten Tag erzählte ich Brülsen, daß es mir nicht gutgehe. Kopfschmerzen, Übelkeit, es müsse an der Höhe liegen. Alles, was ich ihm sagte, klang falsch in meinen Ohren, und dabei war es strenggenommen nicht einmal eine Lüge. Außerdem hatte ich den Eindruck, daß man mir die Lügen am Gesicht ansehen konnte. Ein Glück, daß ich es ihm am Telefon sagte.
»Man kann Sie doch nicht da alleine lassen, wenn Sie krank sind. Jemand muß nach Ihnen schauen.«
Das letzte, was ich wollte, war, daß jemand vorbeikam, mich abtastete und mir Fragen darüber stellte, ob ich in letzter Zeit irgendeinen Kummer gehabt hätte.

»Aber es ist doch nichts.«
Schade, daß ich nicht mehr in dem Alter war, in dem man das periodische weibliche Unwohlsein vorschützen konnte, denn als Entschuldigung gibt es nichts Besseres. Ich hätte natürlich die Wechseljahre anführen können, aber die Wechseljahre waren immer schon viel weniger angesehen als die Menstruation, und außerdem waren meine ziemlich schmerz- und ruhmlos verlaufen. Nicht einmal eine kleine Ohnmacht.
»Ich schicke Ihnen meinen Arzt«, sagte er.
Damit löste er wohl alles. Teo Brülsen hatte seinen eigenen Arzt, genauso wie er sein Auto hatte, seine Autos, denn der Bentley war beileibe nicht sein einziges, seinen Hund, seine Jacht, seine Wachen, seine Firma, seinen Swimmingpool, seinen... seinen... seinen... ich weiß nicht, was noch... seinen versteinerten Farn, und bis auf den letztgenannten – aber sicher war ich mir da nicht – ließen sich all die anderen in den Plural setzen, genauso wie der Bentley. Sein Arzt. Hatte er auch ein eigenes Sanatorium? Oder eine eigene Praxis im hintersten Kämmerlein, in der sich der Doktor mit der Lektüre des *Journal of the American Medical Association* die Zeit vertrieb und darauf wartete, daß sie ihn riefen? Oder hatte er ihn irgendwo zusammengefaltet in einer Ecke liegen, und wenn er ihn brauchte, schüttelte er ihm Leben ein und sagte ihm, hier tut's mir weh, oder, Sie müssen bei einer Freundin von mir in dem und dem Stadtteil einen Hausbesuch machen? Zum ersten Mal fragte ich mich, wie Brülsens Frau gewesen sein mochte. Das war eine Information, die sie mir nicht gegeben hatten. Seine Frau.
»Bitte, Teo«, sagte ich, »Sie sollten dieser Kleinigkeit nicht so viel Bedeutung beimessen.«
»Um so besser, wenn es nur eine Kleinigkeit ist. Und morgen sind Sie dann wieder der strahlende Schatz wie immer.«
Rolito nannte mich Göttin, und er und Hekke nannten mich Schatz. Aber was dachten sie eigentlich, wer ich bin?
»Wenn Sie Medikamente oder eine Behandlung brauchen, sollten Sie sie so schnell wie möglich bekommen«, er zögerte, »vielleicht haben Sie sich eine Erkältung zugezogen oder irgend

etwas gegessen, was Ihnen nicht bekommen ist? Sind Sie gestern Abend ausgegangen?«

Er schmunzelte, während er mich befragte, da war ich mir sicher. Er schmunzelte. Eine innere Stimme sagte mir, daß er die unsichtbare Präsenz gewesen war, und eine andere Stimme behauptete mit der gleichen Gewißheit, daß er es nicht war.

»Ja, ich war aus.«

»Da sehen Sie's. Sie müssen sich daran erinnern, was Sie gegessen und getrunken haben, das könnte für den Arzt wichtig sein. Sie wissen doch, meine Liebe, daß es in Mexiko einige tückische Lebensmittel gibt.«

Er schmunzelte. Ich werd's dir zeigen, tückische Lebensmittel!

»Ich habe einen unverwüstlichen Magen«, sagte ich.

»Na wunderbar. Aber ich schicke Ihnen meinen Arzt.«

Er gab mir den Rat, im Bett zu bleiben, und legte auf.

Ich blieb im Bett, nicht weil er es mir geraten hatte, sondern weil ich mich wie zerschlagen fühlte. Ich dachte daran, die Mädchen anzurufen, ich hätte mich gefreut, wenn Atala plötzlich zur Tür hereingeschneit wäre und ein bißchen Leben in die Bude gebracht hätte. Ich dachte sogar daran, Kerr anzurufen. Ich tat nichts von all dem. Ich döste vor mich hin.

Er schickte mir nicht nur seinen Arzt. Er schickte mir einen Korb voller Blumen in allen Farben des Regenbogens, ein halbes Dutzend dieser Sensationsblättchen, ein Radio mit Kassettenrecorder, einen Kasten mit Kassetten und drei Bücher mit einem Zettelchen drin:

»Joseph Conrad in Gedenken an Borges, Halldor Laxness in Gedenken an Hekke, Conan Doyle in Gedenken an Sie. Werden Sie bald gesund.«

Zwei Fragen, nein, drei: warum in Gedenken an Hekke? Und keine Ehrung für Mejía? Warum Conan Sherlock – Doyle Holmes für mich?

Der Versuch einer Antwort: Erstens, weil Hekke mich zu seinem Haus gebracht hatte; zweitens, weil sie gar nicht so eng befreundet waren; drittens, er wußte, was ich vorhatte und

hatte mich aus dem Dunkeln beobachtet, als ich sein Haus durchsuchte.
Sehr ermutigend. So ermutigend, daß ich beinahe bei der Fluggesellschaft angerufen hätte, um zu sagen, daß ich morgen fliegen wollte.
Der Arzt kam und munterte mich wieder ein wenig auf. Es war offensichtlich, daß er weder aus der Kommodenschublade noch aus dem hintersten Kämmerlein kam. Er tastete mich nicht ab, und er stellte auch keine dummen Fragen. Er war klein und kahl, dunkelgrau gekleidet, kam ohne Arztkoffer, und seine Augen blickten schlau und durchdringend unter einem Paar grauer Augenbrauen hervor. Er setzte sich, fühlte meinen Puls und fragte mich, was ich fühlte. Nicht, was ich hatte, sondern was ich fühlte.
»Erschöpfung«, sagte ich, »ich habe keine Lust, aufzustehen.«
»Seit wann?«
»Erst seit heute.«
»Waren sie sehr aktiv und sind viel herumgelaufen?«
Ich sagte ja und erzählte es ihm mehr oder weniger. Er lächelte.
»Es ist nichts Schlimmes«, meinte er, »genau wie Sie sagen, Erschöpfung.«
Er sah mich mit diesen kleinen Augen an.
»Das heißt, wenn Sie mir nicht etwas verheimlichen.«
Das war glänzend, mein lieber Doktor. Nicht jeder kam so schnell zum Kern der Sache, so direkt und ohne Umschweife. Er gefiel mir.
»Seelischer Art, meinen Sie?«
Ich gefiel ihm auch.
»Manchmal sagen Frauen, daß sie keine Lust haben, aufzustehen, weil sie nicht sagen wollen, daß sie zu nichts mehr Lust haben.«
»Das trifft auf mich nicht zu.«
»Sie wirken auch nicht so, aber man darf die Möglichkeit nicht außer acht lassen.«

»Ich habe immer noch Lust, eine ganze Menge Dinge zu tun«, antwortete ich ihm. »Ich war zum Beispiel noch nie auf Haiti oder Madagaskar, ich war noch nie Lokomotivführerin, und ich habe noch kein Deutsch gelernt. Nicht zu erwähnen, daß ich mir einen Bucharateppich kaufen möchte und daß ich mir in meinem Schlafzimmer ein Glasdach einbauen lassen will.«
»Ein Glasdach? Aber das muß ja absolut verrückt sein, ein Glasdach zu haben.«
Er war beeindruckt.
»Ja, nicht wahr?«
»Und was ist mit Hagel und Schnee?«
»Da, wo ich wohne, schneit es nie, Doktor. Und was den Hagel angeht – ich werde Panzerglas nehmen, doppeltes Antihagelglas, das werde ich schon hinbekommen.«
»Aber Sie werden etwas davorhängen müssen.«
»Aah, ja, man muß innen eine Gardine aus dunklem, festen Stoff anbringen, die man wie eine Markise herunterlassen kann. Aber können Sie sich vorstellen, wie es ist, wenn man die Morgendämmerung oder den Nachthimmel vom Bett aus sehen kann?«
»Ich kann es mir vorstellen, natürlich, ja, es wird bestimmt das schönste Schlafzimmer in ganz Amerika sein. Aber hören Sie, das Dach muß eine Schräge haben.«
»Das auf jeden Fall.«
Wir begannen eine langwierige Diskussion über Flachdächer und Satteldächer, und als wir das Thema erschöpft hatten, klopfte er mir auf den Arm und sagte:
»Ruhen Sie sich heute aus. Und morgen können Sie wieder herumlaufen, soviel Sie wollen. Sie sind nicht krank. Und ich wünsche Ihnen einen schönen Urlaub in Mexiko. Gefällt es Ihnen hier?«
»Ich liebe Mexiko.«
Und er ging.
»Freut mich, daß Sie gekommen sind«, rief ich hinter ihm her, bevor er die Tür zumachte.
Zehn Minuten später rief Brülsen an.

»Was ist los?« fragte ich. »Hat man Ihnen die Diagnose telefonisch mitgeteilt?«
»Sehen Sie, es war gut, daß ich Ihnen Conan Doyle geschickt habe.«
Nein, jetzt war ich mir langsam doch sicher, daß ich recht gehabt hatte. Entweder wußte er alles, oder er hatte mich letzte Nacht gesehen, oder beides.
»Danke. Für alles, die Blumen, den Kassettenrekorder, die Bücher und für den kleinen Doktor.«
»Sie brauchen mir nicht zu danken. Werden Sie wieder gesund. Der kleine Doktor, wie Sie ihn nennen, ist ein Genie.«
»Das habe ich auch schon gemerkt. Wo holen Sie sie her?«
»Ich habe nicht mehr als einen.«
»Ich habe nicht von Ärzten gesprochen, und ich vermute, daß Sie das sehr gut wissen. Ich spreche von diesen außergewöhnlichen Menschen.«
»Sie heften sich mir an die Fersen, ohne daß ich es merke.«
»Vielleicht bin ich auch eine außergewöhnliche Person.«
»Sie? Werden Sie wieder gesund, morgen holt Sie mein Wagen so gegen sieben ab, und dann essen wir bei mir zu Hause mit ein paar Freunden zu Abend.«
»Gut.«
»Sie sind ein Ereignis«, sagte er.
Er legte auf, bevor ich antworten konnte. Ich hätte auch nicht gewußt, was ich ihm darauf sagen sollte.
Ich wollte ihm nicht den Gefallen tun, Conan Doyle zu lesen, auf Conrad hatte ich keine Lust, und Laxness ist todlangweilig, so dachte ich zumindest; bis auf Ibsen und Bergman und seit kurzem auch Hekke hatte ich die Skandinavier nie verstanden – deshalb las ich die Sensationsblättchen. Sie waren so sensationell, daß ich dabei einschlief.
Als ich erwachte, hatte ich Hunger, riesigen Hunger. Ich rief unten an und sorgte dafür, daß die Liste an Extras, die der Doktor Marcelo Jot bezahlen mußte, noch ein wenig länger wurde, und als ich gegessen hatte, ging es mir viel besser. Ich war nicht mehr völlig zerschlagen, nur noch ein wenig müde, so daß ich

den Rat des anderen Doktors befolgte – Brülsens Doktor, von dem ich nichts wußte, nicht einmal seinen Namen, nur daß er ein weiser Mann war – und mich den Rest des Tages ausruhte.

Das hatte eine ganze Menge Vorteile, denn so kam ich fast in den Genuß einer Schönheitskur à la Poppea, es gab nur einen schwerwiegenden und unwiderruflichen Nachteil: Irgendwann würde ich darüber nachdenken müssen, worüber ich nicht nachdenken wollte.

Ich sah die Kassetten durch. Julio Sosa, Jorge Negrete, bossa nova, Pedro Vargas, Jacqueline François und Haydn und Brahms. Gar nicht schlecht. Ich hörte in einige hinein. In Haydn natürlich. Wer hatte Brülsen wohl erzählt, daß ich Haydn liebte? Hekke? Ich selbst wahrscheinlich, in Taxco mit seinen roten Dächern, in Puebla de los Ángeles oder in der Basilika ohne Dach, in der das Glockengeläut, die Trommeln und die Regentropfen auf unseren Schirmen den Raum erfüllten.

Ich legte noch einmal Haydn ein.

Hör endlich auf damit, sagte ich zu mir, was machst du eigentlich, läßt dich hier von Joseph in den Schlaf wiegen; na los, an die Arbeit!

Ich stand auf, zog mir den Bademantel an und betrachtete mich im Spiegel. Bademäntel. Wie sich meiner wohl auf dem Stuhl neben dem von Teo Brülsen machen würde? Du bist ja verrückt! Teodor Félix Pedro Brülsen ist eine absolut fragwürdige Person, er ist eine Krake, ein Blutsauger, ein stinkreicher Mann, und ein stinkreicher Mann ist für immer verdorben, basta. Teodor Félix Pedro Brülsen ist in eine dermaßen widerwärtige Sache verwickelt, daß Kerr und andere Kerrs zu strenggeheimen Zusammenkünften und höchsten Gipfeltreffen mit den Oberbonzen verschiedenster Regierungen gerufen werden, bei denen dann beschlossen wird, Idiotinnen wie dich für die schmutzige Arbeit zu benutzen. Und da ist noch mehr: Wenn Brülsen scheinbar einen Narren an dir gefressen hat, liegt das nicht an deinen dahinwelkenden Reizen, sondern daran, daß er eine Ahnung hat, daß du nicht ganz zufällig den

blumengeschmückten Pfad seines Lebens gekreuzt hast – und jetzt will er herausfinden, welche Rolle du spielst und wie er dich loswerden kann.
In diesem Moment dachte ich an das, woran ich nicht denken wollte. An meinen Namen, der mit schwarzem Filzstift auf den Notizblock geschrieben war, der auf Brülsens Nachttisch lag.
Ich mußte meinen ganzen Willen zusammennehmen, um daran zu denken. Und als ich es schließlich schaffte, liefen mir Schauder den Rücken hinunter, und ich wußte nicht, warum.
Es war Brülsens Schrift, es war die gleiche Schrift wie die auf den Kärtchen, die mit den Rosen kamen, die gleiche Schrift wie die auf dem Zettelchen, das er mir mit den Büchern geschickt hatte, eine rechteckige, deutliche Schrift in Druckbuchstaben. Der Mann erlaubte sich nichts, bis auf ein Häkchen am Ende der Gs, Ypsilons und Zs. Interessant. Was weißt du schon von Graphologie? Nichts. Außerdem, wozu sollte diese Untersuchung führen? Nirgendwohin, aber es war interessant. Wieviel Bademäntel Brülsen wohl hatte? Jetzt sei endlich still, du Dummkopf.
Die Frage war, warum schreibt sich ein Typ den Namen, die Adresse und die Telefonnummer einer Frau auf den Notizblock, der auf seinem Nachttisch liegt? Weil er sie leidenschaftlich liebt. Ha! Weil er es nicht vergessen will. Ach ja, so ein Quatsch, wenn er es nicht vergessen will, schreibt er es in sein Adreßbuch, und fertig. Er hatte sie gerade am Telefon von jemandem bekommen. Von wem? Und warum? Warum fragte er mich nicht einfach? Er will dir eine Überraschung bereiten, sonntags morgens bei dir zu Hause auftauchen und dich montags, mittwochs und freitags um drei Uhr nachmittags anrufen. Schon wieder?
Fangen wir noch einmal von vorne an: Warum schreibt sich ein Typ den Namen, die Adresse und die Telefonnummer einer Frau auf den Notizblock, der auf seinem Nachttisch liegt? Jetzt, wo ich es geschafft hatte, daran zu denken, erschien es mir dumm und unwichtig. Aus Tausenden von Gründen, antwortete ich mir, und keiner davon ist verdächtig. Ich wußte nicht mehr, was mich daran so erschreckt hatte. Ich rief mir die Szene

noch einmal ins Gedächtnis zurück, das dunkle Haus, die Stille, das Schlafzimmer, den Nachttisch, den Notizblock. Ich sah noch einmal meine Handbewegung, wie ich ihn hochnahm und zum Fenster trug, die Brille, dieses schwache Licht. Ich sah mich wieder dastehen und lesen, sah auf die schwarzen, akribischen Druckbuchstaben, sah auf das Blatt. Von neuem fühlte ich die furchtbare Angst in mir aufsteigen. Aber warum? Es war nicht der Name, nicht die Adresse, nicht die Telefonnummer und auch nicht all das zusammen, was mich so ängstigte. Es war das Fragezeichen. Fragte er nach mir, oder fragte er sich etwas? Er fragte sich etwas.

Jetzt war ich mir sicher, daß Brülsen mich töten wollte.

Jetzt hör mal zu, du Dummkopf. Deine erste Überlegung führt zu dem Ergebnis, daß er dich liebt, und die zweite dazu, daß er dich umbringt, also wie sieht's jetzt aus, denk bitte mal logisch!

Ich dachte logisch. Ich kam zu einer äußerst bedeutenden Schlußfolgerung: Das logische Denken nutzt einem überhaupt nichts. Man kann es bei einem Theorem anwenden, oder um eine Prüfung in Innerer Medizin zu bestehen oder um an einer Diskussionsrunde über Agrarpolitik teilzunehmen. Aber wenn man in sich hineinhorchen will und verstehen will, was mit einem los ist und warum – Fehlanzeige.

Ich legte Haydn ein. Ich setzte mich, schloß die Augen, und mit jedem Ausatmen entspannte sich mein armer Körper ein wenig mehr, bis ich das Gefühl hatte, daß ich gleich mit den Kissen auf dem Sessel verschmelzen würde. Haydn wiegte mich in den Schlaf, ja – na und?

Brülsens Gesicht bestand darauf, immer wieder irgendwo aufzutauchen, und ich war die letzte, es ihm zu verbieten. Es hatte etwas, es hatte eine gewisse Ähnlichkeit mit dem Gesicht des kleinen Doktors. Na gut, vielleicht waren sie verwandt. Das Glasdach. Warum hatte ich ihm das erzählt? Es war ein alter Traum... das Leben ist ein Traum... es war ein alter Traum in meinem alten Leben. Eine Frau in meinem Alter träumt nicht mehr von Liebe, das gehört sich nicht. Der Buchara war ein

neuer Traum, genauso wie die Alabastervasen, die so teuer sind. Glasvasen? Glasdach. So viel Sonne.
Ich schlug die Augen auf. Papa Haydn spielte weiter und weiter, und die Melodie des Cellos klang in meinen Ohren. Ich würde keine Ruhe geben, bis ich das Fragezeichen entschlüsselt hatte. Das Nichtwissen war eine Lösung, die ich nicht akzeptieren konnte.
Angenommen, der Tod wartete irgendwo auf mich. Wie soll man sich das denn vorstellen? Sagen wir es mit anderen Worten. Angenommen, der Tod erwartete mich viel früher, als man es sich vorstellte, wenn man meinen Gesundheitszustand und mein noch nicht sehr reifes Alter et cetera in Betracht zog. Angenommen, Brülsen hatte vor, mich zu töten. Und jetzt nehmen wir an, daß es nicht so war. Nehmen wir an, daß der Name und das Fragezeichen aus anderen Gründen dort standen. Mit dem Nichtwissen kehrte die Dunkelheit zurück; es bedeutete, daß ich das Haus noch einmal durchsuchen mußte. Auch das war eher symbolisch gewesen, es war der Prolog zu einem Text, der noch nicht geschrieben war. Keine der beiden Möglichkeiten zählte. Was zählte, war, daß ich es herausfinden mußte. Glasdach. Der kleine Doktor war ein weiser Mann. Brülsen auch: Er hatte mir Sherlock Holmes geschickt. *Quod erat demonstrandum.*

Brülsens Gäste ließen sich einteilen in Große und Kleine, Dünne und Dicke, Alte und Junge, Blonde und Dunkelhaarige, Frauen und Männer. Möglicherweise gab es noch andere Kriterien der Unterscheidung: Allergiker und Nicht-Allergiker, sehr Reiche und traumhaft Reiche, Ehebrecher und Ehebrecherinnen, Bridgespieler und Golfspieler. Aber für mich war die einzig interessante Unterscheidung die, die sie aufteilte in Leute, die ich nicht kannte, und Leute, die ich kannte. Zur ersten Gruppe gehörten ungefähr zehn Personen unterschiedlicher Größe, Farbe und Form, wahrscheinlich auch unterschiedlichen Geschlechts, aber da weiß man ja nie; Brülsen stellte sie mir vor, ich sagte ihnen guten Tag und strich sie drei Sekunden später aus meinem Gedächtnis. Ich wollte keine neuen Freundschaften schließen, die, die ich hatte, waren schon mehr als genug. In der zweiten Gruppe marschierten Rolito, Hekke und Víctor Mejía. Rolito sah aus wie eine Leiche des letzten Monats. Hekke und Mejía nicht, und bei diesen beiden wußte man nie, für wen man sich entscheiden sollte. Natürlich wußte ich's. Ich versuchte so auszusehen wie eine kühle, desinteressierte Schönheit und setzte mich an den Swimmingpool. Hekke folgte mir und setzte sich neben mich.

»Wann heiratest du nun deinen verdammten Millionär? Welch ein Glück, daß du hier bist, mit diesen Knilchen kann man nicht ein vernünftiges Wort wechseln, sie sprechen die ganze Zeit nur von sich selbst. Bleibst du dann in Mexiko? Ooh, warte mal, der schmeckt ja wunderbar, willst du einen Mangosaft?«

»Zu allen drei Fragen nein. Ich fahre so bald wie möglich nach Hause zurück.«

»Das ist ein Fehler. Der Mangosaft wirkt anregend.« Er unterbrach sich, um einen Schluck zu trinken. »Du machst auch einen Fehler, wenn du Teo nicht heiratest. Er ist begeistert von dir. Außerdem habe ich ihm versprochen, daß du ihn heiratest. Ich war seit Jahren auf keiner Hochzeit. Zu deiner würde ich kommen.«

»Hekke, du bist wirklich unmöglich!«

»Warum, mein Schatz?«

»Wie kannst du ihm so etwas erzählen?«

»Wieso? Stimmt es etwa nicht?«

»Es geht nicht darum, ob es stimmt oder nicht. Es geht darum, daß man so etwas nicht erzählt.«

»Ich sehe nicht ein, wieso nicht. Ja gut, wenn man jung ist, zwanzig Jahre oder so – aber ihr müßt dieses Spielchen doch nicht mehr mitmachen, diese ganze Geschichte mit der Schüchternheit, Eroberung und Werbung und daß man so tut, als wolle man nicht, und in Wirklichkeit will man doch. Heirate ihn, hör auf mich.«

»Du hast mich doch selbst gefragt, wieso ich ihn heiraten will.«

»Und du hast mir keine Antwort gegeben. Aber du wirst schon deine Gründe haben.«
Er hatte es ihm also erzählt, und Brülsen amüsierte sich ohne Frage köstlich über mich. Na gut, was ging es mich an? Hatte ich nicht meine Selbstachtung und meine Würde zum Teufel geschickt und beschlossen, daß ich lieber lächerlich als verdächtig wirken wollte? Es konnte mir doch egal sein, was Brülsen von mir dachte, oder? Außerdem – obwohl es weh tun mochte, und es tat weh – hatte Hekke recht. Nicht damit, daß ich Brülsen heiraten sollte, sondern damit, daß in meinem Alter die Liebesspielchen nicht mehr liebenswert, sondern grotesk sind.
Ja, aber nur aus einem bestimmten Blickwinkel: aus der Perspektive, die von außen nach innen geht, und das ist nicht die, die zählt. Wenn man nicht mehr zwanzig ist, hat man den gesamten Kaviar der Welt zur Verfügung, und man kann ohne den Rest auskommen. Und dann? Sollte Hekke doch sagen, was er wollte. Wenn es weh tut, dann nicht deshalb, weil es lächerlich ist, sondern weil die Liebe nicht der Rest ist, und weil man schließlich nichts dazu getan hat, daß sie erfunden wurde. Aber welch eine Mühe!
Und zu allem Übel kam er jetzt auch noch zu uns herüber, absolut zielstrebig und bester Laune. Wahrscheinlich hatte er einige Liter Mangosaft getrunken, bevor seine Gäste eintrafen. Hekke stand auf, und sie schlugen sich auf die Schultern. Männer, buaah, ich verabscheue sie. Frauen auch.
Sie sagten irgend etwas zueinander.
»Ich lasse euch allein«, sagte Hekke.
Laß dich begraben.
»Was machen Sie hier so alleine?« fragte Brülsen.
»Ich bin wahnsinnig gern allein.«
»Lüge«, lachte er. »Ich sage Ihnen das nicht, weil ich unhöflich sein will, sondern um Sie auf die Dinge aufmerksam zu machen, die Sie nicht von der Wahrheit unterscheiden können. Also, die Wahrheit ist, daß Sie äußerst gern von vielen Menschen umgeben sind, die Sie bewundern.«
»Was Sie nicht sagen.«

Er wußte genau, daß ich völlig am Boden zerstört war, aber er spielte den Unwissenden.
»Wetten, daß Sie keinen Badeanzug mithaben?«
»Stimmt. Ich habe ihn vergessen.«
Ich hatte meinen Badeanzug in der Tasche, ein höllisch teures Stück, schwarz, italienisch und neu.
»Das ist schade, das Wasser ist wunderbar.«
Wunderbar, aber voller junger Leute in Bikinis und Tangas, die die Titelseite der *Vogue* hätten zieren können. Wenn die Jahre und der Wahnsinn sie erst einmal einholten, würde ihnen hoffentlich auffallen, in welch einer Welt sie eigentlich lebten. Im Moment wollte ich mich nicht mit ihnen zeigen. Ich gehöre zu den Frauen, die von jungen Leuten erwartungsvoll und ein wenig ängstlich angeschaut werden, während sie im stillen denken: Wenn ich erst einmal so alt bin, möchte ich so sein wie sie. Trotzdem würde ich das schwarze, italienische, höllisch teure neue Stück nicht anziehen. Den Bademantel auch nicht. Ich würde meinen Körper nie wieder zeigen. Weder im Swimmingpool noch im Schlafzimmer.
»Ich persönlich bin ganz froh, daß Sie den Badeanzug nicht mithaben, denn so habe ich Sie für mich.«
Ein Hausangestellter kam mit einem Tablett voller Getränke. Er gehörte gleichzeitig zum Wachpersonal. Er bediente beim Abendessen, mit weißen Handschuhen. Um vier Uhr morgens ging er schlafen und begann dann wieder um sieben Uhr abends, bis auf donnerstags und sonntags. Der andere übernahm die Tagesschicht, bis auf den Mittwoch und den Samstag. Und dann war da noch der Typ an der Tür, der keine Handschuhe trug, und der Gärtner, der zwar welche hatte, aber keine weißen. Aníbal dagegen war Chauffeur, sonst nichts. Acht Hände. Und wenn sie Schuhe trugen, hatten sie dort bestimmt kleine Waffen versteckt, denn am Gürtel und unter dem linken Arm konnte man keine verdächtige Beule entdecken. Wo waren diese Typen wohl in der Nacht gewesen, als ich in das Haus eingebrochen war?
»Mangosaft«, sagte ich.

»Luis, die Señora möchte einen Mangosaft.«
»In Ordnung, Señor.«
»Ach nein... nein... lassen Sie.«
»In Ordnung, Señora.«
»Wollen Sie wirklich keinen?«
»Nein. Das war nur eine dumme Bemerkung. Ich habe gerade darüber nachgedacht... wenn der Mangosaft, wie Hekke sagt, anregend wirkt, ob die Leute dann intelligenter werden, wenn sie ihn trinken.«
»Wer weiß. Hekke erfindet manchmal irgendwelche Geschichten, wenn er nichts zu tun hat und sich langweilt. Wie gefällt Ihnen Conan Doyle?«
»Ich habe ihn nicht gelesen.«
»Was? Mögen Sie ihn etwa nicht?«
»Ich mag ihn sehr.«
Wir verbrachten eine ganze Weile mit ähnlich interessanten Gesprächen. Rolito kam und setzte sich irgendwo in die Nähe. Er war nicht betrunken, und es sah auch nicht so aus, als wolle er sich betrinken, denn er lehnte die Getränke ab. Er wollte auch nichts essen. Mejía kam zu uns herüber. Rolito ging wieder.
Wir drei bemühten uns fünfzehn Minuten lang um eine geistreiche Konversation, und danach gingen wir zum Essen auf die Terrasse, auf der sie Tische aufgestellt hatten. Es kam noch ein weiteres Paar. Einige der Frauen waren noch im Badeanzug, und zwei junge Männer lieferten sich einen Wettstreit im Überschlagspringen, das, was man Salto Mortale nennt, vom höchsten Sprungbrett; sie kamen nicht einmal zu uns herüber, das Sprungbrett gefiel ihnen besser als unser Essen. Es gab jedesmal Kaviar, wenn ich hier war; oder ob sie wohl immer Kaviar aßen, sozusagen als Spezialität des Hauses? Irgendwann saß ich plötzlich zwischen Hekke und Mejía, und das gefiel mir.
Ja, ich bin wirklich äußerst gern von Leuten umgeben, die mich bewundern.
Hekke wollte uns einander vorstellen, Mejía sagte ihm, daß wir uns kannten, und ich dachte, na los, warum gehst du jetzt nicht und läßt uns allein, mein lieber Hekke? Jetzt wollen wir doch

mal sehen, oder liest der Große Gott Thor etwa die Gedanken älterer Damen nicht mehr? Älterer Damen. Von mir aus bleib, wenn du willst.
Er ging. Er sagte: »Der arme Junge«, und schüttelte den Kopf.
Und ging direkt zu Rolito hinüber, der allein dasaß und ins Leere starrte.
»Jetzt erklären Sie's mir«, sagte Mejía. »Was soll ich Ihnen erklären?«
»Wie es kommt, daß eine Frau so viel von Autos versteht.«
»Das gefällt Ihnen nicht, stimmt's?«
»Es verwundert mich.«
»Ich erkläre es Ihnen, und Sie erklären es mir.«
»Was soll ich Ihnen erklären?«
»Meine Güte, so etwas habe ich noch nie erlebt, ein Stereogespräch.«
»Ich finde es sehr interessant.«
»Sie sollen mir erklären, wie es kommt, daß ein Mann so wenig von Autos versteht.«
»Und das verwundert *Sie*?«
»Alle Männer kennen sich bestens aus, was Autos, Fußball und Politik angeht. Das ist alles, was sie wissen.«
»Und mit Frauen.«
»Bringen Sie mich nicht zum Lachen.«
»Stereo oder nicht, ich glaube, daß wir beide uns über vieles unterhalten könnten.«
»Schießen Sie los, mein Junge, meinetwegen brauchen Sie nicht höflich zu sein.«
»Zuerst einmal verstehe ich nichts von Autos, weil ich es überflüssig finde. Wenn ein Auto nicht fährt, rufe ich den Mechaniker. Oder ich nehme ein anderes Auto.«
Brülsen hätte so etwas nicht gesagt. Klar, er hatte ja auch keinen Datsun, sondern einen Bentley.
»Jetzt sind Sie dran.«
»Ich verstehe etwas von Autos, weil ich alles über sie wissen wollte«, sagte ich. »Als ich mit zwanzig Jahren Auto fahren

lernte, wollte ich, daß sie mir beibrachten, wie alles funktioniert, und das haben sie auch getan. Es ist interessant, und es ist einfach. Es ist keine Wissenschaft für sich, wie die Männer uns glauben machen wollen.«
Es gelang mir so wunderbar, daß es beinahe wie die Wahrheit klang. Als ich zwanzig war, lernte ich aus ganz anderen Gründen etwas über Autos. Aber das würde ich Víctor Mejía bestimmt nicht erzählen.
»Wollen Sie immer alles wissen?«
»Nicht alles, es gibt viele Dinge, über die man besser nicht Bescheid weiß.« Friß oder stirb, mein Lieber, die Moral gibt's gratis dazu. »Aber natürlich will ich alles wissen, was mir Nutzen bringt.«
»Und wie unterscheiden Sie, was Ihnen nutzt und was nicht?«
»Mit weiblicher Intuition.«
»Wetten, daß Ihre weibliche Intuition Ihnen nicht sagt, daß wir jetzt tanzen gehen?«
Im Haus wurde getanzt. Hier draußen war nur noch eine Frau im Badeanzug, und die Jungen mit den Überschlägen waren die ganze Zurschaustellerei endlich leid geworden. Das Wasser im Swimmingpool war so glatt, daß es wie eine unbewegliche Fläche erschien.
Als ich jung war, tanzte ich sehr gut; danach heiratete ich und bekam meine vier Töchter, und als sie älter wurden, tanzte ich wieder sehr gut. Vorher war es viel schwieriger gewesen, in der Ära des Foxtrotts und des Tangos. Und es hatte viel mehr Spaß gemacht. Ich schüttelte mich zusammen mit den anderen, und es machte auch Spaß, denn Mejía sah mich überrascht an und schenkte mir ein breites Lächeln. Wir tanzten eine ganze Weile. Er wurde zuerst müde.
Und von nun an hing er wie eine Klette an mir.
Wunderbar. Er war der bestaussehende Typ in meinem Leben, und ich hätte zu gerne mit ihm einen Wiener Walzer getanzt – ich in einem knöchellangen, duftigen Kleid aus weißem Tüll und er im Frack – in einem Barockschloß, in dem die Musiker

für uns Geige spielten und uns zulächelten, während alle anderen Gäste schon längst im Bett lagen. Aber ich hatte gerade eine Schüttelpartie hinter mir; und es sah zwar so aus, als sei Brülsen mit mir sehr zufrieden, aber es war ihm immer noch nicht gelungen zu durchschauen, welche Rolle ich in diesem Stück spielte; womöglich hatte er Mejía damit beauftragt, es herauszufinden. Es waren nicht nur Badeanzüge und Bademäntel, für die ich nicht mehr zu haben war. Das gleiche galt für duftige Tüllkleider und für Liebhaber. Und falls ich eines Tages große Lust auf einen Typen bekäme, würde ich irgendeinen Kollegen von Fred bezahlen und mit ihm jeden einzelnen Walzer von Strauß tanzen. Und die von Waldteufel ebenfalls, wenn wir schon einmal dabei waren. Puten.

Wir erzählten uns unsere Lebensgeschichten. Das heißt, ich log das Blaue vom Himmel herunter, und er erzählte mir von Weinbergen in Mendoza, einem kolumbianischen Vater und einer argentinischen Mutter, seiner Kindheit, Reisen, Studium in der Schweiz und London, einer abgebrochenen diplomatischen Laufbahn, Heirat und Scheidung, dem Tod seines Weinberggroßvaters, einem Vermögen, Reisen und deutete mir gelegentlich an, er sei dieser ganzen mondänen Welt überdrüssig.

Ich zeigte das nötige Mitleid. Ich haßte ihn. Brülsen haßte ich auch. Ich erinnerte mich an die schlauen Augen des kleinen Doktors. Ja, das stimmt, ich haßte auch mich selbst, zum ersten Mal seit vielen, vielen Jahren.

Wir fuhren in dem protzigen Datsun Coupé nach San Ángel. Ich hatte gesagt, daß ich müde war, und das war ich auch, und bevor Brülsen Aníbal Bescheid sagen konnte, hatte Mejía sich angeboten, mich in seinem Wagen zum Hotel zu bringen. Warum nicht? Aber wir fuhren nicht zum Hotel. Wir fuhren nach San Ángel. Warum nicht?

»Was würden Sie davon halten, einen guten argentinischen Kaffee zu trinken, einen echten porteño-Kaffee?«

Warum nicht? Ich war müde, aber schließlich war das meine

Arbeit: Ich mußte herausfinden, was dieser Mann vorhatte. Oder vielleicht konnte ich auch mit den gleichen Waffen zurückschlagen und durch Mejía etwas über Brülsen herausfinden, etwas, was ich von Brülsen persönlich nicht erfahren hatte. Warum nicht?
»Warum nicht?« antwortete ich. »Aber ich will mich nicht lange aufhalten, ich bin völlig erschöpft.«
»Um diese Uhrzeit braucht man von einem Ende der Stadt zum anderen nur ein paar Minuten, warten Sie's ab, bevor Sie sich versehen, sind Sie in Ihrem Hotel.«
»Wohin fahren wir?«
»Zu mir nach Hause.«
Sieh mal einer an. Der Junge brachte mich zu sich nach Hause.
»Das ist der einzige Ort in der Stadt, an dem man einen vernünftigen Kaffee bekommt.«
Wir lachten. Sehr lustig.
Mejías Haus lag in einer ruhigen Straße, wenige Schritte von der Villa der Marquís de Selva Nevada entfernt. Wenn du in Mexiko eine Straße mit Hausnummer angibst, weißt du noch lange nicht, aha, das muß zwischen der und der Straße liegen. In Mexiko sollte man Mexikaner sein oder Zauberer oder Masochist oder alles zusammen. Es war ein ziemlich gepflegtes Stadtviertel, aber das Haus hatte nichts gemeinsam mit der Villa der Marquís oder Brülsens Haus. Auch nicht mit Hekkes Haus. Es war einstöckig; vorne lag ein relativ schmaler Vorgarten, und neben dem Haus stand eine Garage für zwei Autos. Die Tür war aus Eisen und hatte rechteckige Fensterchen aus blauem und grauem undurchsichtigen Glas; sie knarrte, als er sie aufstieß. Wir gingen hinein. Ein kleiner Flur mit Garderobe und Schirmständer, ein ziemlich großes Wohnzimmer mit einem gemauerten runden Durchgang zum Eßzimmer, auf der rechten Seite ein Arbeitszimmer und zwei Türen; die eine führt wahrscheinlich zur Küche und die andere in seine Privaträume, dachte ich. Er forderte mich auf, es mir gemütlich zu machen, verschwand in der Küche, und ich hörte ihn etwas sagen. Ich machte es mir in

einem bequemen Sessel gemütlich, mit dem Rücken zum Flur und der Tür mit den blauen und grauen Fenstern, durch die wir hereingekommen waren.
Der Kaffee rief all meine Sehnsüchte wach, es war wirklich ein echter porteño-Kaffee. Als ich meine Tasse ausgetrunken hatte, setzte sich Mejía und lehnte sich in seinem Sessel zurück, der das Gegenstück zu meinem war. Er sah mich an, und das Lächeln begann wieder zu tanzen, aber diesmal auch um seinen Mund herum.
»Es stimmt doch wohl nicht, daß Sie bald nach Hause fahren, oder?«
»Doch, das stimmt, wer hat Ihnen das erzählt?«
»Hmm, ich habe es bei Teo gehört. Vielleicht von Hekke. Aber vielleicht können wir Sie überreden, hierzubleiben.«
»Wohl kaum. Meine Töchter erwarten mich. Ihr Haus ist sehr hübsch«, sagte ich ohne Übergang.
Ich erzählte ihm nicht, daß ich sehr bald Großmutter würde, und es stimmte absolut nicht, daß sein Haus hübsch war. Nur noch ein paar Tage, und eine neue Generation käme auf die Welt, zumindest für mich, die Generation der Kinder meiner Töchter, und was blieb dann für mich, wie würde es für mich weitergehen, und wohin, in welches Gebiet würde ich mich dann zurückziehen, in das Gebiet der Kinderbetreuung, der fixen Ideen, aber auch des Stolzes und des Friedens. Das Haus an sich war weder hübsch noch häßlich, doch es war nicht schön eingerichtet und wirkte langweilig. Die Möbel und die Einrichtung waren weder alltäglich noch von schlechtem Geschmack, ganz im Gegenteil, viele Dinge waren von guter Qualität, die Stühle waren feingeschwungen und aus massivem Holz, es gab einen wunderschönen antiken Tisch und einen Spiegel, der ein absoluter Traum war. Aber man hatte den Eindruck, daß sich niemand jemals die Mühe gemacht hatte, sich anzuschauen, wie die Dinge dort, wo sie standen, wirkten. Jemand hatte sie aufgestellt und war dann fortgegangen, ohne sich einmal umzusehen. Vielleicht war es deshalb so kalt, und das, obwohl der Tag so schwül gewesen war. Oder es war kalt, weil die Fußböden ge-

fliest waren und man die Türen lange Zeit nicht geöffnet hatte.

»Es ist gemütlich«, sagte er, »kommen Sie und sehen Sie sich's an.«

Auf dem Weg zur Küche dachte ich darüber nach, ob er mich wohl herumführte, um mir zu zeigen, daß er nichts versteckt hatte, oder um mich irgendwo einzusperren und dann den Schlüssel zu verlieren. Die Küche war riesig, und hier *konnte* man sich wohlfühlen, an einem Feuer im Kamin, zwischen Holzregalen voller Flaschen und Einmachgläser, wo es nach Gewürzen, Öl und Früchten duftete. Eine Mayaprinzessin grüßte mich von ihrem Thron herab, einem kleinen niedrigen Holzstuhl, der nah am Feuer stand. Ich sagte guten Abend, und der Kaffee schmeckt wunderbar, aber sie lächelte nicht, sondern nickte mir schweigend zu – stumm oder gewohnt zu schweigen. Wir gingen ins Wohnzimmer zurück und von dort aus ins Arbeitszimmer. Ich nenne es Arbeitszimmer, weil mir das Wort neutral genug erscheint, um diesen absolut neutralen Ort zu beschreiben, in dem niemand jemals irgend etwas arbeitete, in dem der Schreibtisch vor die Wand gerückt war und in dem am Fenster nur auf einer Seite Gardinen hingen. Zwei Stühle, ein Tisch, auf dem das Telefon stand, ein paar niedrige Regale mit wenigen Büchern – sonst nichts.

Wir gingen noch einmal durch das Wohnzimmer und durch die andere Tür in ein Vorzimmer, von dem drei Räume abgingen. Das erste war Mejías Schlafzimmer, das zweite das Bad, und das dritte hätte gut ein weiteres Schlafzimmer sein können, aber hier gab es nur ein Sofa, einen sehr schönen runden Tisch, eine Tretnähmaschine und einen Schaukelstuhl. Und eine Geheimtür.

Ja, es gab eine Geheimtür. Ich entdeckte sie ganz zufällig. Jetzt wußte ich, warum mich Mejía durch sein Haus geführt hatte. Aus Hochmut.

Obwohl es so nachlässig eingerichtet war wie der Rest des Hauses, war es das hübscheste Zimmer von allen. Die Wände waren tapeziert, und ungefähr auf Höhe der Stuhllehne war eine hölzerne Zierleiste angebracht, die einmal um den ganzen Raum lief. Genauso wie ich damals mit dem Finger über den Bauch einer Alabastervase gestrichen hatte, strich ich jetzt mit meinem Finger an der Leiste entlang und schlenderte zum Fenster hinüber, um mir von hier aus den Garten anzuschauen. Es interessierte mich herzlich wenig, wie der Garten von hier aus aussah, aber ich mußte meine Rolle spielen, und außerdem schaffte ich so eine Entfernung zwischen Mejía und mir – für alle Fälle. Vielleicht irrte ich mich, hoffentlich irrte ich mich, hoffentlich hatten wir den Rundgang durch das Haus bald beendet, so daß ich zu ihm sagen konnte: Also, ich glaube, es ist Zeit, daß Sie mich ins Hotel zurückbringen – und er brachte mich dann. Mein Finger hüpfte ein wenig in die Höhe. Ich schaute. Ich schaute genau im rechten Moment. Eine halbe Sekunde später, und ich hätte es nicht gemerkt, hätte es wahrscheinlich für eine Unebenheit im Holz gehalten. Ich sah den Spalt, der im Muster der Tapete kaum zu erkennen war. Ich wollte so tun, als sei nichts passiert, aber er mußte etwas gemerkt haben, ein leichtes Zukken meiner Schultern, ein Zögern meiner Schritte. Ich ging weiter in Richtung Fenster, ließ meinen Finger an der Leiste entlanggleiten, so daß ich auch die zweite unterbrochene Stelle fühlte. Die Türangeln und das Schloß mußten auf der anderen Seite sein. Ich blickte aus dem Fenster, und natürlich konnte man nichts sehen. Ich spürte ein Kribbeln im Rücken, im Nakken und im Kopf. Ob er es gemerkt hatte?

»Ihr Garten ist ziemlich groß«, sagte ich. »Um diese Uhrzeit kann man zwar nicht viel sehen, aber ich glaube, er braucht einen Gärtner.«

Ich drehte mich um. Er hatte es gemerkt, und er sagte nichts. Er sagte nicht: Sehen Sie mal, ist das nicht verrückt, das hier ist ein Wandschrank. Oder: Der Vorbesitzer hat dort eine Geheimkammer für seine schwarzen Parties einbauen lassen. Er sagte nichts, er tat nichts, aber er wußte, daß ich Bescheid wußte. Die Situation war nicht gerade beruhigend, aber ich war trotzdem ganz ruhig. Ohne Angst und ohne Nervosität, wie der Schauspieler, wenn er erst einmal auf der Bühne steht. Jetzt wußte ich

Bescheid. Entweder hatte Brülsen ihm aufgetragen, mich zu beseitigen, oder meine Entdeckung hatte mein Schicksal besiegelt – und egal, ob Brülsen etwas damit zu tun hatte oder nicht, dieser Typ würde mich umbringen. Ich legte all meine Gelassenheit in meinen Blick und sah ihn an, machte einige Schritte nach vorn, ging auf ihn zu, und er trat zur Seite. Ich ging durch das Vorzimmer, betrat das Wohnzimmer und setzte mich in den gleichen Sessel. Mejía folgte mir auf den Fersen.

»Ich würde gern noch einen Kaffee trinken«, sagte ich.

»Aber natürlich.«

Hier saßen wir schweigend, während der Tod auf mich wartete, und ich hob die Tasse zum Mund. Der Kaffee war sehr gut, und es tat mir leid, ihn vergeuden zu müssen, aber er kam aus der Thermoskanne und war noch so heiß, als hätte man ihn gerade erst frisch aufgebrüht. Ich würde ihm den Kaffee in die Augen schütten. Ich spannte die Finger an, es läutete an der Tür. Mejía wandte blitzschnell seine Augen ab, und ich mußte mich zusammennehmen, um ruhig sitzenzubleiben. Die Mayaprinzessin erschien in der Küchentür und öffnete. Ich trank den Kaffee. Ich konnte ja immer noch sagen, daß ich einen neuen wollte.

»Hallo«, sagte Hekke.

Erik der Rote auf dem Bug seines Schiffes, gerade rechtzeitig, um Damen in Gefahr zu Hilfe zu eilen, mein geliebter Hekke. Mejía brachte ein Lächeln zustande; er lächelte mit erstaunlicher Leichtigkeit.

»Ist er nicht bei euch?«

»Wer?« fragte Mejía, und das fiel ihm schon nicht mehr so leicht wie das Lächeln.

»Na, Rolito.«

»Ist etwas passiert, Hekke?« fragte ich.

»Vielleicht nicht, aber du kennst ihn doch, und na ja, meiner Meinung nach ist der Junge in einem Zustand, daß man ihn besser nicht allein läßt, bei all dem, was er durchmacht. Ich will ja nicht sagen, daß er gleich den Gashahn aufdreht, aber ich fühle mich wohler, wenn ich genau weiß, daß er es nicht tut. Und als er nicht in der Bar war und einfach irgendwann bei Teo

verschwunden war, ohne sich zu verabschieden, dachte ich, er sei mit euch weggefahren.«
»Nein.«
»Woher wußtest du, daß wir hier sind?« Mejía bemühte sich, die Frage so beiläufig wie möglich klingen zu lassen.
Mein Herz war auf das Zehnfache seiner Größe angewachsen. Ich sage das, weil es mir zehnmal so schwer erschien wie zu Beginn des Abends.
»Aníbal«, antwortete Hekke, »es gibt wohl keinen Chauffeur, der nicht über alles informiert ist, und Aníbal hat mitbekommen, daß du gesagt hast, daß ihr hierher wollt.«
Lüge, das war eine Lüge. Wir hatten Brülsens Haus schon verlassen, als Mejía das mit dem porteño-Kaffee gesagt hatte.
»Ich fahre jetzt«, sagte Hekke.
»Nimmst du mich mit, Hekke?« fragte ich, genauso beiläufig wie Mejía. »Wir müssen sowieso in die gleiche Richtung, und so braucht sich Víctor nicht den Umstand zu machen, mich hinzubringen und dann allein zurückzufahren.«
Mejía versuchte nichts, er hatte sich perfekt im Griff er sagte, das sei doch selbstverständlich, und aber bitte, das sei doch kein Umstand, sondern ein Vergnügen; und ich, ich hatte mich ebenfalls perfekt im Griff, ich lächelte ihn an, und fuhr mit Erik auf dem Schiff davon.
Im Auto schmetterte mir Hekke ein Lied ins Ohr: »Vergessen ist der Stolz von gestern/vergessen ist dein Mut/jetzt wo deine Welt zerbricht/sehnst du dich nach seiner Liiiebe.«
»Wo könnte Rolito sein, Hekke?« fragte ich ihn, als er eine Pause machte, um Luft zu holen.
»Er ist zu Hause und schläft, mein Schatz, mach dir keine Sorgen um ihn, ich habe ihn selbst ins Bett gebracht und zugedeckt.«

In diesem Zimmer sah es aus wie in einem Blumenladen. Oder wie bei einer Totenwache. Ich bahnte mir zwischen den Vasen und Körben einen Weg, ging zum Wandschrank, nahm die Uniform für heimliche Begehungen fremder Häuser zu Nachtzeiten heraus und zog mich so schnell wie möglich an. Ich rief unten an und ließ mir ein Taxi bestellen. In meinem Kopf vermischten sich Bilder von der Geheimtür, von Brülsen, der über mich lachte, von Hekke, der zu meiner Rettung eilte, weil er Mejía nicht mochte und weil er wollte, daß ich dieses Prachtstück von Teo heiratete und uns deshalb gefolgt war, von Brülsen, der sich die Hände rieb bei dem Gedanken, daß ich schon als Leiche in Mejías Armen lag, von dem Poncho, der zerfetzt war, aber den ich sowieso nicht brauchte, weil Mejía keinen Hund hatte. Ich hielt inne. Und wenn die Tür nun zu einem Wandschrank führte? Ein Wandschrank, aber natürlich.

Das Taxi ließ mich an der Ecke heraus. Vielleicht konnte ich ja dem Marquís meine Aufwartung machen. Ich wollte niemandem meine Aufwartung machen. Ich hatte nur einen Wunsch: herauszufinden, was hinter dieser Geheimtür lag, zu der der Hausherr keinen einzigen Kommentar gegeben hatte. Wandschrank, na klar, du kannst mir viel erzählen. Außerdem wollte ich nach Hause zurück. Je eher ich mir diese Dollars verdiente, um so besser.

Mejías Haus war dunkel und schweigend. Der Junge war wohl schlafen gegangen und die Mayaprinzessin auch. Wenn mich hinter der Geheimtür nicht ein gesamtes Empfangskomitee erwartete, was ich genausowenig glauben konnte wie die Sache mit dem Wandschrank, hatte ich den richtigen Moment gewählt, herauszufinden, was es damit auf sich hatte.

Nichts erschwerte mir den Zugang, weder Dornenhecken noch Tore, noch Hunde, die man mit stählerner Hand und Handschuhen aus Schweinsleder hätte abwehren müssen. Die Garage lag auf der linken Seite, aber ich mußte auf die andere Seite hinüber. Ich ging nach rechts. Ganz langsam, denn hier kannte ich die Örtlichkeiten nicht, schlich ich mich zum hinteren Teil vor. Ich schob einen Fuß nach vorne und hob ihn dabei an, um möglichst wenig Geräusche zu machen, und tastete mit den Zehen nach möglichen Hindernissen. Wenn ich nichts fand, setzte ich den Fuß ab, verlagerte mein Gewicht auf ihn und machte mit dem anderen Fuß weiter.

Wenn das, was hinter der Geheimtür lag, ein Zimmer war und nicht ein Wandschrank, mußte es einen Vorsprung nach hinten hinaus geben, und er mußte vor dem Fenster des tapezierten Zimmers enden. Ich blieb häufiger stehen, nicht weil ich auf ein Hindernis gestoßen wäre, sondern weil ich die Stille überprüfen wollte. Es war nichts zu hören, und die Stille blieb immer dieselbe. Von meinem jetzigen Standpunkt konnte ich nun auch das andere Gebäude am Ende des Gartens sehen, ein kleines Haus, in dem sich sicherlich der Lagerraum, die Waschküche und die Gemächer Ihrer so geruhsamen und unerschütterlichen Hoheit befanden. Ich ging noch ein wenig weiter, kam an die Ecke und beugte mich vor.

Es gab einen Vorsprung. Ich sah ein ziemlich geräumiges Zimmer; dieses Zimmer hatte ein Fenster, und dieses Fenster war erleuchtet. Das Empfangskomitee. Ich wußte, daß das nicht stimmte, aber ich dachte es für einen Moment. Dann dachte ich nicht mehr daran und konzentrierte mich auf das Licht. Natürlich gab es hier keinen Kronleuchter mit zwölf Kerzenbirnen; es war ein winzig kleines Licht, das war alles. Das bedeutete, daß ich nachsehen konnte, was in dem Zimmer war und daß jemand wach war. Ich durfte mich nicht beeilen,weil ich sonst Gefahr lief, Lärm zu machen und die Leute im Haus aufzuwecken; aber ich *mußte* mich beeilen, weil sonst womöglich jemand das Licht ausmachte, und dann stünde ich ziemlich dumm da.

Ganz langsam tastete ich mich näher heran. Als ich nahe genug am Haus war, drückte ich mich eng an die Wand und beugte mich vor. Es war ein Schlafzimmer. Man sah ein Eisenbett wie die im Krankenhaus, einen Tisch, einen Stuhl und ein Regal, jedoch ohne Bücher. Auf dem Tisch stand eine Lampe, die einen weißen Keramikfuß und einen Pergamentschirm hatte. Das mit der Krankenhausatmosphäre war weder ein Witz noch ein Kind meiner Phantasie: In dem Bett lag ein Mann, und er war todkrank. Und wach. Auf *ihn* wartete ohne Zweifel nur noch der Tod. Denn er war sehr alt. Nein, er war nicht sehr alt; er war sehr blaß, völlig abgemagert, sein Bart war lang, und seine Hände lagen schlaff neben dem Körper. Ganz oben auf dem

Regal ohne Bücher, das gegenüber vom Fenster an der Wand stand, reihte sich ein Medizinfläschchen ans andere, daneben standen ein Glas Wasser, Päckchen mit Einwegspritzen und eine Rolle Heftpflaster.
Die kahlen Wände, das spärliche Licht, die Medikamente, das alterslose Gesicht des Mannes und die Stille ließen die Zeit stillstehen. Ich stand dort und schaute. Der Mann blickte an die Decke und atmete; das war alles, was er tat; er bewegte weder die Lippen, noch öffnete er den Mund, noch hustete er. Nichts. Er blickte an die Decke und atmete. Und ich stand da und sah ihn an, und er wußte es nicht.
Und *ich* wußte nicht, was das alles zu bedeuten hatte, aber eines wußte ich genau: Ich würde diesen armen Typen aus dem geheimen Zimmer herausholen müssen. Mir kam nicht eine Sekunde der Gedanke, daß es sich hier vielleicht um den Onkel Severin handelte, der in den letzten Tagen seines Lebens von seinem geliebten Neffen Víctor behütet und umsorgt wurde. Dieser Mann war niemandes Onkel. Er war ein Gefangener in einem Zimmer hinter einer Tür ohne Klinke im Haus von Brülsens Komplizen.
Vorsichtig schob ich mich in der Dunkelheit ein Stückchen weiter nach vorn; ich wollte versuchen, alles vom Zimmer zu sehen. Ich sah, daß der Kranke nicht allein war. Eine Frau, die ich kannte, schaukelte in einem Stuhl. Es war der Stuhl, der in dem tapezierten Zimmer gestanden hatte. Die Frau war die begriffsstutzige Kleine in Hellblau, die mich in der Nacht der Razzia aus der Bar geholt hatte. Auch sie war wach, und auch sie blickte auf den Kranken, nur war sie jetzt nicht mehr hellblau gekleidet. Sie trug Jeans und eine beige Bluse aus Baumwollsatin.
Man würde nichts tun können. Das bezog sich auf mich, nicht auf sie. Bei ihr wußte man es nicht, aber ich würde nichts unternehmen können. Zumindest nicht in dieser Nacht. Ich hatte keine Waffen, ich wußte nicht, wie ich ins Haus kommen sollte und womit ich mich gegen Mejía, die Frau und die Mayaprinzessin wehren sollte. Ich mußte ins Hotel zurück und Kerr anrufen. Kerr würde nicht rechtzeitig hier sein. Rechtzeitig wozu?

Um diesen armen Typen zu retten. Das war nicht meine Sache. Ich mußte ihn informieren, was ich herausgefunden hatte und fertig. Der Buchara zu Hause in meinem Wohnzimmer. Dieser Typ lag im Sterben. Also gut, okay, ich würde beides tun müssen, es war schließlich nicht das erste Mal, daß ich mich auf mich selbst verlassen mußte; ich mußte Kerr informieren und morgen nacht zurückkommen und diesen armen Typen hier herausholen. In der Sekunde, in der ich diesen Entschluß faßte, spürte ich hinter mir eine Berührung. Ich hatte keine Zeit mehr, mich umzudrehen, mich zu ducken, wegzurennen, nichts. Ein Arm griff von hinten um meine Taille, ein feuchtes Tuch preßte sich auf meinen Mund und meine Nase. Ich atmete mit aller Kraft ein, und genau das hätte ich nicht tun sollen. Das Tuch war mit Chloroform getränkt.

Ich kämpfte, natürlich kämpfte ich, aber mit diesem ersten Atemzug hatte sich der Tod schon tief in mir eingenistet, und ich hatte die Kontrolle über meinen Körper verloren. Ich versuchte, mich freizukämpfen, zu beißen, und teilte Faustschläge und Fußtritte aus. Es nutzte überhaupt nichts, weil meine Arme, meine Beine und mein Kopf mir nur noch verzögert und widerwillig gehorchten. Die Schläge verpufften in der Luft. Es gelang mir noch zu denken, daß Chloroform sich schnell verflüchtigt. Und dann schlief ich ein; oder nein, ich schlief nicht ein, höchstens für eine Sekunde. Ich hörte Stimmen, sie schleppten mich weg und hoben mich hoch. Ich wollte zuhören, wollte mir diese Stimmen fest einprägen, um sie später identifizieren zu können. Mit dem Eigensinn einer Betrunkenen hielt ich an dem Gedanken fest, daß es ein Später geben würde. Das Tuch auf meinem Gesicht trocknete langsam ein, genau wie ich es mir gedacht hatte. Ich hörte laute Geräusche. Sie hoben mich zu zweit hoch und stießen mich, ich fiel auf etwas Weiches. Sie banden mich an Schultern und Knien fest. Jemand sprach, ich wollte zuhören; ich hatte das Gefühl, aufmerksam zuzuhören, aber ich verstand nicht, was sie sagten. Ein Motor. Eine andere Stimme. Wasser fiel von irgendwoher auf das Tuch, das sie mir fest auf das Gesicht drückten. Es war kein Wasser, es war Chloroform. Dieses Mal schlief ich ein. Nach einer Weile wurde ich vom Schaukeln, dem Lärm, der Stimme, der Bewegung wach. Ich bot alle Willenskraft auf, um wach zu werden, mich auf etwas zu konzentrieren, den Motor, und nach und nach kehrte mein Bewußtsein zurück. Ein Auto, sie fuhren mit mir in einem Auto. Stunden und Kilometer vergingen, bevor ich diese Worte formulieren konnte und verstand, was sie bedeuteten. Und dann bemerkte jemand, daß ich wach war, und alarmierte die anderen. Ein Strahl einer süßlichen Flüssigkeit breitete sich auf meinem Gesicht aus. Ich fiel in ein tiefschwarzes, abgrundtiefes Loch. Ich wurde mir bewußt, daß ich sterben würde. Dieses Mal würde ich nicht wieder aufwachen.

Ich fragte: »Was ist?«
Es fiel mir schwer zu sprechen, denn mein Mund war betäubt und gefühllos, so als wäre ich beim Zahnarzt. Oder als käme ich vom Zahnarzt. Ich war beim Zahnarzt gewesen. Ruben, dieser Idiot, wird es wohl nie lernen. Bei jedem Besuch sagt er mir, ich soll mich zusammenreißen, und ich erkläre ihm, daß ich das nicht kann. Eine Vollnarkose, wie brutal! Für einen Backenzahn.
»Was ist?«
Konnte ich jetzt nach Hause gehen? Nach Hause. Ohne zu wissen, warum, brach ich in Tränen aus und begann zu zittern. Es war ein Alptraum. Wach auf, es ist nur ein Traum. Bitte, ich will aufwachen.
Ich wachte auf.
Ich sah ein Dach. Natürlich, wieso sollte hier kein Dach sein? Ich schloß die Augen und bewegte meine Finger. Eine Wolldecke. Ich lag auf einer Wolldecke. Meine Erinnerung kehrte zurück. Die ganze Nacht kehrte zurück und stürzte auf mich ein, bis zu dem Moment, in dem sie mich ergriffen hatten. Alles, der Arm und das Chloroform eingeschlossen.
Ich hielt die Augen geschlossen, ich wollte sie nicht öffnen. Wenn jemand in der Nähe war und mitbekam, daß ich auf-

wachte, würden sie mir wieder Chloroform geben. Oder auch nicht. Aber es war besser, nicht darüber nachzudenken, was nach dem *oder auch nicht* kommen könnte.
Ich schlief allmählich wieder ein. Und als ich das nächste Mal aufwachte, war ich richtig wach, ohne Alpträume und ohne Zahnärzte. Als ich aufwachte, wußte ich alles nur zu genau und öffnete die Augen sofort.
Ich lag in einem Bett, auf einer Wolldecke und war mit einer anderen Wolldecke zugedeckt. Keine Laken, aber ein Kissen. Das Dach war aus Holz, und es war sehr hoch. Das Zimmer war nicht groß, drei mal drei? Nein, ein wenig größer, es war rechteckig, dreieinhalb mal vier, ja, das konnte gut sein. Steinerne Wände, weißgetüncht, ziemlich alt und schmutzig, und es gab keine Fenster. Doch, es gab eines ganz weit oben, fast unter dem Dach an der Wand, an der das Bett stand. An der gegenüberliegenden Wand war eine Tür. Ich hätte einen Finger verwettet, daß sie zugeschlossen war. Na ja, vielleicht am besten den kleinen Finger. Aber im Moment würde ich nicht aufstehen, um es zu überprüfen. Sonst war hier nichts, nein, doch, Moment mal, es war doch noch etwas da. Ein Stuhl und ein Tisch und eine Kiste in der Zimmerecke. Aber ansonsten nichts. Ich schloß die Augen.
Ich öffnete sie wieder, denn ich mußte noch etwas äußerst Wichtiges herausfinden, und zwar, wie spät es war. Leider wäre die Antwort nicht von der Sorte zwanzig vor vier oder fünf nach zehn. Aber sie würde mich schon wissen lassen, ob es zwölf Uhr mittags oder nachts oder tags war. Ich sah zum Fenster hoch, und es war tags, aber das war alles, was ich im Moment herausfinden konnte. Von der hölzernen Decke hing ein Kabel mit einer Glühbirne herab. Na gut. Ich machte die Augen wieder zu.
Es war angenehm, so dazuliegen. Ich sah keinerlei Gefahr darin, wieder einzuschlafen. Ich war sehr müde.
Du bist müde? Ja. Du willst wieder nach Hause zurück? Ja. Also jetzt hör mir mal gut zu, wenn du nach Hause willst, mußt du jetzt wach werden. Ich will nicht. Wach auf! Nerv mich nicht. Wach auf!
Ich schlug die Augen auf. Und nicht nur das: Ich setzte mich auf.

Es war furchtbar schwer, aber ich setzte mich auf. Ich saß dort wie ein Häufchen Elend, den Rücken gegen die Wand gelehnt, mir war übel, und ich spürte den unwiderstehlichen Drang, mich wieder hinzulegen, aber ich sagte – nein, bis hierher habe ich's geschafft, und ich gehe keinen Schritt zurück, verteidigen wir die Stellung. Ich atmete ein paarmal tief ein. Wozu das gut sein sollte, wußte ich nicht.
Ich blieb still sitzen und betrachtete die Tür. Interessant, diese Tür. Sie war aus Holz, hoch und breit, eine dieser Türen, die heute nicht mehr hergestellt werden; man konnte sehen, daß sie massiv war, keine dieser modernen Schlampereien aus Spanplatten. Das Schloß war neu. Es glänzte. Es war ein Sicherheitsschloß. Einen Schlüssel gab es nicht. Vielleicht steckte er von außen. Vielleicht auch nicht. Das würde ich mir gleich genauer anschauen. Ich sah mich noch einmal um. Alles war so wie vorher, es hatte sich nichts verändert. Ich auch nicht. Ich blieb noch ein Weilchen sitzen, ohne mich zu verändern, und wartete.
Ich wartete lange, rutschte nur von Zeit zu Zeit ein wenig auf der Matratze hin und her. Sie war weich, ziemlich dick und nachgiebig. Schaumgummi. Ich hob die Wolldecke hoch und entdeckte einen geblümten Nylonbezug. Ich riskierte alles und beugte mich hinunter – nichts und niemand versteckte sich unter dem Bett. Ich richtete mich wieder auf.
Ich mußte aufs Klo. Verdammt, ich mußte aufs Klo. Meine Blase gehörte zu den Dingen, die ich bei meiner Inventur übersehen hatte. Erstens das, und außerdem wollte ich duschen, mir die Zähne putzen, mich kämmen und mir andere Sachen anziehen. Ich würde aufstehen müssen, um zur Tür zu kommen. Ich raffte mich auf. Es wurde zu einem langwierigen und mühevollen Unterfangen, aber ich raffte mich auf. Meinen kleinen Finger würde ich behalten können, zum Glück, denn er ist gar nicht so überflüssig, wie man denkt. Die Tür war doppelt und dreifach zugeschlossen. Ich rüttelte an der Klinke. Ich hämmerte mit den Fäusten. Ich schrie. Ich tat alle drei Dinge zur gleichen Zeit. Nichts. Ich ging noch einmal zum Angriff über. Wieder nichts. Ich erwog ernsthaft die Möglichkeit, mir die Hose herunterzu-

ziehen und in eine Ecke zu pinkeln. Als ich schon die Hände an der Taille hatte, hörte ich Schritte.
»Ich muß aufs Klo!« rief ich durch den Spalt zwischen Tür und Rahmen.
Die Schritte hielten inne, dann hörte ich sie wieder heraufkommen. Heraufkommen? Ja, diese Schritte kamen herauf. Na gut, es gab also eine Treppe, das war mir jetzt völlig egal, ich mußte aufs Klo. Krick, krack, der Schlüssel drehte sich zweimal im Schloß – war es ein Typ oder eine Frau? Eine Frau. Eine enge Verwandte der Mayaprinzessin auf dem Thron in der Küche dieses Arschlochs Mejía.
»Ich muß aufs Klo«, sagte ich zu ihr.
Sie machte mir Zeichen, daß ich vor ihr hergehen solle. Beinahe wäre ich Hals über Kopf hinuntergestürzt und hätte mir das Rückgrat gebrochen. Die Tür ging direkt auf eine Treppe, die auch aus Holz war. Ich ging hinunter und stützte mich dabei an den Wänden ab, denn mir war immer noch schwindelig. Siebzehn Stufen. Nicht neununddreißig Stufen, sondern siebzehn. Ein Absatz. Sie faßte mich am Arm, öffnete eine Tür; es war ein Badezimmer. Sie kam mit mir herein und schloß die Tür hinter sich ab.
»Aber nein«, protestierte ich, »ich gehe alleine.«
Sie zuckte nicht mit der Wimper. Sie blieb dort stehen, unbeweglich wie eine Statue. Ich hätte mir fast in die Hose gemacht, also vergaß ich mein Schamgefühl und setzte mich auf die Toilette. Zu spät erinnerte ich mich daran, daß es in Mexiko keine Bidets gibt. Und dies hier war auch kein Luxusbadezimmer in einem Luxushotel, in dem man die Dusche benutzen konnte. Also begnügte ich mich mit Toilettenpapier. Die Frau betrachtete mich voller Mißbilligung, um ein langes, aber diskretes Wort zu gebrauchen. Es war mir vollkommen egal, wie sie mich betrachtete. Ich zog die Spülung. Ich wusch mir Hände und Gesicht. Das Handtuch war schmutzig. Ich nahm noch mehr Toilettenpapier. Offensichtlich hielt sie das für Verschwendung, denn sie faßte mich am Arm und zog mich aus dem Badezimmer. Sie war kräftig, das spürte man an ihrem Griff

Ich war nicht in der Verfassung, irgend etwas zu versuchen. Ich beschränkte mich darauf, mich umzusehen. Das Haus war alt und heruntergekommen. Die Bodendielen waren morsch und vertrocknet, die Wände schmutzig, voller Risse und Flecken. Das Haus hatte einmal bessere Zeiten gekannt, das konnte man an den Zierleisten der Türrahmen und an der Badezimmereinrichtung sehen. Dieser Teil mußte zu den Wirtschaftsräumen gehören. Es gab zwei Türen und den Schacht des Treppenhauses. Die siebzehn Stufen endeten an meinem Zimmer. Die Frau führte mich nach oben, ich ging hinein, sie schloß hinter mir ab, und ich hörte sie hinuntergehen.
Panik überfiel mich. Nicht, weil ich Angst hatte zu sterben; es war die Panik vor dem Nichts. Sie würden mich für immer hierbehalten. Sie würden fortgehen. Und nie wieder würde jemand vorbeikommen, weder um mich zum Bad zu begleiten noch sonst irgend etwas. Ich war allein auf der Welt, vor mir lag nichts mehr. Dieses Mal hatte es mich böse erwischt, und es war die Vergangenheit, die mir Erlösung brachte.
Sie kam dorthin, wo ich war, stieg hinauf, kletterte hoch, flog heran und schwebte hinab, sie hüllte mich ein und flüsterte mir in die Ohren. Ich atmete wieder tiefer, mein Herz schlug nicht mehr so rasend schnell, die Kälte verflog, alles kehrte an seinen gewohnten Platz zurück. Sie lächelte mich an und ging nicht weg, sie blieb bei mir.
Wir gingen zusammen irgendwohin, wandelten in weißen und goldenen Räumen, in Gärten, auf einem riesigen Schiff, im Bois, in den Straßen des Sixième, durch eine blutige Nacht des Schreckens, durch verlassene Dörfer, über Landstraßen, durch unterirdische Räume, geplünderte Kirchen, Abgründe, Büros, Kellerräume und über Volksfeste.
Wir wanderten, rannten, hüpften, krochen und tanzten sogar. Wir tranken Bier, Kaffee, Schokolade, Tee, Wasser, Wein und Suppe. Wir waren hungrig. Wir aßen Leckerbissen, Salami und Käse, hartes Brot, Obst, verdorbenes Fleisch und Reste von Resten, die selbst von Schweinen verschmäht wurden, Schmalzkügelchen, Schokoladenriegel und jeder eine halbe Chorizo, denn

das war alles, was wir noch hatten. Wir waren durstig. Wir waren müde. Wir wurden verletzt, verfolgt, beglückwünscht, entdeckt; sie ließen uns durch die Luft fliegen, sie retteten uns, wir wurden mitgenommen, fortgebracht, und sie vergaßen uns. Wir spürten Kälte und Verzweiflung. Wir liebten uns, feuerten Schüsse ab, wir warteten im Regen und in der Nacht, wir stellten Bomben her, entflohen, marschierten vorbei, wir weinten, schrien und sangen Lieder, wir lachten und sagten uns auf Wiedersehen. Wie toll es war, gelebt zu haben.
Ich fand mich auf dem Bett wieder und lächelte mir über die Jahre hinweg zu. Morgen, wenn ich meine Kräfte zurückgewonnen hätte, wenn die Wirkung des Chloroforms nachgelassen hätte, morgen würde ich fliehen.
Die Frau, die mich ins Bad begleitet hatte, brachte mir zweimal etwas zu essen hoch. Es war nicht gerade Cordon bleu, aber es war auch kein ungenießbarer Fraß. Sie ließ mir einen Becher mit Wasser da. Gegen Abend begleitete sie mich noch einmal ins Badezimmer. Ich legte mich ins Bett, ich wollte schlafen. Morgen würde ich ausgeruht sein müssen. Die Glühbirne blieb die ganze Zeit angeschaltet, Tag und Nacht. Hier im Zimmer gab es keinen Lichtschalter, und die Glühbirne hing sehr hoch, so daß man sie nicht ausdrehen konnte. Sie wird sowieso glühend heiß sein, tröstete ich mich. Ich drehte mich mit dem Gesicht zur Wand und schloß die Augen. Denk nicht, sagte ich zu mir. Ich schlief ein, und ich hatte keine Träume.

Ich wurde wach, als jemand den Schlüssel im Schloß drehte. Aber es war nicht der Held mit dem undurchdringlichen Gesicht auf dem Weg zu meiner Rettung. Es war die Frau von gestern, die Frau aus dem Mayageschlecht, und sie trug einen Becher Kaffee in der Hand. Es war feinstes Tafelgeschirr, das man hier den Gästen brachte, und zu allem Übel auch noch emailliert. Mit Aluminium hätte man etwas anfangen können, vorausgesetzt, man verfügte über einen übermenschlichen Vorrat an Geduld. Aber emaillierte Sachen kann man zu nichts gebrauchen. Wenn man es recht betrachtete, war es besser, daß es

die Mayafrau war – Helden machen mich mißtrauisch. Irgendwann werden sie zu Bürokraten oder zu Tyrannen oder zu beidem. Helden und Tangosänger müssen jung sterben.
»Wie heißt du?« fragte ich sie.
Sie antwortete nicht, sah mich nicht an, nichts. Sie stellte den Becher auf den Tisch und nahm den Wasserbecher in die Hand, um ihn mitzunehmen.
»Ich möchte vorher aufs Klo.«
Sie brachte mich hin.
»Ich brauche eine Zahnbürste und Zahnpasta.«
Sie antwortete nicht.
»Bist du stumm?«
Sie sagte immer noch nichts.
»Ich weiß nicht, ob du stumm bist, aber blöd auf jeden Fall.«
Sie war nicht zu erschüttern. Jetzt hatte sie ihre Rolle aber lange genug gespielt. Ich blieb zwischen der Toilette und dem Waschbecken stehen, sah sie fest an und stieß eine ganze Reihe ausschweifender Beschimpfungen aus, aber ich blieb dabei ruhig. Warum sollte ich ausfallend werden, ich wollte mich schließlich nicht mit der jungen Enkelin von Cuahutémoc anlegen. Ich sagte alles mögliche zu ihr, sogar ›Tochter einer dreckigen Hündin‹, und das ist wirklich schlimm. Keine Regung zeigte sich in ihrem Gesicht, kein Funkeln trat in ihre Augen, kein Mundwinkel zuckte.
»Schon gut«, gab ich mich geschlagen, »für heute hast du gewonnen, aber mir wird schon etwas anderes einfallen.«
Wir gingen hinauf, siebzehn Stufen, sie schloß mich ein, und ich trank den Kaffee. Die Mexikaner können keinen Kaffee kochen; sie können mir nicht erzählen, daß sie sich dieses Gebräu zusammenkochen, weil es ihnen schmeckt.
Ich trank den Kaffee aus. Ich mußte fliehen. Heute war der Tag, an dem ich fliehen würde. Ich fühlte mich geschwächt und verunsichert, aber ich hatte mir vorgenommen zu fliehen, also würde ich es auch tun.
Ich konnte es nicht. Ich bemühte mich den ganzen Morgen lang, an das kleine Fensterchen heranzukommen. Dieser Weg

erschien mir einfacher als der durch die Tür. Wenn ich durch die Tür raus wollte, mußte ich an der unbeirrbaren Indígena vorbeikommen, die so viel Kraft hatte, dann mußte ich noch durch das ganze Haus – und wer weiß, wer oder was mich hinter den Türen und unter den Sesselbezügen alles erwartete. Wenn ich aus dem Fenster hinaus wollte, würde ich nur klettern müssen.
Ich konnte es nicht. Ich konnte nicht so hoch springen; ich hätte es selbst dann nicht gekonnt, wenn ich körperlich und seelisch in guter Verfassung gewesen wäre. Den Tisch auf das Bett, den Stuhl auf den Tisch: Das war allerdings ein Versuch, der erfolgversprechend schien. Es würde zwar hin- und herschaukeln wie ein Kanu auf hoher See, aber unmöglich war es nicht. Ich ging zum Tisch und wollte ihn anheben. War er am Boden festgenagelt? Nein, er war nicht festgenagelt, aber er war sehr schwer. Für mich war er zu schwer: Ich hatte das Gefühl, daß ich es irgendwann einmal schaffen könnte oder irgendwann einmal geschafft hätte, aber im Moment konnte ich es nicht. Aber ich konnte ihn schieben. Nein, das ging auch wieder nicht. Der Lärm würde die Mayafrau und wahrscheinlich noch jemand anderen anlocken, alle, die im Haus waren, und das konnten entweder zwei oder auch fünfundzwanzig sein. Die Klaustrophobie setzte mir ihre Faust in den Nacken. Ich schüttelte sie ab und zwang mich, ruhiger zu werden. Ich mußte es auf einen anderen Tag verschieben und mich an all das gewöhnen, als wäre es das Natürlichste der Welt. Morgen, sagte ich zu mir, morgen. Morgen fliehe ich. Und um meiner Mutlosigkeit erst gar keinen Raum zu geben, strich ich die Wolldecken glatt, schüttelte das Kissen auf und schnüffelte in der Kiste herum, die ich vor so langer Zeit in meine Inventurliste aufgenommen hatte – gestern. Ich fand etwas, das ich am allerwenigsten erwartet hätte: Bücher.
Ich setzte mich in einen halben Lotossitz mit leichten Abwandlungen und begann zu lesen. Ein Stapel Bücher auf der rechten Seite, ein Stapel Bücher auf der linken, sie und ich auf dem Bett – Lotos oder Lilie oder irgendeine andere Blüte außer die der Narzisse, denn es war weder Vorfrühlingszeit, noch bog ich den

Kopf zur Seite –, las ich *Sündhafte Mütter*; es war mit Federzeichnungen illustriert. *Die Agrarreform in Mexiko*, die gerecht, notwendig und wünschenswert war und so ungefähr das Langweiligste, was jemals in Buchform erschienen ist, und *Das Meer im Pentagramm* – eine Biographie in Romanform über Claude Debussy. Ich verschlang zwei ziemlich unterhaltsame Krimis; in einem gab es viele Leichen, viel Blut, viel von allem, aber in keinem fand ich Inspiration; die Thematik von Gefangenen, die sich mit ausgetüftelten Tricks aus den Klauen der Bösewichter erretten, schien die Autoren nicht zu interessieren.
Ich aß zweimal, ging zweimal aufs Klo, man gab mir keine Zahnbürste und auch keine Zahnpasta. Ich fühlte mich schlecht, schmutzig, verwahrlost, ich hatte einen bitteren Geschmack im Mund – keine Feile für die Nägel, kein Bügeleisen für die Wäsche, keine Hoffnung für die Zukunft. Ich schlief kaum in dieser Nacht, so sehr war ich damit beschäftigt, mich zu zwingen, an nichts zu denken. Sobald ich ein wenig lockerließ, begannen die Fragen: Was würde mit mir geschehen, was würden sie mir antun, wann würde ich hier rauskommen; ob ich wohl lebend oder tot hier herauskam; was hatten sie mit meinem Gepäck gemacht, mit meinem Parfüm, meinen Bürsten, meiner Unterwäsche, meinen Sandalen und meinen Tüchern? Ich fragte mich, ob sie im Hotel gemerkt hatten, daß mir etwas passiert war; ich fragte mich, was aus Hekke würde, aus Rolito, Kerr, der Dicken aus dem Fernsehen, aus Mejía, der Frau in Hellblau und aus dem sterbenden, eingesperrten Mann. Laß das Denken, hör auf! Als ich einschlief, träumte ich, daß ich völlig außer Atem auf dem Bahnsteig ankam und der Zug mir direkt vor der Nase wegfuhr. Das Licht hinten am letzten Waggon wurde immer kleiner und verlor sich schließlich in der Nacht.

Der nächste Tag verlief genauso; von nun an würden alle Tage gleich verlaufen bis ans Ende aller Zeiten, bis ich alles vergessen hatte: wer ich war, wie ich hieß, wie ich hierhergekommen war und was man tat, wenn man sich die Zähne putzen wollte. Und dann würde ich irgendwann sogar die Lust verlieren zu fliehen, und dieses hier würde zu meiner Welt werden, das Zimmer, die siebzehn Stufen, das Badezimmer, die Glühbirne, die Emailbecher. Und ich würde mich daran gewöhnen, mich mit der Indígena über sündige Mütter zu unterhalten, über *Pelléas et Mélisande* und über die Agrarreform. Denk nicht, an nichts und niemand! Flieh nicht. Doch, du mußt fliehen! Ich kann es nicht. Denk nicht! Eine Zahnbürste, was kostet euch das? Ich kann es nicht. Ich versuchte es nicht einmal, ich legte mir nicht einmal einen Plan zurecht. Als es Abend wurde, war ich so erschöpft, als wäre ich zehnmal zum Fenster hochgestiegen.

Ich schlief gut, wachte auf, ging zum Bad, fragte nicht mehr nach einer Zahnbürste, trank meinen Kaffee, weinte, warf mich auf mein Bett und starrte an die Decke. Den ganzen Tag starrte ich an die Decke. Ein ganzer Tag ist eine lange Zeit; niemand, der nicht einmal einen ganzen Tag an die Decke gestarrt hat in dem Wissen, daß er nicht fliehen wird und daß dieses seine ganze Welt bleibt, kann sich vorstellen, wie lang die Zeit ist. Es kam keine Krankenschwester, um mir Injektionen zu geben, und auch kein Gefängniswächter, um mich zu foltern; es kam überhaupt niemand. Die Frau, die mir das Essen hochbrachte oder mich zum Bad begleitete, zählte nicht. Heute war genauso wie gestern, gestern genau wie vorgestern, und das war alles. Die Tränen liefen mir den Hals herunter, fielen auf das Kissen und machten es naß. Zurück blieb eine kleine, kalte Stelle, die sofort trocknete.

Es war dieser gefährliche Moment. Man leidet, um die Genugtuung der Buße zu spüren, und das Leiden und damit die Genugtuung verstärken sich noch durch die Überzeugung, daß alles sinnlos, banal und bedeutungslos ist. Ich wußte, daß es schlimm für mich aussah. Ich wußte, daß ich möglicherweise hier nicht mehr lebend herauskommen würde, aber ich weinte nicht aus Angst oder Verzweiflung; ich weinte über all die Dinge, über die ich schon immer hatte weinen müssen; und ich weinte, weil die Schuld an allem, was mir passiert war, was mir geschah und noch geschehen würde, bei mir selbst lag. Deshalb hatte ich es verdient, diese Welt aus dreieinhalb mal vier mit einem Holzdach ganz weit oben, ich hatte es verdient, nicht zu leben, sondern dahinzuvegetieren und niemals wieder zurückzukehren. Dieser Gedanke brachte mich noch mehr zum Weinen, und um meinen Kopf herum hatte sich schon eine feuchte Aureole auf dem Kissen gebildet, die nicht mehr so leicht trocknen würde. Meinen Vorsatz, nicht zu denken, konnte ich nicht länger aufrechterhalten, wie sollte ich auch? Ich dachte an die Mädchen. Sie waren so gelassen, so quirlig, so liebenswert, meine Mädchen, meine Töchter. Atala, meine Kleine. Der Duft nach Seife, nach Sonne und Karamel, nach Butter, Wiesen und Pfirsichen. Der Sommer, das Herumtollen am Strand, ihre Körper, die vier kleinen Körper an meinem, spielend, säugend, weinend. Sie hatten Masern gehabt, Seidenstrümpfe, Freunde, Mieder, Lippenstifte, Diplome, Gehälter, sie hatten um irgendeinen lausigen Typen geweint, sie waren weit weg, ›Mama, ich heirate‹, sie würden ihre Kinder bekommen, so weit weg, sie würden glücklich sein, meine Mädchen, die sich nicht im Traum vorstellen konnten, in welch eine Sache ich mich verstrickt hatte. Was wußten sie schon von ihrer Mutter, was wußte ich von ihnen; aber das war unwichtig, wir liebten uns, und sie waren weit weg. Waren sie glücklich? Wie sollte ich das wissen? War ich glücklich gewesen? Das tat jetzt nichts zur Sache. Wie toll es war, gelebt zu haben. Das war doch unwichtig, ich wollte nur, daß *sie* glücklich waren. Inés, bei Inés würde ich es nie wissen. Judy schon, sie war geboren, hofzuhalten, in die Runde zu lächeln und zu sagen ›oh, ich weiß nicht, ob ich das kann‹ – und alle Welt kam herbeigelaufen und tat alles für sie. Flavia auch, ja, solange sie Pläne machen und organisieren konnte. Und Atala, die Tochter meines Herzens, die als letzte gekommen war, Atala, bitte, sie ja, sie sollte glücklich sein – Atala, die lachte, redete, die jedesmal, wenn sie kam, wie ein Wirbelwind bei mir hereinschneite –, hier würde sie niemals hereinkommen, durch diese Tür. Die vier, sie sollten im Hotel anrufen, sie sollten etwas ahnen, sich Fragen stellen, sich erinnern und sich Gedanken machen, sie sollten etwas unternehmen, irgend etwas. Ich wollte sie sehen. Schließlich wurde der Schmerz so groß, daß ich

aufhörte, den Menschen und den Dingen Namen zu geben, und ich weinte verzweifelt.
Man kann nicht lange so heftig weinen. Man läßt ein wenig nach, es kommt ein Moment der Klarheit, es kommen Augenblicke, in denen man still ist. In einem dieser Momente kam es mir in den Sinn, daß ich nicht wollte, daß die Zimtziege, die mir das Essen brachte, mir ansah, daß ich geweint hatte, und es dann jemandem erzählte, Mejía, oder sonst jemandem im Haus. Sie würden mich töten, aber ich würde mich nicht weinend zum Schafott führen lassen. Ich würde ihnen ins Gesicht spucken. Also zwang ich mich, nicht zu weinen, und es gelang mir auch. Der Schmerz wurde nicht kleiner, aber ich weinte nicht. Nach dem zweiten Essen und dem zweiten Gang zum Bad warf ich mich auf das Bett und weinte die letzten Tränen dieses Tages.

Ich hatte Schwierigkeiten, wach zu werden, ich war benommen, ich wußte nicht, was mit mir geschah, aber ich war mir sicher, daß etwas mit mir geschah und daß es etwas Schreckliches war. Irgend jemand war gestorben. Die Mädchen – nein. Nein, die Mädchen nicht. Mein Mann. Nein, das war schon vor langer Zeit gewesen. Ich – nein. Ich war noch nicht tot, aber ich würde sterben, und zwar sehr bald. Sie würden mich töten. Ich schlug die Augen auf. Ich dachte an gestern. Der heutige Tag würde genauso verlaufen.
Selbsterhaltungstrieb, so nennt man das wohl, dieses Gefühl, das ich in diesem Moment in seiner reinsten Form zu spüren bekam. Etwas explodierte in meinem Blut, etwas kroch von meinen Fersen aus meinen Körper hinauf, etwas wie die Wut oder die Liebe, etwas, das vom Magen auszugehen schien, aber gleichzeitig auch in den Knöcheln und den Hüften zu spüren war, ein Brechreiz, ein Seufzer, ein Schrei, eine Mischung aus allen drei Dingen, etwas, das die Welt ins Wanken brachte, während ich ganz still blieb – das einzig Beständige in einem Universum, das knirschend in Stücke zerbarst. Alles war ins Wanken geraten in diesem schäbigen Zimmer, in dem ich langsam vor mich hingestorben war. Ich war gestorben, weil ich es selbst so

gewollt hatte, aber heute war ein anderer Tag, und er war nicht genau wie gestern, und ich wollte nicht mehr sterben, und deshalb würde ich auch nicht sterben. Verdammt, ich würde nicht sterben. Diese verdammten Arschlöcher würden schon sehen, daß ich nicht sterben würde. Nicht eine Träne, hört ihr, nicht eine. Schluß mit dem Mitleid, Tschau. Die Zahnbürste konnten sie ihrer Großmutter zustecken. Ich würde meine Töchter wieder in den Armen halten, was hast du bloß gedacht, und außerdem würden sie glücklich werden und zu mir sagen: Mama, ich bin so glücklich, ich hab dich so lieb – Vorsicht mit den Tränendrüsen!
Ich stand auf und wartete auf die Schwester der Mayaprinzessin, die bei diesem Idioten wohnte. Ich haßte ihn. Hoffentlich kam diese Zimtziege bald, sie sollte kommen, denn ich wartete auf sie. Nein, ich würde ihr nichts tun. Nicht heute. Morgen war etwas anderes, aber heute hatte ich eine andere Aufgabe vor mir, eine Aufgabe, die mich den ganzen Tag beanspruchen würde.
Sie kam, ich sah sie an, wahrscheinlich war sie nicht die Schwester der Frau, die bei diesem Typen wohnte, aber eigentlich hätte sie es verdient, auch wenn sie nur ihre Milchschwester wäre. Und das sagte ich, wo ich doch die Mayas liebte, wo ich mich doch hatte anstecken lassen von der Heiterkeit dieser alten Figuren, die sich in den Vitrinen der Weltmuseen vor Lachen die Bäuche halten und ihre Münder weit aufreißen. Sie brachte mich zum Badezimmer, ich wusch mich, spülte meinen Mund aus, kämmte mir mit den Fingern durch die Haare, und als ich wieder im Zimmer eingesperrt war, trank ich den Kaffee.
Welchen Tag wir wohl hatten, welchen Wochentag? Wen interessierte das jetzt? Hand ans Werk. Nicht die Hand, was sollte ich jetzt mit meiner Hand anfangen? Die Füße, das war etwas anderes. Und dann begann ich, diesmal ohne flauschigen Teppich, im Zimmer herumzulaufen, immer im Kreis, zwei nach hier, zwei nach dort, vier nach hier, vier nach dort. Die Schritte hallten in den Gehirnwindungen wider, dort wo die Seele wohnt, die alles weiß, und die Gedanken hüpften aus den Ecken, wo sie so gemütlich und dick eingemummelt geschlafen hatten,

und es waren so viele, daß ihnen mein Kopf zu eng wurde, sie breiteten sich überall aus und entwischten mir aus den Ohren, aus der Nase und dem Mund und flogen überall im Zimmer herum, und ich fing sie mit den Händen ein, denn sie waren zahm und ließen sich fangen, und ich sah sie mir von allen Seiten an, warf ein paar von ihnen weg, und andere bewahrte ich auf, und mit denen, die ich behielt, baute ich mir ein Schloß. Ein Schloß, aber kein Märchenschloß, sondern ein Schloß voller wilder, blutrünstiger Krieger. Es hatte eine Zugbrücke, Türme, Stallungen, Mauern, Küchen, Terrassen und lange Flure. Und natürlich ein unterirdisches Verlies.

Und wenn du hier herauskommst, mußt du für alles eine Lösung gefunden haben. Ha! Ja, lach nur. Eine Lösung für alles. Ich werde nicht nur von hier fliehen, ich werde dieser gemeinen Ziege, die mir keine Zahnbürste geben wollte, noch eins auf die Nase geben. Ich muß ja einen höllischen Mundgeruch haben. Und nicht nur das; Gestank nach altem Fett, schmutziger Wäsche, fettigen Haaren, Schweiß, nein, nicht nach Schweiß, mal sehen – nein. Ich bin eine Vogelscheuche. Wenn mich Brülsen sehen könnte, so fein, wie er immer ist. Wer sagt dir denn, daß *er* es nicht war, der die Anordnung gegeben hat, dir keine Zahnbürste zu geben? Und kein Bidet und überhaupt gar nichts, ich ekele mich vor mir, ich sehe aus wie ein Schwein. Brülsen schien sich nicht vor mir geekelt zu haben, aber das war natürlich in der Zeit, als ich noch frisch gebadet und parfümiert war und rosafarbene lange Hosen und ein weißes Baumwollblüschen trug. Kotzbrocken! Natürlich war er in etwas verwickelt. Es paßt mir nicht, diese Schlußfolgerung, daß er in etwas verwickelt ist, und ich weiß nicht, warum. Er ist nämlich ein Künstler in seinem Beruf, und zwar einer der besten. Ja, er ist in etwas verwickelt, werde ich zu Kerr sagen, in irgendeine dicke, schmutzige, kriminelle Sache. Und er wird mir dann erzählen, was das für eine Sache ist. Oder vielleicht erzählt er mir auch nichts, ziert sich und tut geheimnisvoll. Was geht mich das an? Ich kann mir alles auch ohne die Hilfe von Kerr zusammenreimen. Das ist keine Hellseherei, ich bin keine Hellseherin, ich bin keine Hexe – wir

Frauen sind alle Hexen, uns bleibt nichts anderes übrig –, glücklicherweise nicht verseucht durch die Allmächtige Vernunft, steigen wir freudig zum Scheiterhaufen hoch oder wandern in die Arena hinunter. Komm, Vernunft, die du auf der anderen Seite des Meeres weilst, komm, führe mich auf dem steinigen Pfad des Verstehens, denn dein weiblicher Sherlock ruft dich. Ursache und Wirkung, Ableitung, Logik, Genauigkeit, laß uns theoretisieren, induzieren, grübeln. Und falls die arme Vernunft wegen des verteufelten Verkehrs, der in Mexiko herrscht, nicht rechtzeitig ankommt, werde ich es selbst tun müssen, mit eigener Kraft – und mit links. In absentia sage ich: Es ist etwas, das mit Erdöl zusammenhängt. Und nicht nur, weil Teo Brülsen damit seine Geschäfte macht, sondern weil weder Waffen noch Drogen, noch irgend etwas anderes zu sehen ist, für das sich zwei oder drei Regierungen interessieren könnten, und wenn nichts zu sehen ist, könnte es sie zwar trotzdem geben, aber nehmen wir erst einmal an, daß es nicht so ist. Hallo! Hat sich die Señora Vernunft schon auf den Weg gemacht? Sagen Sie ihr, sie brauche sich nicht zu beeilen, sie soll sich in Ruhe zurechtmachen, denn das wird sie hier brauchen. Ein Typ, der einen versteinerten, fedrigen Farn besitzt, handelt weder mit Waffen noch mit Drogen. Ein Typ, dem es gefällt, Interesse an einer alten Frau zu heucheln, die seinen Verdacht erregt und von der man ihm erzählt hat, sie wolle ihn heiraten – was aber sicher nur ein Vorwand ist –, handelt nicht mit Drogen. Ein Typ, der mit Hekke befreundet ist, handelt nicht mit Waffen, denn Hekke sammelt Ikonen, die ihn ansehen. Ein Typ, der ein Observatorium hat. Einen Moment mal. Ein Typ, der ein Observatorium hat. Ein Typ, der Katzenliebhaber ist, kann sehr wohl ein Idiot sein, ein übler Verbrecher, Sadist, krank vor Ehrgeiz, was immer man sich vorstellen kann. Schwerlich, aber es kann sein. Ein Typ, der ein Observatorium hat. Mal sehen, schauen wir uns das noch einmal an. Ein Typ, der ein Observatorium hat. Was tut ein Typ, der ein Observatorium hat? Ein Typ, der Katzenliebhaber ist, kann einen Kater oder eine Katze liebkosen – und gleichzeitig ein Gespräch mit seinen Komplizen führen und ihnen erklären, wie sie diese lächerliche Person, die unter dem Vorwand hierher gekommen ist, ihn heiraten zu wollen, aber in Wirklichkeit eine Spionin ist, entführen und langsam töten sollen. Ein Typ, der Katzenliebhaber ist, kann in einem Moment der Wut oder der Eifersucht oder einfach so einem Kater oder einer Katze den Hals umdrehen. Eine Katze ist ein kleines Tier mit vielen Haaren, sanft und kuschelig, und wenn sie dich ernst anschaut und zu dir sagt, daß sie bereit ist, ihr ganzes Leben mit dir zu verbringen, solange du ihr Unterkunft, Futter und Streicheleinheiten hinter den Ohren, Respekt und den Zehnten gewährst, hast du einen der unzugänglichsten Kontinente der Welt erobert. Eine Katze kann man mißhandeln. Es ist schwierig, sie zu erobern, es ist schwierig, sie zu betrügen, aber es ist nicht unmöglich. Aber das Universum – unmöglich. Ein Typ, der ein Observatorium hat. Eine Katze ist ein Symptom, eine Katze ist widersprüchlich. Ein Typ, der ein Observatorium hat. Genau das. Dieser Typ steigt auf den Dachgarten hoch und schaut nach oben. Er hat einen Schlüsselbund, und an diesem Schlüsselbund hängen viele Schlüssel, stell dir vor, es ist ein Typ mit vielen Interessen, vielen verschiedenen Geschäften. Er wählt einen Schlüssel, geht hinein und macht das Licht an. Er geht zum Teleskop, setzt sich, schaut, stellt es scharf. Ein Typ, der sich mitten im Universum befindet, krault einer Katze nicht den Hals, er befindet sich mitten im Universum. Das Universum hat keinen Hals. Ein Typ, der sich mitten im Universum befindet, fühlt sich nicht als Herr über das Leben eines kleinen, kuscheligen Tieres mit vielen Haaren. Das junge, kuschelige kleine Tier mit vielen Haaren hütet kleine Kätzchen unter dem Tisch. Am Rande der weißen Steilhänge, der schwarzen Löcher und der Wolken aus Licht fühlt man sich über niemanden Herr. Wissen Sie was, Doktor Marcelo Jot Kerr? Brülsen ist in gar nichts verwickelt, und darüber freue ich mich. Das heißt, vielleicht ist er schon in etwas verwickelt, und zwar in diese Dinge, in die jeder Typ verwickelt ist, der ein mehr als beträchtliches, ein sündhaftes Vermögen besitzt. Aber in nichts, was Sie interessieren könnte. Her mit den hunderttausend grünen Scheinen. Noch etwas? Die Zugabe, wenn Sie wollen. Ich bin in der Lage, Ihnen eine Zugabe zu geben, und zwar deshalb, weil die Señora Vernunft vor der Stadt im Stau steckengeblieben ist. Hier kommt die Zugabe, mein Lieber, und danach lassen Sie mich in Ruhe, denn ich muß los und mir einen Buchara im Supermarkt an der Ecke kaufen. Ob sie wohl bei Aurrera Bucharateppiche verkaufen? Die Zugabe ist Mejía und alles, was mit ihm zu tun hat. *Das* ist Ihr Mann, Doktor Marcelo Jot, mit Jot für Jonas. Er ist auf jeden Fall in etwas verwickelt; ich weiß nicht, worin, aber ich könnte Ihnen eine brillante Analyse anbieten. Die praktischen Arbeiten müssen Sie schon selbst übernehmen, ich nicht, ich werde mir die Hände nicht noch einmal schmutzig machen. Von Mejía glaube ich alles mögliche, Waffen, Drogen, Mädchenhandel, was immer Ihnen in den Kopf kommt, was immer mir in den Kopf kommt. Er sieht zu gut aus, und von Autos versteht er überhaupt nichts. Lassen Sie uns nicht von Kleinigkeiten sprechen, sondern von einer ganz dicken Sache. Er konnte nicht einmal ein abgeknicktes Kabel erkennen, wie ist das möglich? Dieser Typ ist von Kopf bis Fuß aus Pappmaché, er existiert nicht, er *ist* nicht, er versucht zu sein, er möchte gerne sein – aus dem Nichts, aus einem Haus, in dem man die Möbel völlig willkürlich in irgendeiner Ecke aufgestellt hat, in dem noch nicht einmal etwas von schlechtem Geschmack zu spüren ist. Aber ich würde sagen – nein, weder Waffen noch Drogen, noch Mädchen. Ich würde sagen, schwarz, wegen Brülsen. Ich soll Ihnen das näher erläutern? Gehen Sie zum Teufel, mein Lieber, ich muß mir auch noch eine Alabastervase kaufen gehen, eine Laune von mir. Die Männer, die Männer; sei vernünftig, meine Liebe, sagen sie zu dir, und du sprichst von etwas ganz anderem. Nein, ich weiß schon, daß Sie das nicht verstehen. Herumtreiberei, verstehen Sie jetzt? Immer ist er da, immer taucht er irgendwo auf. Er ist es, der geht, und trotzdem ist es Hekke, der da ist. Also Erdöl. Genau wie ich es am Anfang gesagt habe, nur auf eine andere Person bezogen. Nein, mit Erdöl wird kein Handel betrieben, oder doch, aber ganz öffentlich. Erdöl ist nicht illegal; es ist einfach da. Erdöl wird entdeckt, gefördert, verarbeitet und verkauft, und die Autos fahren damit. Was kann man mit Erdöl anfangen, mit Petrochemie – das, was Brülsen damit macht. Wer weiß. Über Erdöl weiß ich überhaupt nichts, nur daß es knapp wird. Weltweit wird das Erdöl knapp. Na gut, dann reiten wir eben auf Pferden oder fahren Fahrrad, bis sie etwas anderes finden. Etwas anderes. Wenn jemand etwas anderes findet. Frau Allmächtige Vernunft, kommen Sie bitte nicht, kommen Sie nicht näher, sehen Sie mich nicht an, berühren Sie mich nicht, ich gehöre zu denen, die freudig zum Scheiterhaufen hinaufsteigen, ich, denn ich bin am Rande irgendeiner Sache angelangt, eines weißen Steilhanges, eines schwarzen, einer kosmischen Wolke, der Wahrheit. Gehen Sie, hier ist kein Platz für Sie, kommen Sie nicht herein, zwei sind zuviel, gehen Sie! Wenn jemand irgendwann versucht hat, an Brülsen heranzukommen, um ihn – ich weiß nicht, warum – hinters Licht zu führen, um in die Welt der Scheichs eingeführt zu werden und dort zu leben, um in der Welt der Großen mitzumischen, irgend etwas, und plötzlich erfährt er, daß ein anderer Jemand »Das Andere« erfunden hat, etwas, wodurch man das Erdöl ersetzen kann, dann muß der erste Jemand dieses Andere an sich bringen oder sich des zweiten Jemands entledigen, auf seine Kosten oder auf die Kosten anderer, und sich danach wieder seinem Geschäft zuwenden. Egal, ob er seine Pläne ändert oder nicht, auf jeden Fall muß er diesen anderen Jemand in seine Gewalt bekommen, ihn entführen und ihn in ein Geheimzimmer bringen, hinter eine Tür, die versteckt ist in der Tapete eines anderen Zimmers in diesem kalten und schlecht möblierten Haus, um ihm das Geheimnis zu entlocken. Es war ein guter Kaffee, der beste in ganz Mexiko. Sie würden ihn dem Kranken zu trinken geben, wenn er ihn überhaupt schlucken konnte. Er starb ihnen weg, ich weiß nicht, woran, ob an seinem Leiden, an Mißhandlungen oder an irgendwelchen Drogen, die ihn zum Sprechen bringen sollten. War es schlimm, wenn er starb? Wollte Mejía die Formel für »Das Andere«? Oder wollte er ihn aus dem Verkehr ziehen? Was auch immer er mit ihm vorhatte, der Typ lag im Sterben, er war schon tot. Wer er wohl war? Er konnte keine berühmte Persönlichkeit sein, denn dann hätte man etwas von seiner Entführung gehört. War irgendein kluger Mann verschwunden? Auf die andere Seite des Eisernen Vorhangs gegangen? Nicht daß ich wüßte, und ich gehöre zu den Leuten, die die Zeitungen mit aller Sorgfalt lesen. Aber diese Typen, die in den Labors von Iowa oder Oklahoma arbeiten. Oklahoma. Und wenn Rolito ins Hotel geht und nach mir fragt? Schluß jetzt. Unbekannte Typen, die an irgendeiner Sache arbeiten. Nein, auch nicht. Wenn ein Team nach dieser Sache forscht und einer aus diesem Team verschwindet, sickert immer etwas an die Öffentlichkeit durch, vor allem in den Ländern, in denen Journalismus noch Journalismus ist und keine Prostitution. Die Gabe, durch Zufall etwas zu entdecken. Das Penicillin. Niemand Bedeutendes. Ein Amateur. Nein, das führt jetzt zu weit. Man kann es niemals zu weit führen. Es könnte ein Chemiker gewesen sein, ein Chemotechniker, der in einem Labor arbeitet – und eines Tages passiert es. Er führt eine Routinearbeit aus, aber macht einen Fehler. Oder er läßt seiner Phantasie freien Lauf. Oder er will sich an seinem Chef oder an dem Typen, der ihn in der anderen Schicht vertritt, rächen und tut das, was man nicht tun darf. Es passiert. Es gibt keinen blinden Zufall, aber es gibt die Gesetze der zufälligen Entdeckung. Ohne es zu wollen, ohne darüber nachzudenken, ohne es zu planen, entdeckt er »Das Andere«. Es muß ihm wie Feuer auf der Seele brennen. Er erzählt es niemandem. Nicht einmal seiner Frau. Vielleicht hat er gar keine Frau, vielleicht hat er niemanden. Seine Vermieterin. Ein Freund geht bei ihr vorbei, holt seine Sachen ab, erzählt, daß sie in den Urlaub fahren wollen und bezahlt. War jemand im Hotel? Meine Koffer? Schluß, habe ich gesagt. Er erzählt es niemandem. Aber er muß jemanden finden, und er macht sich auf die Suche. Die Regierung? Schwerlich. Was weiß ein Labortechniker von der Regierung? Daß sie die Steuern erhöht. Daß die Dinge nicht besonders gut laufen. Daß der Dollarkurs steigt. Daß sie Reden halten. Nein, nicht die Regierung. Aber er muß jemanden finden. Er hält ein Vermögen, Ruhm, Bekanntheit und den Nobelpreis in den

Händen, und er muß jemanden finden, der ihm sagt, was zu tun ist und wie man es anstellen muß. Deshalb liegt er auf diesem Bett im Sterben und wird von der Frau in Hellblau bewacht. Deshalb bin ich hier. Ich liege nicht im Sterben, und falls jemand versuchen sollte, mich dahin zu bringen, wird er eine Riesenüberraschung erleben. Ich bin hier, weil ich eines Tages an Brülsens Tor aufgetaucht bin und ein gutaussehender Typ am Steuer eines Angebercoupés herausgefahren kam, das sich kein Mensch, der an Kohle gewöhnt ist, jemals kaufen würde – und weil sich unsere Blicke kreuzten, und ich danach zu ihm ging und ihm sagte, daß es die Zündspule ist und daß der Funke nicht überspringt. Beschatte sie, muß er durch die Zähne gezischt haben, voller Haß auf mich und aus Angst, daß ich ihm sein Spielchen verderbe, beschatte sie, wahrscheinlich ist es gar nichts, aber die Sache stinkt verdächtig. Sie stank genau so, wie ich jetzt riechen mußte. Sie holt mich aus der Bar, bringt sich in Gefahr, damit ich nicht den Bullen in die Hände falle. Nach Villa Coapa, in ein Haus, in dem sie vielleicht sogar tatsächlich wohnt. Ich tauche bei Brülsen auf, und von jetzt an läßt er mich keinen Moment aus den Augen, kommt ins Hotel, sie verfolgen mich ständig, er oder die Frau. Aber als er mich schachmatt setzen will, taucht Hekke auf, der es gerne sehen würde, wenn ich Brülsen heirate, und alles nur, weil ich Rolito diese Geschichte erzählt habe, damit er mich zu Brülsen mitnimmt, und holt mich da heraus. Ständig haben sie mich überall wieder herausgeholt. Und da ich zwar mutig, aber nicht gerade vernünftig bin, komme ich zurück und lasse mich entführen. Ich bin ein Genie, Doktor Kerr, glauben Sie mir das.

Ich war so zufrieden, so stolz auf mich. Den Rest des Tages bewegte ich mich viel, ich machte Gymnastik, Dehnübungen und fuhr in der Luft Rad. Springen konnte ich nicht, weil ich nicht wußte, was unter dem Zimmer lag. Ich wollte nicht, daß sie mich hörten oder Verdacht schöpften. Die Zimtziege kam, ich ging ins Bad, aß, legte mich ins Bett, entspannte mich, nahm mir vor, etwas Schönes zu träumen und schlief ein. Entweder träumte ich gar nichts, oder ich erinnerte mich nicht an meine Träume.

Am nächsten Morgen drehte sich der Schlüssel im Schloß, und herein kam meine persönliche Kammerzofe.

»Was ist los, Loretta Young?« fragte ich, als ich sie mit dem Becher in der Hand durch die Tür kommen sah.

Schweigen. Sie stellte den Becher Kaffee auf den Tisch, und wir gingen ins Badezimmer.

»Diese Frisur steht dir nicht, meine Liebe«, sagte ich und spritzte mir ein wenig Wasser ins Gesicht. »Du solltest dir etwas Schickeres zulegen.«

Ihr Blick veränderte sich ein wenig. Nur eine Spur, aber er veränderte sich. Aha. Also hatte ich recht gehabt, wer hätte das gedacht? Ich hatte ihre Schwachstelle gefunden, nicht gerade an der Ferse, eher am anderen Ende des Körpers, aber hier war sie empfindlich. Wieso war mir das nicht vorher eingefallen? Weil ich verzweifelt war, deshalb. Gut, jetzt war ich nicht mehr verzweifelt. Als wir wieder hochgingen, stocherte ich weiter:

»Und immer dasselbe Kleid, ich weiß nicht, wie du das aushältst. Natürlich, sie werden dir nicht viel bezahlen, oder? Es kann ihnen ja auch egal sein, ob du wie eine Vogelscheuche herumläufst; du kommst wohl auch nicht viel nach draußen, sie haben anscheinend immer etwas für dich zu tun. Ich wette, *sie* geht jeden Tag aus und hat immer etwas anderes an und frische Schminke auf dem Gesicht. Reicht es denn für Feuchtigkeitscreme und einen Lippenstift von Revlon?«

Ich schwöre, daß sie vor Wut kochte, als sie die Tür zuschloß. Auf mich, aber ich hoffte, daß sie auch auf ihre Chefin wütend war.

»Hast du ein Auto? Und ein Haus?« schrie ich zur Tür hin.

Voller Erfolg. Sie blieb dort eine Weile stehen, und erst dann raffte sie sich auf und lief die siebzehn Treppen hinab. Sie rannte sie hinab.

Ich hatte ein paar Stunden für mich allein, bevor sie mit dem Mittagessen kam, und in diesen Stunden würde ich herausfinden, was es mit dem Fensterchen auf sich hatte. Ich warf die

Matratze auf den Fußboden und ging zum Tisch. Er war sehr schwer, aber diesmal schaffte ich es, die vier Beine ein Stückchen hochzuheben und ein paar Schritte zu gehen. Ich schleppte ihn ein Stück. Ich setzte den Tisch ab und begann von neuem. Das Schwierigste war, ihn auf das Bettgestell zu heben. Er rutschte mir weg, die Beine klemmten sich zwischen die Verstrebungen, ich mußte ihn festhalten, damit er mir nicht herunterfiel, ich mußte ihn gegen meinen Körper stützen, weil die Kraft meiner Arme nicht ausreichte, ich mußte ihn ganz vorsichtig bewegen, um keinen Lärm zu machen, aber zum Schluß bekam ich ihn hoch. Ich bewegte ihn hin und her, und er blieb fest stehen. Mit dem Stuhl war es viel einfacher. Das würde genügen, die Kiste auf dem Stuhl würde ich nicht mehr brauchen. Ich kletterte hoch, ganz langsam und vorsichtig, um nicht herunterzufallen und das ganze Haus aufzuscheuchen, und bemühte mich, mein Gewicht gleichmäßig zu verteilen, damit die Tischbeine nicht zu einer Seite wegrutschten. Ich kam oben an und stellte mich auf den Stuhl. Die Fensterbank reichte mir bis zum Brustbein. Ich beugte mich zum Fenster.

Hier würde ich nicht hinunterkommen. Verdammt. Das Fenster ließ sich leicht öffnen, und ich hätte durchgepaßt, obwohl es nicht sehr groß war. Aber dann? Es ging auf ein Dach hinaus, und dieses Dach war viel zu hoch; von hier bis zur Straße waren es mindestens drei Stockwerke. Ich befand mich in einer Art Dachstube, einem Türmchen oder Erker, etwas, das wie ein Aussichtsturm aus dem Haus herausragte, und das Haus hatte zwei Stockwerke, oder drei, denn es schien auf abschüssigem Gelände zu stehen. Es würde nicht gehen. Ich schaute noch einmal raus. Auf der linken Seite stand ein Schornstein, und auf der rechten Seite und vor mir war nur noch das Nichts. Hier würde ich nicht hinauskönnen. Ich würde durch die Tür fliehen und die Frau überwältigen müssen. Verdammt. Ich wäre lieber über das Dach geflohen. Der Gedanke, durch das Haus zu müssen, begeisterte mich nicht gerade.

Genauso vorsichtig, wie ich heraufgeklettert war, stieg ich wieder runter. Ich hob den Stuhl und den Tisch herunter, legte die

Matratze auf und machte das Bett. Die Frau kam mit dem Essen. Ich sah sie an, sie gab den Blick zurück, und da ich nicht vorhatte, ihn für mich zu behalten, gab ich ihn wieder an sie weiter. Sie sagte nichts, aber sie haßte mich. Ich aß das Mittagessen. Den ganzen Nachmittag überlegte ich mir, wie ich hier herauskommen könnte. Gegen Abend hatte ich mir einen Plan zurechtgelegt, einen einfachen Plan, in dem vieles davon abhing, was auf mich zukam, aber was blieb mir sonst.

Ich aß mein Abendbrot, ging mit der Frau ins Badezimmer und sagte nichts. Aber ich sah sie an – ich liebe die Blicke; ich musterte sie von oben bis unten und von unten bis oben und schenkte ihr ein ironisches, verächtliches kleines Lächeln. Eine ganze Weile lang betrachtete ich sie so, und ich machte sie so nervös, daß ich dachte, sie würde mich schlagen. Sie tat nichts und sprach nicht, sie brachte mich nach oben. Sie schloß mich ein und ging.

Ich setzte mich auf das Bett und bereitete mich auf eine lange Wartezeit vor. Ich wartete und wartete, zählte bis hundert und nochmal bis hundert, ich sagte mir Texte von Espronceda, Guido und Spano und Victor Hugo auf, und das, was ich noch von *Die Rache Don Mendos* wußte. Ich machte wieder meine Runden durch das Zimmer und stellte mir vor, ich sei Lizzy, die vor Mister Darcy auf und ab stolzierte. Ich dachte mir Wörter mit a aus, mit e, mit i, mit o und u, Frauennamen ohne a und Männernamen ohne o.

Ich rechnete mir aus, daß ich noch eine Stunde warten mußte, bevor ich zu einer List greifen würde, um Loretta Young zu überraschen, als ich plötzlich ein Geräusch hörte. Ich erschrak. Hier gab es keine Geräusche, überhaupt keine. Ich dachte, daß jetzt die Frau käme, um mich zu töten, daß ich das Maß überschritten hätte. Wieder hörte ich das Geräusch, aber es war nicht an der Tür. Eine Ratte, sagte ich mir. Das ist doch nicht schlimm, du wirst doch nicht vor einer Ratte erschrecken. Eine Ratte ist genauso ein kuscheliges Tierchen mit vielen Haaren, eine Ratte ist scheu, sie läuft weg und verschwindet in einem Loch, das ist doch nicht schlimm. Wieder das Geräusch. Das

war keine Ratte, es war weder im Gemäuer noch unter den Möbeln, noch in den Wänden. Es war oben am Fenster. Ich hatte es aufgelassen, so daß es nun hin- und herschlug. Da war es wieder, oben am Fenster.
Ich drückte mich mit dem Rücken gegen die Tür, hob den Kopf und schaute. Draußen am Fenster war ein Gesicht, ein Gesicht, das mich von außen anstarrte. Ich bekam soviel Angst, daß mir die Knie weich wurden. Ich dachte an Gespenster, an Gehängte, die am Galgen baumeln und durch die Straßen wandern, an Vampire, die aus ihrer Gruft steigen, an Dämonen. Das Gesicht grinste mich an. Eine Hand schlug mit den Fingern gegen die Scheibe. Das Gesicht öffnete seinen Mund, es sprach, es sagte etwas zu mir. Das war kein Gespenst. Jemand war – ich weiß nicht, wie – auf das Dach geklettert, in dem mein Fenster lag.
Ich schaffte alles viel schneller als am Morgen, ich kletterte vorsichtig hoch, aber mein Herz war ganz leicht, und ein Lächeln kitzelte mich im Hals. Sobald ich hier heraus war, würde ich lachen, nach so vielen Tränen und soviel Angst würde ich laut lachen, oben auf dem Dach, drei Stockwerke über dem Boden. Ich kam an das Fenster und stieß es auf.
»Wie geht's?« fragte Hekke.
»Hekke!«
»Kräftig, stemm dich hoch, ich helfe dir.«
Ich stützte mich mit den Ellbogen am Fensterrahmen ab und stemmte mich hoch. Hekke faßte mich an der Taille und zog. Ich kroch auf dem Bauch hinaus, kniete mich hin und stand auf. Ich war auf dem Gipfel der Welt, der Himalaya war ein flacher kleiner Hügel, und man konnte ihn nicht einmal sehen. Mir wurde schwindelig von der frischen Luft, von der Höhe und vor Erleichterung, und ich mußte mich an Hekke festhalten.
»Wie geht es dir?«
»Was glaubst du wohl? Aber das wird schon wieder vorbeigehen.«
»Haben sie dich mißhandelt?«

»Nein, nein. Hekke, wie bist du hier hochgekommen?«
»Schhh, sei leise, mein Schatz, frag jetzt nicht. Sei still, leg deine Arme fest um mich, und schau nicht nach unten.«
Hekke hatte ein Seil um seine Taille gebunden. Das andere Ende war am Schornstein festgemacht. Ich legte meine Arme um seinen Hals, hielt mich fest, verschränkte die Finger ineinander und schloß die Augen. Dieser Verrückte wollte sich von hier aus auf die Straße runterlassen, von so weit oben. Aber nein. Ich machte die Augen auf. Mit einer Hand am Seil und der anderen an meiner Taille ging er Schritt für Schritt nach hinten. Als er am Rand ankam, schob er einen Fuß nach unten ins Leere und setzte ihn auf einer Sprosse ab. Er ließ das Seil ein wenig locker. Den anderen Fuß setzte er auf die nächste Sprosse. So ging es weiter, bis er sich nicht mehr am Seil, sondern an den Leiterholmen festhalten konnte. Es war eine Leiter, wie sie die Feuerwehr benutzt. Ich machte die Augen zu. Wir stiegen langsam hinunter, ganz langsam. Offensichtlich hatte er sich nicht getraut, mich allein klettern zu lassen, und das war auch gut so, denn ich wollte nicht allein hinunterklettern. Ich hätte es nicht geschafft. Die Höhe macht mir nichts aus, und unter normalen Umständen hätte ich es ohne Probleme geschafft. Aber nicht heute nacht. Der nächste Schritt, noch einer und noch einer, die Augen geschlossen, noch ein Schritt, der nächste und noch einer. Wir würden nie unten ankommen, niemals. Wir würden immer weiter hinabsteigen, weiter und weiter, und es würde immer eine nächste Stufe geben.
»Wir sind unten«, sagte Hekke.
Ich löste mich aus seinen Armen. Hekke ließ mich langsam los, bis ich mit dem Fuß auf eine feste Fläche trat, auf den Boden. Nein, es war nicht der Boden. Es war die Ladefläche eines Lastwagens. Ich hatte das Gefühl, gleich ohnmächtig zu werden. Hekke hielt mich hoch. Nein, auch nicht, es war nicht Hekke. Es war Teo Brülsen.

»Wenn ihr glaubt, daß ich hier alleine auf euch warte, habt ihr euch gewaltig getäuscht. Ich komme mit.«

»Hören Sie mal, meine Liebe, ich habe entschieden etwas dagegen, daß Sie sich in Gefahr bringen«, sagte Brülsen.
»Sei vernünftig, mein Schatz, es wird nicht gerade ein Vergnügen werden, weißt du«, sagte Hekke.
»Sie haben schon viel zu viel getan, meine liebe Señora«, sagte der Doktor Marcelo Jot Kerr.
»Sie bleiben hier im Auto und ruhen sich aus, Señora«, sagte Aníbal.
»Ich komme mit«, sagte ich.
Ich ging mit ihnen, und wir mußten nicht gerade sehr weit laufen. Wir standen in einer kleinen Gasse an der Rückseite des Hauses, in dem ich so viele Tage – wie viele? – eingesperrt gewesen war. Wir mußten nur einmal um das Haus herumlaufen und an die Vorderseite des Hauses herankommen. Aníbal meinte, wenn er nicht hierbleiben müßte, um sich um mich zu kümmern, würde er auch mitkommen. Wir waren zu fünft, wir fünf ganz allein, ohne Feuerwehr, ohne Polizei, ohne alles eben.
»Wie wollen wir es machen?« fragte ich.
»Es ist ein ausgetüftelter Plan«, antwortete Hekke, »wir klingeln an der Haustür, und wenn sie aufmachen, gehen wir rein und geben ihnen eins auf die Nase.«
Ich war einverstanden. Dieser Plan war meinem ziemlich ähnlich, meinem Plan, durch die Tür des Turmzimmers hinauszugehen und das Haus zu durchqueren. Nur daß ich nicht geklingelt hätte. Aber genau das passierte jetzt, Hekke klingelte an der Tür. Und wer machte auf? Loretta Young. Höchstpersönlich. Sie öffnete die Tür, und öffnete auch den Mund, aber Hekke hielt ihn ihr mit einer seiner Riesenhände zu. Mit der anderen sorgte er dafür, daß sie sich nicht mehr rührte. Wir gingen hinein. Ich sah, daß Aníbal und Kerr Waffen trugen und daß Teo Brülsen etwas aus seinen Kleidern hervorholte, aber mehr sah ich nicht, denn eine Stimme sagte:
»Wer war das, Chepita?«
Es war eine Frauenstimme, sie kam aus dem Zimmer, das rechts von der Tür lag, und es war die Stimme der Frau in Hellblau, der Frau aus der Bar, des Wettlaufs, der aus Villa Coapa, aus dem

Geheimzimmer. Bevor irgend jemand auch nur irgend etwas tun konnte, lief ich vor, lehnte mich triumphierend in den Türrahmen, lächelte sie an und sagte:
»Ich, mein Schatz.«
Auch sie öffnete den Mund, aber ihr Kiefer kam nicht dazu herunterzufallen, denn ich sprang sie mit einer dermaßen plötzlichen Bewegung an, daß ich über mich selbst staunte, und bekam ihn zu fassen. Ich griff sie auf Hekkes Art an, aber da ich weniger kräftig bin als Thor, beschränkte ich mich darauf, ihr mit einer Hand den Mund zuzuhalten und sie mit der anderen am Handgelenk zu packen, so wie sie es in jener Nacht mit mir getan hatte. Nur daß wir diesmal nicht zusammen losrannten, sondern daß ich ihr den Arm auf den Rücken drehte. Sie ächzte. Ich drehte ihn nicht sehr kräftig hoch, denn ich wollte nicht, daß sie ohnmächtig wurde, nur so viel, daß sie ganz ruhig blieb und sich darüber im klaren war, daß sie keine Chance hatte, sich loszumachen.
Vielleicht hatten wir zuviel Lärm gemacht, oder vielleicht waren wir ganz im Gegenteil zu vorsichtig vorgegangen, und die Stille nach dem Klingeln an der Tür hatte jemanden alarmiert – denn plötzlich tauchte in der Flurtür ein Typ aus dem Nichts auf, und er hatte einen Revolver in der Hand. Ich warf mich auf den Boden und zog die Frau mit mir, ließ sie aber nicht los. Sie versuchte einen wohlüberlegten Fußtritt zu plazieren, aber er erreichte sein Ziel nicht, denn ich hatte alles wiedererlangt, die Körperkraft, die Lebenslust, das herausfordernde Gefühl, den Enthusiasmus und die Freiheit. Der Typ schoß. Hinter mir fielen zwei, drei weitere Schüsse. Zwei Sekunden später hatte sich das Zimmer in ein Schlachtfeld verwandelt.
Ich zog meine Gefangene mit mir weiter und suchte nach einer Stelle, wo wir uns verstecken konnten, denn nach all der Anstrengung und all den Tränen wollte ich nicht von einem Schuß erwischt werden. Sie wollte aufstehen und sich aus dem Klammergriff befreien, aber ich hielt sie am Arm fest, und ächzend fiel sie wieder zu Boden. Ich zerrte sie wieder in den Schutz eines Sessels, und dieses Mal leistete sie keinen Widerstand. Ich

konnte sehen, wie Mejía in die Hocke ging und auf jemanden zielte, aber ich wußte nicht, auf wen. Jemand schrie, es fielen weitere Schüsse. Ein anderer Typ – oder vielleicht war es auch derselbe wie vorher – sprang hoch, schoß und stürzte zwei Schritte von uns entfernt zu Boden. Ich hielt die Frau fest, die scheinbar trotz meiner Vorsichtsmaßnahmen das Bewußtsein verloren hatte, schob mich an der Wand entlang und versuchte, die Tür zu erreichen, durch die wir hereingekommen waren. Noch bevor wir dort ankamen, verstummten die Schüsse. Ich stand auf.

Aníbal blutete am Arm. Die anderen waren nicht verletzt. Soweit unsere Seite. Und auf der anderen – Mejía war tot, die beiden Typen waren verletzt, und Loretta Young lehnte kampfunfähig an einer Wand. Hekke und Kerr waren damit beschäftigt, die Waffen mit den Füßen weit weg zu stoßen, damit nicht noch Schlimmeres passierte.

»*Er* war es, Mejía«, sagte ich zu Kerr. »Er war es, der in etwas verwickelt war, in eine ganz dicke Sache. Ich glaube, ich weiß, worum es dabei ging. Es war nicht Brülsen, wie Sie gedacht haben, es war Mejía.«

»Es tut mir leid, aber ich muß Ihnen sagen, daß Sie sich irren, meine liebe Señora«, erwiderte Kerr. »Mejía war nur der zweite Mann. Er war in etwas verwickelt, ja, aber die Befehle kamen von jemand anderem, von *einer* anderen. Hier liegt der Kopf des Ganzen.«

»Die Frau?« fragte ich.

Ich sah sie an. Sie lag immer noch auf dem Boden, genau wie ich sie zurückgelassen hatte. Kerr zeigte auf sie. Hekke und Teo Brülsen kümmerten sich um die Verletzten. Aníbal riß sein Hemd in Fetzen und verband seinen Arm, wobei er die andere Hand und seine Zähne zu Hilfe nahm.

»Sie heißt Brígida Suarez, Luz María Bedoya, Victoriana Vélez, Augusta Flynn de Ugarte, und sie hatte noch weitere Decknamen, die ich schon nicht mehr im Kopf habe.«

Ich ging zu ihr hinüber, faßte sie an der Schulter und richtete sie auf. Ihre Augen waren geöffnet, und sie hatte ein Loch in der

Stirn. Aus dem Loch lief ein kleines Rinnsal Blut, es lief über ihre Nase und tropfte auf die morschen Dielen des Fußbodens. Ich legte sie wieder hin, wie sie gefallen war, mit dem Gesicht zum Boden gewandt.
»Sie ist tot«, sagte Aníbal, bevor er das andere Ende seiner improvisierten Binde zwischen die Zähne nahm.
»An ihr geht uns nichts verloren«, sagte Kerr und trat mit dem Fuß nach ihr, um sich den Weg in den Flur frei zu machen.
Ich mochte es nicht, daß er das tat. Ich mochte Kerr nicht, ich hatte ihn nie gemocht, auch nicht in jener Vergangenheit, in der wir zusammen unter den Brücken gekämpft hatten, in verlassenen Dörfern, in den geplünderten Häusern, in der Nacht, im Regen, als wir noch jung und unsterblich waren.
Ich sah in die Runde und suchte jemanden, ich suchte Teo Brülsen. Er lächelte mich an.
»Ich möchte duschen«, sagte ich zu ihm.

Wenn es dir gelingt, die Augen für einen angemessenen Zeitraum geschlossen zu halten, regelt sich alles von selbst. Es ist nur wichtig, daß er lang genug dauert. Man sollte den verrückten Gedanken, daß die entscheidenden Phasen des Lebens genau diese Zwischenzeiten sind, nicht von der Hand weisen. Man sollte ihn nicht von der Hand weisen, gerade *weil* er so verrückt ist.
»Ich werde Ihnen eine Geschichte erzählen«, sagte Teo.
»Nein.«
Nein. Ich wollte von der ganzen Sache nichts mehr wissen, ich hatte keine Lust, mir Víctor Mejías Lebensgeschichte in Romanform anzuhören und auch nicht die der Frau, die versucht hatte, meinem Griff zu entkommen und sich dafür eine Kugel eingefangen hatte. Er gehorchte und erzählte mir keine Geschichte, weil er ein wohlerzogener Mann war und weil er – wie er sagte – in mich verliebt war. Das hatte er mir vor ein paar Stunden erzählt, und er hatte mich gefragt, ob ich ihn heiraten wollte. Nein, hatte ich geantwortet.
Es war eine produktive Zwischenzeit, in dem jedes Ding wieder

an seinen Platz rutschte; alles war in Ordnung. Und selbst wenn es nicht in Ordnung war, zumindest war ich dort, wo ich sein sollte. Ich öffnete die Augen nicht mehr, bis Luis mit dem Telefon kam. Luis war der Hausangestellte, der in der Tagesschicht arbeitete und auch das Haus bewachte, aber zu dieser Tageszeit trug er keine weißen Handschuhe.

»Ihr Ferngespräch, Señora.«

Luis hatte mittwochs und samstags seine freien Tage, und er hatte eine chinesische Großmutter, das sah man an seinem Gesicht. Heute war Donnerstag, und ich hatte seit dem frühen Morgen versucht, Judy zu erreichen, aber es nahm niemand ab. Ich beschloß, die anderen Mädchen anzurufen, und die erste Verbindung, die klappte, war mit Inés.

»Ein Junge«, sagte sie.

»Ooh, meine Liebe«, rief ich.

Sie versicherte mir, daß es Judy sehr gut ging und erzählte mir, daß das Baby Lucas hieß. Ich lachte; typische Namen von typischen Paaren, die nicht typisch sein wollen, der Konventionalismus des Antikonventionalismus. Na ja, es hätte auch Matías sein können. Oder noch schlimmer, Lisandro.

»Nein«, sagte Inés, »mach dir keine Sorgen, aber nein, nein, sie ist nicht traurig und auch nicht sauer, natürlich nicht, dafür hat sie doch volles Verständnis, werde bald wieder gesund, pfleg dich gut, und wenn es dir wieder gutgeht, kommst du.«

Für meine Töchter hatte ich mir den Knöchel verstaucht, ich hatte ein Gipsbein und wohnte bei Freunden zu Hause, damit ich nicht allein im Hotel liegen mußte. Ein verstauchter Knöchel ist sehr praktisch, er hinterläßt keine Spuren, man kann sich viel leichter eine Geschichte ausdenken als bei einer Leberkolik oder einer Lungenentzündung, und er heilt auch viel langsamer. Das einzige, was einem verstauchten Knöchel den Rang ablaufen könnte, ist ein Hexenschuß.

»Wie ist er denn?«

»Aber Mama«, lachte Inés, »wie soll ich dir denn ein Baby am Telefon beschreiben? Er ist genau wie andere Neugeborene, nur hübscher.«

»Ganz sicher, er ist schließlich mein erstes Enkelkind.«
Wir plauderten noch eine Weile, ich fragte sie, wie es Atala und Flavia ging, und sie sagte, daß es ihnen gutging.
»Tschau«, sagte ich zum Abschied, »ich wäre jetzt so gerne bei euch.«
Es stimmte, und es stimmte nicht. Ich vermißte sie. Ich wäre gerne für eine Weile hingefahren, um sie zu sehen, wenn man mir die Garantie gegeben hätte, daß die Zeit in Mexiko so lange stehenblieb. Aber warum sollte ich fahren? Ich war nicht unentbehrlich, die Welt würde nicht schlappmachen, wenn ich nicht da war, nirgendwo, weder hier noch dort. Neugierig war ich natürlich schon auf meinen Enkel.
Ich legte auf, lehnte mich wieder in dem Gartenstuhl zurück und schloß wieder die Augen. Die Welt ist ein Schachspiel, dachte ich plötzlich, aber die Weizenkörner passen weder auf die schwarzen noch auf die weißen Felder. Mejía war ein Bauer, ein Bauer auf seinem Feld. Und die Feldblumen zu Hause in meinem Garten, in dem ich Bluthirse ausgerupft hatte. Zulema: ›Señora, da ist ein Herr, der Sie sucht.‹ Der verfluchte Kerr. Nein, warum verflucht? Ich hatte meinen Spaß gehabt, ich hatte die Gefahr gespürt, und ich hatte Angst gehabt; ich hatte wieder das gefühlt, was ich glaubte, schon ganz vergessen zu haben. Und ich hatte einen Haufen Dollars verdient. Alabastervasen, Bucharateppiche. Luz María oder Augusta oder wie auch immer sie hieß war die schwarze Königin auf dem schwarzen Feld, eine heruntergekommene Königin mit einem hellblauen Kleid und einem Loch in der Stirn. Das kommt davon, wenn man zu hohe Ansprüche hat, Kleine. Und warum auch nicht? Sie hatte sich das Leben so eingerichtet, wie sie es wollte oder konnte, kleine Ladendiebstähle, Geschichten, die der Onkel erzählte, Raubdiebstahl, eine Betrügerei, bei der man ihr nichts beweisen konnte und die ein anderer Bauer auf einem weißen Feld bezahlt hatte, und plötzlich die ganz große Sache, aber immer als Königin, versteckt, in Deckung. Mejía, der vor ihr stand und sich mit Brülsen anfreundete. Brülsen ließ sich nicht täuschen, Kerr schon.

»Sie wußten es?« fragte ich.
»Ja.«
Für ein Ja würde ich meine Augen nicht öffnen. Für ein Nein auch nicht.
»Sie wußten alles?
»Fast alles.«
»Werden Sie nicht rätselhaft.«
Die Kohle, das war es. Wenn jemand Kohle hat, kann er unschuldig bleiben. Wenn man nichts hat oder ganz viel, tritt man in das Reich des Bösen ein.
»Was mich betrifft«, sagte Teo Brülsen, »ist es dringend notwendig, Bescheid zu wissen, aber das bedeutet nicht, daß man gleichzeitig auch skrupellos ist.«
Ich hätte ihm beinahe gesagt, ich glaubte nicht, daß Wissen und Bosheit das gleiche seien.
Teo Brülsen kannte sich ebenfalls mit Zwischenzeiten aus. Er ahnte schon ganz am Anfang, wer Mejía war, obwohl er nicht wußte, was er wollte. Er wußte, daß er aus elenden Verhältnissen kam, und er wußte, was er getan hatte, um dahin zu kommen, wo er war, und er wußte, daß er die schwarze Königin deckte. Fast alles. Und wenn es darum ging, wußte er auch, daß ich in dieser Nacht in sein Haus eingebrochen war, natürlich wußte er es, wie hatte ich mich bloß fragen können, wo die Wachen blieben und warum es so einfach war, hineinzukommen? Alonso, der andere Angestellte, hatte mich auf dem Bildschirm der Videoanlage gesehen, die sie zur Überwachung installiert hatten – von dem Moment an, als ich auf dem Bürgersteig vor dem Haus herumgeschlichen war; und da er wußte, daß ich keine Einbrecherin war, und mich vorher im Haus schon als Gast gesehen hatte, rief er Brülsen an. Und Teo, der gerade angekommen war, ging hinunter in den Keller. Alonso zeigte auf den Bildschirm; ich sprang hoch und setzte mich oben auf die Mauer, und vom anderen Ende des Gartens kam der Hund auf mich zugestürzt, ohne zu bellen.
»Vermutungen, wissen Sie?« sagte Teo gerade.
»Bah«, stieß ich aus, ohne die Augen zu öffnen.

Sie müssen ihn monatelang in dem Geheimzimmer gefangengehalten haben. In dem Zimmerchen ganz hinten in einem Innenhof in Villa Coapa, wo die Kissen aufgeschlitzt, die Bücher aufgerissen und aus den Regalen gefegt, wo die Töpfe in der Küche umgestoßen waren, gab es eine dicke Staubschicht auf den Dingen und zwei Brote auf dem Tisch, hart wie Stein und von Ameisen zerfressen. Alles, was die übriggebliebenen Bauern sagen konnten, war, daß es eine große Sache war, irgend etwas ganz Großes.
»Die grundlegenden Gesetze«, sagte Teo beharrlich, »was sind die grundlegenden Gesetze, die die Welt zusammenhalten, in der wir leben, und was würde geschehen, wenn irgend jemand entdeckte, wie er eines davon hintergehen könnte, denken Sie mal darüber nach, meine Liebe.«
»Sie haben zuviel Science-fiction gelesen.«
Sobald ich zurück war, würde ich zu Judy fahren, das war das erste, was ich tun mußte. Und dieser Lausejunge würde natürlich schlafen wie ein Frosch, den Po nach oben gestreckt. Spielzeug, rote und grüne Täubchen, Rasseln, Kleider für Judy. Ich würde meine Worte sorgfältig wählen müssen, ich durfte nicht sagen, was ich nicht sagen konnte. Es war einfach herrlich, Pátzcuaro, Cuilapam, Palenque, Uxmal, das solltet ihr mal sehen, und ich habe sehr interessante Leute kennengelernt.
»Wenn Fred nicht gewesen wäre...«, sagte ich.
»Denken Sie nicht daran.«
»Glauben Sie, daß sie mich getötet hätten?«
»Ich glaube nicht.«
Doch, sie hätten mich getötet. Sie hatten nicht die Möglichkeit, fast alles zu erahnen, sie waren nicht Teo Brülsen, sie wußten es nicht. Sie waren auch nicht unschuldig – die schwarze Königin und der Bauer des Bösen. Ich war die weiße Königin. Nein, der Turm. Natürlich hätten sie mich getötet. Sie haben mich nicht getötet, weil Diógenes Linares mir den Gefallen tat, noch ein paar Tage länger zu leben. Es sah sogar so aus, als ginge es ihm besser, und sie schöpften wieder Hoffnung.
»Unternimm nichts«, sagte Teo zu ihm.

Genauso war es, als ich in das Haus einbrach und sie mich aus der Stille und der Dunkelheit beobachteten. Genauso war es, als ich unter den amüsierten Augen Teo Brülsens das ganze Haus durchsuchte. Er sagte zu mir, nein, er habe sich nicht amüsiert, aber ich glaube schon. Ich hätte mich amüsiert. Er erzählte mir auch, daß er beschlossen hatte, mich zu fragen, ob ich ihn heirate, als er sah, daß ich den Hund nicht tötete. Hätte er mich daran gehindert, ihn zu töten? Er antwortete, er wüßte es nicht.

»Was Sie vor allem nicht wissen, ist, was dieser Typ im Kopf hatte.«

»Nein, ich weiß es nicht«, sagte er. »Schade, daß er es nur im Kopf hatte.«

Wenn er es sich aufgeschrieben hätte, wenn er auf einer Papierserviette eine kleine Zeichnung gemacht hätte, irgend etwas. Aber konnte man so eine Sache überhaupt im Kopf behalten, ohne sie auszuarbeiten, ohne sich Notizen zu machen, ohne das Ganze auf Tausenden von Seiten niederzuschreiben? Diese Frage hatten wir schon so häufig erörtert, ohne zu einem Ergebnis zu kommen – daß es vielleicht etwas ganz Simples war, daß es direkt auf der Hand lag, daß er vielleicht ohne große Nachforschungen ganz zufällig darauf gestoßen war. Ich hatte den zwingenden Verdacht, daß er gar kein Chemiker war. Vorurteile – was hast du gegen Chemiker? Nichts, aber Physiker sind viel verrückter. Worum sollen wir wetten, daß die Gesetze der zufälligen Entdeckung nichts von Chemie wissen, aber eine ganze Menge oder zumindest ein wenig von Physik. Ein Einzelgänger, von dem niemand etwas weiß, außer einem Dutzend Jungen, die die Tricks von Archimedes und die Geheimnisse der Lichtbrechung lernen und damit ihren Notendurchschnitt verbessern, ist viel wahrscheinlicher als ein Chemiker, der in einem Labor mit vielen Kollegen arbeitet, die sich nach einer Woche fragen, was zum Teufel mit ihm los ist, daß er nicht zur Arbeit erscheint. Ein Physiker. Ein Physiker kann brillant und trotzdem unbekannt sein. Unschuldig? Wie hat Luz María von ihm erfahren? Vor wem hat er eine kleine Vorführung gemacht, eine

Geste, wem hat er das Wunder gezeigt? Mejía? Das war eine der anderen Fragen, die wir niemals würden beantworten können.
Ich war ein Trumpf in ihrer Hand, als Geisel, als Drohung, als Mittel der Erpressung. Aber Fred kam zurück – die Welt ist ein Schachspiel. Fred hatte genug von der kleinen sanften Frau, die Spinett spielte und ihn nicht so gut verstand wie Rolito. Sieben Tage in der Woche kleidete sie sich in Altrosa, und er mochte auch Orange und Grün. Fred kam zurück und suchte nach Rolito, und Rolito war nicht da, und Fred wartete auf ihn, aber Rolito kam nicht. Wie sollte er auch kommen, wenn Hekke ihn doch wegen einer fiktiven Ikone, die ein russischer Einwanderer angeblich vor achtzig Jahren ins Land gebracht hatte, auf eine vollbezahlte Reise nach Guadalajara geschickt hatte, damit er dort auf andere Gedanken kam. Aber Fred, der das nicht wußte, traf sich nicht mit Hekke, sondern suchte die Bars nach Rolito ab; und da er gerade in der Nähe des Plastikhotels war, wollte er mich besuchen, und sie erzählten ihm, daß ich vor drei Tagen abgereist sei. Das war ja nicht unmöglich. Nur daß auf dem benachbarten Schachbrettfeld ein Zimmermädchen saß, das die Nachtschichten arbeitete und in Freds himmelblaue Augen verliebt war. Lucas würde hellbraune Augen haben, und keiner sollte mir erzählen, daß das nicht so war – ich hatte Inés zwar nicht danach gefragt, aber da war ich mir sicher. Der kleine Junge oder das kleine Mädchen von Inés würde aller Wahrscheinlichkeit nach helle Augen bekommen – der Vater, die Großmutter, die Tanten. Aber bitte, nennt sie nicht Julieta oder Gisela! Es war ebenfalls nicht unmöglich, aber auf jeden Fall verdächtig, daß sie mein Gepäck um drei Uhr nachts abgeholt hatten und daß ich nicht dabei war. Fred gab ihr einen Kuß gratis, denn man muß seine Informationsquellen schließlich pflegen, und rannte hinaus. Sie war hingerissen.
»Haben sie ihn gekriegt?«
»Wen?«
»Den Nachtportier?«

»Oh, ja, sie haben ihn gekriegt, habe ich Ihnen das nicht erzählt?«
Und dann ging er zu Hekke, und Hekke machte sich Sorgen. Teo war schon besorgt, oder zumindest hatte er mir das erzählt, und ich hatte zurückgefragt, was er denn so merkwürdig daran gefunden hätte, wenn ich ohne Abschied abgereist wäre, und er hatte gelächelt.
Teo war es gar nicht recht gewesen, daß ich mit Mejía weggefahren war, aber er hatte dann beschlossen, daß Aníbal vor meinem Hotel Wache halten sollte, denn es schien ihm zu gefährlich, uns zu folgen. Aníbal kam ganz vergnügt zurück und erzählte, daß ich schon wieder heil und gesund im Hotel sei, daß Hekke mich zurückgebracht habe. Gut, dachte Teo und beruhigte sich. Aníbal blieb nicht da, warum sollte er auch bleiben, und so sah er nicht, daß ich noch einmal ausging. Nicht am nächsten Tag, erst am übernächsten begann Teo, sich Sorgen zu machen, als man ihm erzählte, daß ich abgereist sei. Und in dem Moment kam Fred. Mit Hekke.
Bei Kerr war die Sache mehr oder weniger ähnlich verlaufen. Er kam nach Mexiko und versuchte – nicht persönlich, sondern durch jemand anderen –, sich mit mir in Verbindung zu setzen und wußte sofort, daß etwas passiert war. Er ließ Brülsen bewachen, und alle trafen sich auf dem Kreuzweg des Lebens.
Der Lastwagen mit der Leiter hatte so ausgesehen wie ein Feuerwehrwagen, weil er der Feuerwehr gehörte. Teo lachte:
»Eine Kleinigkeit«, sagte er, als ich ihn danach fragte, »und zwei Telefonanrufe.«
Ich schlug die Augen auf. Ende der Zwischenzeit.
»Ich glaube, ich fahre«, sagte ich.
»Wohin?«
»Nach Hause, wohin sonst?«
»Welches Bein möchten Sie eingegipst haben? Das linke oder das rechte?«
»Ich erzähle ihnen, daß ich wieder gesund bin.«
»Mmmh. So große Sehnsucht nach Hause?«
»Ja.«

Nein. Ich würde noch ein paar Tage bleiben, mir aus meinem Schlafzimmerfenster den Garten anschauen, mich in den grünen Schatten setzen und faulenzen. Spät in der Nacht würde ich den Aufzug hören, Teos Schritte auf der Terrasse und das gedämpfte Surren des Teleskops, das in den Himmel wies.

»Sie müssen einmal mitkommen und in den Himmel schauen«, sagte Teo.

Außerdem öffneten die kleinen Kätzchen schon ihre Augen.

Ich saß in einem anderen grünen Schatten, und es war sehr heiß. Müßiggang ist aller Laster Anfang.
»Señora«, sagte Zulema.
Zulema ist in der Lage, zwischen dem Frühstück und der Wäsche die Welt in Ordnung zu bringen. Wenn sie mich ruft, heißt das, daß sie sich weigert, sich um die Ereignisse zu kümmern.
»Was ist los?«
»Ein Bote war hier und hat etwas für Sie dagelassen.«
»Etwas«, sagte ich.
Schweigen.
»Was für ein Etwas, Zulema? Eine Zeitbombe, ein Diamantdiadem, eine Kobra in einem Weidenkorb, drei Kilo Kartoffeln aus der Umgebung?«
»Schauen Sie sich's an«, sagte sie, und damit war die Angelegenheit erledigt, zumindest für sie.
Ich ging mir *Die schottische Selbstmordserie* anschauen. Die Kobra in dem Weidenkorb. Es war eine Art antiker Koffer, mit Beschlägen und aus hartem Material, und oben und unten hatte er Einsätze aus Fliegengitter. Er stand nicht weit von der Tür auf dem Boden, und das, was sich darin befand, gab Geräusche von sich, aber sie klangen nicht nach etwas Mechanischem – es war keine Zeitbombe. Es war schlimmer. Ich faßte mir ein Herz und öffnete einen der Gittereinsätze; er ließ sich nicht aufstoßen, sondern man mußte ihn nach oben schieben wie diese Türchen an Vogelkäfigen.
Zuerst erschien das Schnäuzchen. Er sah mich an, aber nicht für lange Zeit; offensichtlich schien ich ihm nicht interessant genug, um stehenzubleiben und mich zu betrachten. Er beschnupperte den Fußboden, und etwas schien ihm zu gefallen, ich weiß nicht, was, das Wachs für die hellen Eichendielen oder irgend-

eine dieser Flüssigkeiten, die Zulema aufträgt, damit alles glänzt. Er streckte eine Pfote heraus, dann die zweite. Er streckte sich und kletterte ganz heraus, Pfoten, Schwanz, alles, und ging auf eine sorgfältige Entdeckungstour des Flurs. Die Garderobe begeisterte ihn. Er ging ins Wohnzimmer und blieb eine ganze Weile neben dem Sofa stehen. Dann stöberte er weiter herum, Zulema und ich auf seinen Fersen, schweigend. Das Telefon klingelte, Zulema nahm den Hörer ab.
»Ihre Tochter Atala«, sagte sie.
»Hallo, Kleines.«
»Was machst du?«
»Du errätst nie, was ich hier habe.«
»Na dann erzähl's mir, wenn du es loswerden willst.«
»Einen Kater.«
»Ein was?«
»Einen Kater.«
»Das gibt's doch nicht! Was willst *du* denn mit einem Kater?«
»Ihn anschauen – für's erste. Er ist grau und hat vier weiße Pfoten, und er ist gerade erst angekommen. Er ist gar nicht verängstigt, er schaut sich alles an und guckt, ob es ihm gefällt, und anscheinend tut es das.«
»Und wie heißt er?«
Es kam ganz von allein, es war einfach da, ohne daß ich auch nur eine Sekunde darüber nachgedacht hätte:
»Freud.«
»Aber Mama!«
»Was ist denn dabei?« fragte ich. »Er hat Ähnlichkeit mit Freud. Das heißt, wenn man ihm eine Brille aufsetzen würde, hätte er Ähnlichkeit mit ihm.«
»Ja, das kann ich mir vorstellen. Bist du heute nachmittag zu Hause?«
»Mmh. Jetzt will er auf einen Sessel klettern, aber er traut sich nicht, er ist noch viel zu klein, da kommt er noch nicht hoch.«
»Bist du da?«

»Ja, ich habe doch schon ja gesagt.«
»Du hast nicht ja gesagt, du hast mmh gesagt. Vielleicht komme ich mit Flavia vorbei.«
»Gut, kommt vorbei, dann stelle ich euch Freud vor.«
»Du kannst wohl von nichts anderem mehr sprechen als von diesem bescheuerten Kater? Ein Glück, daß er gerade erst angekommen ist.«
Sie hatte einen Anfall von schlechter Laune. Das hat sie manchmal, besonders morgens, wenn sie aufsteht.
»Schatz, sag doch nicht so was, du wirst schon sehen, er ist wirklich ganz süß.«
Sie murrte und legte auf. Zulema ging in Richtung Küche.
Es gab mir ein Gefühl von Wichtigkeit, mit diesem berühmten Wiener durch die Zimmer meines Hauses zu spazieren. Um sich die Dinge einfallen zu lassen, die ihm eingefallen sind, mußte er verrückter als ein Märzhase gewesen sein. Und das ist unabhängig davon, ob er nun recht hatte oder nicht. Ich spreche von dem Wiener, der wahrscheinlich recht gehabt hat, nicht von dem Kater. Er ging ein paar Schritte und blieb stehen, der Kater, er drehte sich um und sah mich an, und ich fühlte mich sehr geschmeichelt. Ich lächelte ihn an, aber er tat gar nichts. Hat er irgendwann einmal gelächelt? Auf den Photos sieht er immer ernst aus. Ich habe Picasso und Einstein lachen gesehen, habe sie als Torero mit einem Handtuch und mit ausgestreckter Zunge gesehen. Den Alten niemals. Immer völlig ernst, immer vertieft in diese Geschichte mit dem Unbewußten und dem verborgenen Ödipus. Sollte es denn stimmen, daß ein Señor aus der Antike, der seinen Papa umgebracht hat, wichtiger ist als Les Demoiselles d'Avignon und der gekrümmte Raum? Nein, niemand kann so wichtig sein, denn schließlich leben wir noch. Probleme haben wir natürlich schon. Der Schwanz war wuschelig und prachtvoll, und wenn er später als ausgewachsener Kater von den Dächern und den nächtlichen Ständchen zurückkäme, hätte er am Hals ein ganz dichtes Fell aus grauen Haaren mit weißen Spitzen. Wir kamen in die Küche. Sie gefiel ihm.
»Milch, Zulema, geben Sie ihm ein bißchen Milch.«

Als wenn ich sie nicht kennen würde. Auf dem Boden stand eine Schüssel mit Milch.
»Sie ist lauwarm«, sagte Zulema.
Als das Kerlchen sie entdeckte, ging er hin und schleckte alles auf. Er leckte sich das Maul.
»Ob er noch mehr will?«
»Das reicht für ihn«, sagte Zulema.
»Donnerwetter, Zulema, ich wußte gar nicht, daß Sie eine Katzenexpertin sind.«
Sie sagte nichts. Der Kater auch nicht. Er leckte sich eine Pfote und putzte sich das Gesicht. Dann war die andere dran, und auch damit fuhr er sich durch das Gesicht, aber von der anderen Seite. Er untersuchte die leere Schüssel und überzeugte sich, daß wirklich nichts mehr da war. Er setzte eine Pfote hinein, zog sie zurück, setzte sie wieder hinein. Es gefiel ihm, wie sich die Schüssel bewegte und wie sie klapperte. Er durchstreifte die Küche und blieb an der Tür stehen.
»In Ordnung«, sagte ich, »gehen wir.«
Wir gingen los. Ich setzte mich in den grünen Schatten. Nach einem Weilchen kam er zu mir und rieb sich an meinem Bein. Ich bekam einen ziemlichen Schreck; er war der erste Kater in meinem Leben. Ich sah ihn an, und er sah mich an. Ich hob ihn hoch und setzte ihn auf meinen Schoß. Er beschnupperte mich, überlegte, drehte sich zweimal um sich selbst, rollte sich zusammen, und so blieb er liegen.
Ein guter Schlußpunkt für das mexikanische Abenteuer, ein kleiner grauer Kater mit weißen Pfötchen. Das war nicht schlecht – es hätte auch eine Kugel zwischen zwei Wirbeln sein können oder ein rätselhafter Unfall, und statt dessen war es ein kleines kuscheliges Tier mit vielen Haaren. Denn ich hatte mir keine Alabastervase auf der Reforma gekauft, und der Buchara würde warten müssen; ich wollte, daß er perfekt war wie eines dieser Kleider, die man von weitem zwischen vielen anderen hängen sieht und genau weiß: Das ist für mich. Ein fliegender Teppich. Die Magier aus Bagdad und der arme Diógenes Linares saßen endlich auf dem Schachbrett der Welt, sie flogen dahin

und lachten über Sir Isaac Newton, gewichtslos, schwerelos, der Gravitation zum Trotz. Wo die Magier aus Bagdad jetzt wohl waren – und mein Buchara? In den Märchen, in den Filmen mit Douglas Fairbanks, in einem Antiquitätengeschäft, in einem reichen Haus, in dem jemand starb, im Orient? Egal, ich würde ihn schon finden. Und Diógenes Linares – eilig im Garten hinter Mejías Haus verscharrt, exhumiert, Autopsie, Leichenschauhaus. Niemand würde ihn zurückfordern.
»Teo, könnten Sie sich nicht darum kümmern, daß er nicht in ein Gemeinschaftsgrab gelegt wird?«
»Das ist alles schon geregelt, meine Liebe«, hatte Teo gesagt, »keine Angst.«
Ich fühlte mich lächerlich, die Großzügige zu spielen.
Diese Tölpel, diese Idioten, diese gemeinen Schufte! Daraus folgt, daß es sinnlos und sogar gefährlich ist, ein Genie zu sein. Meine Enkel, Lucas mit den hellbraunen Augen oder die Kleine oder der Kleine von Inés mit den hellen Augen wie die aus Julios Familie und wie die von Fred, der mit der Sache nichts zu tun hatte, aber den ich nie vergessen würde – hoffentlich würden sie keine Genies. Oder hoffentlich doch. Große Pianisten, berühmte Ärzte, Primadonnen, göttliche Tänzerinnen, Erfinder, nein, Erfinder nicht; fröhliche und quirlige Kinder, das war alles, was ich wollte; und dann würden Flavia und Atala Kinder haben, und in ihnen würde ich etwas wiederfinden, etwas, von dem ich mich nicht erinnern konnte, daß ich es vergessen hatte, und dann würde Atala mit ihren zwei oder drei Kleinen hereinkommen, und sie würden genauso aussehen wie sie. Aber ich brauchte gar nicht so weit zu denken, ich würde sehr bald alle zerbrechlichen Dinge, die ich besaß, außer Reich- und Sichtweite räumen müssen. Na und, es würde mir nichts ausmachen, das Haus auf den Kopf zu stellen, schließlich war es doch schön, daß ich nicht allein war und daß jemand mir die olympische Fackel überreichte – hoffentlich regnete es nicht.
Ob Kerr wohl geheiratet hatte? Ob er wohl eine Frau unglücklich gemacht hatte? Ich hätte ihn fragen sollen. Er hätte es mir nicht erzählt.

Teo jedoch hatte es mir erzählt. Die Zeit tut ihre Arbeit, und dann entdeckt man, daß man vergessen hat, daß man geheilt ist, hatte er gesagt. Ja, zum Glück.
Er war kurz davor, einzuschlafen, dieser Kretin von Freud. Auf meinem Schoß war es nämlich sehr gemütlich.
»Wir wissen alle nichts, Freud«, sagte ich zu ihm, »in gewisser Hinsicht sind wir alle unschuldig.«
Oder, wie Teo an dem einen oder anderen Abend gesagt hatte: »Hinter einem Menschen findet man immer noch jemand anderes. Immer gibt es einen, der dahinter steht.«
»Wollen Sie damit sagen, daß man den zweiten Mann entdeckt und damit auch den Chef, daß es aber hinter ihm noch einen anderen gibt und hinter diesem noch einen? Daß man nie Licht in die Sache bringt?«
»So etwas Ähnliches.«
»Daß man, wenn man die Angel auswirft, irgendwann bis zur Regierung vorstößt oder bis zum Papst?«
»Nein, nein, seien Sie vernünftig, meine Liebe.«
»Mensch Teo, lassen Sie diesen verdammten Quatsch, erzählen Sie mir nicht, daß ich vernünftig sein soll. Würden Sie denn von mir fordern, daß ich mir beide Beine und einen Arm abnehmen lasse und dann mit dem einen Arm auskomme? Nein, oder? Also erzählen Sie mir nicht, daß ich vernünftig sein soll.«
»Die Vernunft ist nützlich.«
»Wenn sie allein kommt, niemals.«
»Ist sie denn jemals allein? Es mag vielleicht so aussehen, aber ist sie allein?«
»Also gut, wir sind quitt. Aber Sie wissen doch etwas, sagen Sie es mir. Wer waren sie wirklich?«
»Luz María Bedoya und Ihr Freund Víctor Mejía.«
»*Ihr* Freund. Und dahinter? Wer stand dahinter?«
»Wer weiß?« Er schwieg. Wahrscheinlich sann er darüber nach, ob er irgend etwas Albernes sagen sollte oder nicht und warum er es eigentlich nicht tun sollte. »Der Mann auf der Straße glaubt an gewisse Dinge, und wenn man ihm sagt, daß eine Gruppe von internationalen Verbrechern gefaßt worden ist, ist

er damit zufrieden. Manche Dinge glaubt er auch nicht. Er liest in der Zeitung, daß sich die Außenminister aus den und den Ländern treffen, und stellt sich die Frage, ob in dieser Runde um das Schicksal der Welt gespielt wird, die auch die seine ist; aber er zieht es vor, nicht darüber nachzudenken. Also wo sonst? Unter den Staatspräsidenten. Und wer steht hinter ihnen, noch weiter oben? Die Freimaurer, der Vatikan, undurchsichtige Organisationen, Geheimgesellschaften, eine internationale Verschwörung, die Multinationalen? Wo spielt man um das Schicksal der Welt, wenn überhaupt darum gespielt wird? Wenn es ein Schicksal gibt.«

»Und was wollen Sie mir damit sagen? Daß es irgendeine geheime Gruppe gibt, die sich diesen Monat in einem Londoner Pub trifft, nächsten Monat in einem Haus in der Wüste und den Monat darauf auf dem Fußballfeld von Velez, und daß sie über die Schritte der Multinationalen, der Präsidenten, der Drogenmafia und der Kanzler entscheidet? Seien Sie vernünftig, Teo«, lachte ich ihn aus.

»Ich will gar nichts damit sagen, meine Liebe. Alles, was ich sagen will, ist das, was ich vorhin gesagt habe. Es gibt immer jemanden, der dahinter steht, und vielleicht schließt sich der Kreis, und am Ende stehen wir wieder dem Mann auf der Straße gegenüber.«

Mir kam ein beunruhigender Gedanke in den Sinn: »Und Sie, wo stehen Sie?«

»Ich werde Ihnen ein Geständnis machen. Erzählen Sie es aber bitte nicht Ihrer besten Freundin; ich stehe nirgends, ich weigere mich, irgendwo zu stehen.«

»Da hast du's«, sagte ich zu Freud.

Er antwortete nicht. Er schlief tief und fest.

»Nun sagt doch, ist er nicht entzückend?«

»Ja«, sagte Atala ohne eine Spur von Begeisterung.

Flavia sagte nichts. Freud auch nicht, aber er war auch eifrigst damit beschäftigt, sich zu lecken. Flavia dagegen war mit nichts beschäftigt, und sie hatte sogar die Zeit gehabt, mit Atala nach

Hause zu kommen – und das war wirklich ein ganz außergewöhnliches Ereignis. Sie saß auf einem der Sessel, sie tat nichts und schaute in keine bestimmte Richtung. Für sie war es eher eine Totenwache als ein Ereignis.
Ich wollte nicht fragen, was zum Teufel mit ihnen los war.
»Wollt ihr ein Täßchen Kaffee?« fragte ich. »Zulema hat einen Marmorkuchen gebacken.«
»Nein, laß mal«, sagte Atala.
Flavia sagte wieder einmal nichts, und da saßen wir drei. Ich hatte beschlossen, die gute Gelegenheit zu nutzen und endgültig das Rauchen aufzugeben, und ich vertrieb mir die Zeit damit, das Kribbeln an den Lippen und die Lust, etwas mit den Händen zu tun, zu unterdrücken. Daumen nach unten für die Zigaretten.
»Also Mama, es ist so…«
Jetzt kommt es, sagte ich zu mir, vergiß die Daumen, verschränk lieber die Finger, denn sie werden dir irgend etwas ganz Furchtbares erzählen.
»Es ist nämlich so, daß Flavia und Guillermo sich trennen wollen.«
Ach du Scheiße. Das war wirklich furchtbar, meine arme Flavia, armer Guillermo, aber gut, nicht mein Verstand, aber mein innerstes Gefühl hatte mir mit aller Kraft einreden wollen, daß es um Krebs ging, um Todeskampf, um verstümmelnde Operationen, Lucas mit einem angeborenen Herzfehler, den sie gerade erst entdeckt hatten, Inés im Krankenhaus mit einer Fehlgeburt. Aber nein, das war nicht der Tod, dieses war nicht der Tod.
»Das tut mir furchtbar leid, Kind«, sagte ich, »es tut mir wirklich schrecklich leid.«
»Ja ja, es tut dir furchtbar leid«, meinte Atala, »du fragst ja noch nicht einmal, warum.«
Das überraschte mich.
»Na hör mal, ich will sie doch jetzt nicht quälen, wenn sie Lust hat, wird sie es mir schon erzählen, und wenn nicht, dann nicht.«
»Du bist ja immer so großzügig. Und so bequem.«

»Aber meine Kleine«, sagte ich.
»Nenn mich nicht deine Kleine. Ich heiße Atala. Was übrigens auch ein lächerlicher Name ist.«
»Es ist ein wichtiger Name«, erwiderte ich. »Die Namen sind wichtig, alle. Und Atala ist für mich ein wichtiger Name.«
»Für dich. In der Schule haben sie sich allerdings vor Lachen in die Hose gemacht, Atala, pappalapp, fackalack, kackalack.«
Flavia sagte immer noch nichts.
»Was soll das werden, meine Liebe?« fragte ich. »Eine Abrechnung?«
Es klingelte an der Tür. Freud hörte auf, sich zu lecken, denn er durfte ja schließlich nichts verpassen. Zulema kam aus der Küche und ging durch das Wohnzimmer. Man hörte Stimmen und laute Rufe, sie kam wieder herein und schob den Kinderwagen von Lucas vor sich her. Judy kam hinter ihr her. Ich ging zu ihm und gab ihm einen Kuß. Er schlief, wie immer. Und danach gab ich Judy einen Kuß. Freud schlich sich heran und schnüffelte an einem der Räder des Kinderwagens.
»Ich bringe ihn in den Garten, ja, Señora?«
»Aber ja, Zulema. Wir kommen gleich nach.«
Zulema und Lucas gingen in den Garten. Zwick und Zwack gingen zum Fluß, zwick mich und kneif mich, ich träumte doch nicht, oder? Wir waren vier und mit ihm fünf, und wir schwiegen.
»Weißt du es schon?« fragte Judy.
»Ja, sie weiß es schon«, antwortete Atala. »Und wenn du es so nennen willst, Mama, in gewisser Weise ist es schon eine Abrechnung. Ich mußte mit ihr herkommen und es dir sagen, weil sie sich alleine nicht getraut hat.«
Flavia weinte nicht. Es wäre besser gewesen, wenn sie geweint hätte.
»Wie, du hast dich nicht getraut?«
Dieses war der Moment, wo sie aufhörten, meine Töchter zu sein. Dieses war der Moment, in dem sie beschlossen, keine Mutter zu haben, denn sie hatten keine perfekte Mutter gehabt – aber wer ist schon perfekt, die sollten sie mir erst einmal zei-

gen. Denn sie hatten einen Menschen an ihrer Seite gehabt und keine Legende und kein Denkmal auf einem Sockel. Aber man möchte genau das haben, eine Mutter aus Legenden und Marmor. Mit welchem Recht? Warum, fragte ich mich später, warum mußten sie das tun? Um sich von mir zu lösen? Um sie selbst zu sein und nicht ich? Hätten sie das nicht sanfter tun können, nach und nach, mit Zärtlichkeit, Humor und nicht so voller Haß? Nein, anscheinend nicht. War es denn so grauenvoll gewesen, meine Tochter zu sein? Ja, anscheinend ja.

»Immer abwesend, weit weg, ironisch, intelligent«, sagte Atala, die Tochter meines Herzens, die an meiner Seite gesessen hatte, ohne zu sprechen, denn wir brauchten nicht zu sprechen, die, die es niemals leid wurde, mit mir zusammen zu sein, »immer mit der Kippe in der Hand hast du uns angeguckt von ganz weit weg, nie gab's ein Echo, wirkliche Liebe, immer nur Heuchelei, irgend etwas anderes, du hast damit geprahlt, wie viele Monate es waren und wie viele Monate du jede von uns gestillt hast, aber das war alles, was du uns gabst, was du uns jemals gegeben hast, du konntest nichts anderes geben, du warst immer mit dir selbst beschäftigt, mit deinen Erinnerungen, deiner Eleganz, deinen Plänen, deinen Verabredungen. Du hast dich nie hingesetzt und mit uns die Hausaufgaben gemacht, denn wir sollten ja Verantwortung lernen, hast du gesagt. Wie bequem, oder? Du hast nie für uns etwas gemalt. Ich bin von der Schule nach Hause gerannt, um dich zu treffen, und du warst gerade weggegangen, weil du eine Verabredung hattest, oder du wolltest gerade gehen, weil du einkaufen mußtest, und du hast mir einen Kuß gegeben, hast gelacht und bist weggegangen. Meine Mädchen sind ja so unabhängig, hast du gesagt, und du warst sogar noch stolz darauf. Du bist ein Monster, Mama, ein Monster, das niemand lieben kann, und du kannst dir gar nicht vorstellen, wie wir dich gehaßt haben.«

»Na ja«, sagte Judy. »Ganz so ist es auch nicht.«

»Du wolltest, daß ich Guillermo heirate«, meinte Flavia, »gut, ich habe ihn geheiratet, du siehst ja, was daraus geworden ist.«

Ich? Ich wollte, daß sie Guillermo heiratet? Nein, ich hatte ihn nicht für etwas Besonderes gehalten, aber ich hatte geglaubt, daß *sie* ihn wollte.

»Nein, jetzt hör mal zu, ich habe dich schließlich nicht dazu gezwungen.«

»Nein, die Mühe hast du dir noch nicht mal gemacht, aber erinnere dich mal daran, wie du ihn empfangen hast.«

»Wie alle. Ich habe euch nie etwas verboten, ich habe nie etwas dagegen gesagt.«

»Natürlich nicht, wir waren dir ja auch egal.«

»Wenn du wenigstens gearbeitet hättest.«

»Aber was wirfst du mir nun vor, Atala, was? Daß ich da war oder daß ich nicht da war?«

»Du warst da, aber du warst immer so abwesend, du hast uns nie etwas gesagt, du hast geredet und uns angelächelt mit diesem Lächeln, wir haben dich gestört. Du hast etwas gesagt, aber nicht zu uns, du hast es für dich selbst gesagt, für dich und nicht für uns, immer alles nur für dich. Du bist nicht zur Arbeit weggegangen, du bist weggegangen, weil du deinen Spaß haben wolltest, du hast Reisen gemacht, du warst so zufrieden, du hast uns Papa weggenommen, du hast uns allein gelassen, und wir sollten unsere Zimmer aufräumen, aber nicht wie wir das wollten, sondern so, wie du es wolltest.«

»Warte mal«, sagte Judy.

»Wieso denn warten, wollen wir es ihr nun alles sagen oder nicht?«

Also so war es gewesen. Ich sah sie vor mir, wie sie miteinander sprachen, wie sie diese abscheuliche Sache beschlossen, zufrieden, weil es ja das beste für alle war, wie sie beschlossen, daß Atala diejenige war, die es sagen mußte, weil mich das am tiefsten treffen würde.

»Verstehen wir uns richtig, Mama«, sagte Atala, »irgendwann werden wir auch über die guten Momente sprechen, über die fröhlichen Zeiten, denn die gab es auch.«

»Na, ein Glück«, versuchte ich zu lachen, und es gelang mir auch.

»Aber heute können wir über all das nicht mehr schweigen, es ist besser für alle, endlich mal mit dir zu sprechen und dich zum Reden zu bringen, jetzt, wo das mit Flavia passiert ist.«
Nein, sie schwiegen nicht. Das, was besser für alle war, ging weiter und weiter. Du hättest uns lieben sollen, aber nicht so wenig und nicht so viel und nicht auf deine Art. Du hättest auf mich aufpassen sollen, aber nicht viel und nicht wenig, und ohne daß ich's gemerkt hätte, aber du hättest mir etwas sagen sollen. Du hättest da sein müssen, aber du hättest weggehen sollen. Du hättest uns weniger Freiheiten geben müssen, aber du hättest uns in Ruhe lassen sollen. Du hättest geben müssen, geben und geben, nichts erwarten und nichts fordern. Du hättest immer gleich sein sollen und nicht so widersprüchlich, wie du warst. Du bist schuld, nur du. Ich konnte nicht leben, weil du da warst und mich erstickt hast. Du bist dagewesen und auch wieder nicht. Du hast mich verlassen. Glücklicherweise kam der Moment, in dem ich aufhörte, zuzuhören. Um mich herum waren Stimmen, und diese Stimmen gehörten meinen Töchtern; sie sprachen, aber es ging nicht um mein Leben, sie sprachen nicht von mir, sie sprachen von einer Frau, die ich noch nie gesehen hatte. Ein Glück, daß mich das Thema nicht interessierte, diese Frau war ein Monster, und niemand konnte sie lieben, niemand hatte sie jemals lieben können, und das war auch richtig so. Hatte Atala das gesagt? Welch ein Wunder, diese Worte. Mit Worten kann man eine Welt errichten. Das hatte der Vater der Mädchen gesagt, mein Mann, er konnte nicht sagen, ich hab dich sehr lieb, er konnte auch keine kleinen Geschenke machen. Stell dir vor, es gäbe keine Worte, nur Gesten, was, Freud?
»Wir können irgendwann weiter darüber sprechen, wenn du willst«, sagte Atala, »aber komm bloß nicht auf die dumme Idee, in Mexiko zu sein, falls ich einmal ein Kind kriegen sollte«, und sie lachte. Nein, wir würden niemals wieder darüber sprechen, das wußte ich jetzt schon. Sie hatten ihren Haß auf mich abgeladen, und das war es jetzt.
Es war sowieso nichts passiert. War irgend etwas passiert? Nein, nichts.

»Hattest du nicht gesagt, daß es dir nichts ausmacht, Judy? Daß du weder traurig noch sauer bist, daß du dafür Verständnis hast?«
»Was sollte ich denn sagen? Als du nicht kamst, was sollte ich denn sagen?«
Zulema erschien und sagte etwas zu Judy. Freud nutzte die Gelegenheit und schlich sich in die Küche. Flavia und Atala gingen hinter Judy her, und nach einer Weile folgte ich ihnen, gefühllos und erstarrt. Tot war wohl der passende Ausdruck dafür.

Ich atmete weiter, ich aß weiter, ich sprach weiter, ich bewegte mich wie immer. Man merkte mir nichts an, aber meine Haut spannte sich, so als käme sie frisch gestärkt aus der Reinigung, und in dieser Hülle aus Haut blieb nichts mehr, gar nichts. Alles, was ich erlebt hatte, war eine Lüge, die Liebe, die Geburten, die Milch, die pünktlich alle drei Stunden einschoß, die warmen Körper, die Nächte, in denen ich aufgestanden war, nur um sie anzuschauen, die Geschenke, die Schleifchen im Haar, mein Stolz, die Schönheit, die Farbe, alles war Lüge, und deshalb war auch mein ganzer Körper Lüge. Ich lächelte, ja Zulema, gut, machen Sie Kürbis, oder nein, lieber Auberginen, hat die Señora Lidia angerufen? Wenn sie anruft, sagen Sie ihr, daß ich zurückrufe, es kann doch wohl nicht wahr sein, daß dieser Strolch Flöhe hat, so eine Schweinerei! Nein, lassen Sie das Licht nicht brennen, Sie können alle Lichter ausmachen. Warum Licht, wenn ich doch schon alles wußte?
Inés auch? Ganz bestimmt, aber auf sie mußte man Rücksicht nehmen. Ich kam und ging, ein starres Lächeln wie ein Verband auf meinem Gesicht. Jedesmal, wenn es besonders weh tat, manchmal mehrere Male am Tag, ging ich ins Bad, langsam und ohne mich zu beeilen, ganz ruhig, so wie jemand, der sich die Haare kämmen oder sich den Lidstrich nachziehen will; ich schloß mich ein und versteckte mein Gesicht im Badehandtuch, damit niemand mich hörte, auch nicht ich selbst, und schluchzte auf. Ich schrie den Schmerz hinaus, wie ein verwundetes Tier, das nicht sterben kann, das nicht weiß, warum es leidet, und das

keine Worte hat. Der Schrei kam tief aus meiner Brust und schüttelte mich am ganzen Körper, ohne Tränen, ohne Wehklagen.
Ich fragte Inés, wie es ihr ging. Alles war in Ordnung. Guillermo kam eines Nachmittags zu Besuch; er war nicht gerade fröhlich, aber ganz ruhig; ich setzte mich in einen der Sessel im Wohnzimmer, faltete die Hände im Schoß und hörte ihm zu; ich sagte ihm, wie sehr ich ihn schätzte und daß er noch jung sei und Flavia auch, daß sie zum Glück keine Kinder hätten, denn die litten in solchen Fällen am meisten, und daß die Zeit ihr wohltätiges Werk schon tun würde. So sagte ich es zu ihm, ihr wohltätiges Werk. Und wenn meine Töchter Töchter bekämen? Würden diese Töchter ihren Müttern, meinen Töchtern, eines Tages sagen, daß sie sie haßten? Ja, ohne Zweifel, denn es gab keinen anderen Weg, um sich nicht eins mit ihr zu fühlen, um sich als getrennte Person zu begreifen. Man muß sie hassen, man muß es ihr sagen, man muß sie töten. Die Mutter? War es nicht der Vater? Was erzählst du eigentlich, Freud? Der verborgene Schatten ist nicht der von Ödipus, auch nicht der von Laios. Die beiden waren völlig unwichtig, ein Toter, ein Fremder, jemand auf der Durchreise, was bedeutete das schon? Genau das ist ein Vater, er ist eine Person, die auf der Durchreise ist und dann wieder geht, er ist eine Weile da und dann nicht mehr; ab durch die Mitte. Manchmal ist er nützlich und von Vorteil, ein Beschützer; manchmal ist er wirklich wichtig, weil die Mutter fehlt oder weil er eine Ausnahme ist. Manchmal hat er weder Gesicht noch Namen. Eine gewichtige Person, aber provisorisch, vom Zufall abhängig und von nebensächlicher Bedeutung. Macht? Von welcher Macht sprichst du, Freud? Rede doch keinen Blödsinn, welche Macht hat ein Vater? Das Geld, das Gesetz, den Vorsitz über die Familie, die väterliche Gewalt, den Gürtel mit der Schnalle. Darüber kann ich nur lachen – lächerliche, erfundene Mächte. Er hat noch nicht einmal Macht über die Frauen, nicht einmal über die Mutter. Er wird alt, sein Bäuchlein wächst, die Brille rutscht ihm auf die Nasenspitze, er bekommt Pyorrhöe, Prostatitis, Hernie und Hexenschuß. Auch

sie wird alt und bekommt Krampfadern, Aerophagie und Prolaps, ihre Hüften werden breiter, und ihre Hände verlieren ihre Form. Aber sie hat Leben gegeben, sie gibt das Leben, sie ist das Leben, sie hat die wahre Macht, die abscheuliche Macht, die die Wirklichkeit immer wieder von neuem schafft, die ihr das Glück der Unsterblichkeit beschert, ein Weiterleben in ihren Töchtern – und das muß abgeschafft werden.
Wenn ich einen Sohn gehabt hätte. Ein Junge hätte mich verteidigt. Nein, er hätte mich nicht verteidigt. Auch die Jungen müssen sie hassen und töten, gerade *weil* sie Jungen sind, weil sie nicht das Leben sind, weil Blut für sie Tod bedeutet, weil sie beweisen müssen, daß sie anders sind. Sie hassen sie und sie töten sie. Meine Töchter haßten mich, und ich war tot, ich schloß mich im Bad ein und schrie. Die Menschen laufen nicht mit einem Beil oder einer Sprühdose mit Zyanid herum, wenn sie ihre Mütter töten wollen. Wir sind zivilisiert, wir leben nicht in der Horde, wir schauen uns Filme von Bergman an, legen uns auf den Diwan und streichen die Falten in unseren Kleidern glatt. Alles, was einer Tochter bleibt, ist, das Gegenteil von dem zu tun, was ihre Mutter getan hat – und manchmal nur, um mit Schrecken zu entdecken, daß sie Jahre lang dasselbe getan hat. Einem Jungen werden wie immer mehr Befriedigungen erlaubt: Er nimmt sich eine andere Frau, von der er nicht weiß, aber vermutet, daß sie niemals ihm gehören wird, er erniedrigt sie, er schikaniert sie, er macht sie zu seiner Dienerin, vielleicht wird sie sogar eine Luxusdienerin, und er macht sie zur Mutter. Die Glücklichsten von ihnen bekommen dafür einen echten Pelzmantel oder eine Reise durch den Orient. Natürlich können sich die Töchter, wenn sie nur ein wenig geschickt sind – trotz Bergman, trotz der Zivilisation und trotz des Diwans –, die Genugtuung ihres Lebens verschaffen und ihre Mutter töten. So wie mich.
Ich stand früh auf und frühstückte, Zulema hatte baumwollene Platzdeckchen mit Blümchenmuster gedeckt und die Zeitung auf den Tisch gelegt.
»Es ist eine furchtbare Hitze, Señora, noch schlimmer als gestern.«

Ich holte das Auto heraus und fuhr irgendwohin, um die Grundstückssteuer zu bezahlen und einen Elektriker zu suchen. Im Landhaus von Jorge und Alcira? Gut, aber erzähl mir nicht, ich soll diese Langweilerin von Delfina mitbringen. Sommerkonzerte, ja, natürlich will ich dahin, ein Abonnement bitte. Wohin? Nein, heute kann ich nicht, verschieben wir es auf morgen, ich rufe dich an.
Ich würde mich niemals davon erholen. Ich würde niemals vergessen. Niemals würde ich sagen, na gut, das war es jetzt, es ist viel Zeit vergangen, es war hart, aber jetzt tut es nicht mehr weh, niemals. Es würde immer so bleiben. So als hätte man es ins Eisfach gelegt. Man macht die Tür auf, und da liegt es, frisch wie am ersten Tag. Ich würde nicht mehr vor Schmerzen schreien, denn irgendwann würde der Schmerz stumm, hart und kalt werden, aber er würde da sein, für immer. Ich war tot und allein, und niemand würde mir die Schuld abnehmen, alles Lüge. Ich dachte oft an Teo Brülsen, der immer allein gewesen war. Ich dachte auch an Hekke und an Rolito und Fred, an die Bäume auf dem Paseo de la Reforma, an La Alameda, an die Paläste aus Stein mitten im Urwald, an die terrakottafarbenen Gassen, an den Himmel von Mexiko. Es war unglaublich, daß es Mexiko wirklich irgendwo gab, dort, ganz weit im Norden, aus Urwald und aus Stein, und daß ich hier war und es nicht sehen konnte. Es war unglaublich, es konnte nicht sein. Mexiko, dieses Land, das ich bedingungslos geliebt hatte, schon bevor ich es kennengelernt hatte. Mexiko, Teo Brülsen. Ich hatte mich niemals bei Brülsen für Freud bedankt. Er wuchs; ich nahm ihn oft auf den Schoß und erklärte es ihm, aber es interessierte ihn offensichtlich nicht. Manchmal schmusten wir miteinander. Nicht sehr oft, denn Kater und Psychoanalytiker sind höflich und distanziert, aber ab und zu schon. Ich fragte ihn, wie es sei, mit vier Pfoten, einem Schnurrbart und einem Schwanz zu lieben. Er sagte rr-rrrrrr. Die Mädchen riefen an, sie kamen vorbei. Für sie war nichts passiert; es war nur ein kleiner Zwischenfall in ihrem Leben gewesen, eine unangenehme Episode, sonst nichts. Sie hatten mich getötet. Es war der furchtbarste, entscheidendste

und schmerzhafteste Moment gewesen, den ich je erlebt hatte, und ich würde ihn niemals, niemals, niemals vergessen, ich würde mich nie davon erholen. Für sie existierte er nicht einmal mehr, er war überhaupt nichts.

»Mama«, das war Inés' Stimme, »kannst du vorbeikommen?«
Es war Inés' Stimme, aber die Stimme war alarmierend, gedämpft, leise und belegt. Es war nicht, nein, es war nicht Inés' Stimme für alle Tage. Ich dagegen antwortete ihr in meiner schönsten Stimme für alle Tage, die ich auftreiben konnte – mit viel Mühe.
»Aber ja, meine Liebe. Ich ziehe mich um und komme dann.«
»Komm sofort« – Pause – »wenn du kannst.«
Hier allerdings verließ mich meine Stimme für alle Tage.
»Inés, bist du allein, ist Julio noch nicht zurück, was hast du, was ist denn?«
»Ach nichts« – Pause – »komm, wenn du kannst, nein, Julio« – Pause – »ist noch nicht zurück, und ich glaube, ich weiß nicht, komm.«
»Ich komme sofort«, sagte ich und legte auf.
In der Zeit, in der ich mir meine Tasche schnappte, mir drei andere Taschen und ein Paar Handschuhe auf den Boden fielen und ich nicht stehenblieb, um sie aufzuheben, überlegte ich, daß es zu lange dauern würde, das Auto herauszuholen und daß ich mir am besten ein Taxi nähme. In Windeseile rannte ich aus dem Haus und schrie Zulema zu, sie solle die Tür hinter mir zumachen.
Alle freien Taxen der Stadt waren irgendwo anders. Die Taxifahrer waren gestorben, und die Stadtverwaltung hatte für sie eine Beerdigung im Verein zum Schutz der Taxifahrer organisiert, eine Band vom Typ Feliciano Brunelli spielte dazu den Trauermarsch *tachin tachin chin pum*, und die trauernden Autos sammelten sich an den Ufern des Ganges auf einem Scheiterhaufen zur Feuerbestattung. Zwei fuhren vorbei. Zwei Taxen, aber es saßen widerliche Leute in ihnen. In mir war ein eisiger Stein gewachsen, weiß, hart, unheimlich schwer, und er rutschte mir

von der Kehle in den Magen und vom Magen hoch in die Kehle. In meinem Kopf dagegen war nichts, er war vollkommen leer, leicht und hohl; die rechte Hand hob sich ganz von selbst, ohne vorherige Anweisungen vom Gehirn – welches Gehirn? Beim dritten Versuch hielt ein großes blaues Auto, keine Ahnung, was für eins. Ich öffnete die Tür.

»Entschuldigen Sie bitte, könnten Sie mich ein Stückchen Richtung Zentrum mitnehmen, so weit, wie Sie fahren, irgendwohin, wo ich ein Taxi bekomme, bitte, entschuldigen Sie, es ist ein Notfall.«

Ich stieg ein und sah ihn an. Es war ein netter kleiner Dicker; er war jung, er hatte einen Schnurrbart, er würde noch vor seinem vierzigsten Geburtstag eine Glatze bekommen, und er trug eine schreckliche und teure Krawatte.

»Keine Sorge, Señora«, sagte er, »sagen Sie mir, wo Sie hinwollen.«

Ich gab ihm die Adresse.

»Aber es reicht schon, wenn Sie mich irgendwo in der Nähe herauslassen. Eine meiner Töchter ist krank«, ich begann mit meinen Erklärungen, aber nicht lange, »und sie haben mich angerufen und gesagt, ich soll sofort kommen.«

Die Bezüge waren aus Synthetikplüsch. Auf dem Sitz lagen eine blaukarierte Mütze und eine Zeitung, das Handschuhfach knarrte, und mein linker Fuß stieß gegen etwas, das sich als ein kleines Auto aus Plastik entpuppte. Es war orange.

»Bleiben Sie ganz ruhig, wir kommen schon nicht zu spät«, sagte der zukünftig kahle kleine Dicke, Vater irgendeines quengligen Babys, Ehemann wer-weiß-was-für-einer schlecht blondierten dummen Kuh, warum beeilte er sich nicht?

Er gab mir kaum Zeit, Atem zu holen und begann mit seinen Kommentaren, wie schwierig es doch sei, hier ein Taxi zu bekommen, aber es sei sowieso überall das gleiche, man müsse erst mal sehen, wie es im Zentrum aussah, und das, obwohl doch seit der letzten Erhöhung die Preise in den Himmel gestiegen waren. Von hier machte er einen kleinen Umweg über die Busse und breitete sich über die Dienstleistungen im allgemeinen aus, um dann in fast vertikaler Linie hinaufzusteigen zur meteorologischen Lage der Gegend und anderen Nichtigkeiten ähnlichen Tenors von allgemeinem und besonderem Interesse, die offensichtlich dazu dienen sollten, mich abzulenken und zu verhindern, daß ich mir irgendwelche wirren Dramen ausdachte. Eine nette Person, der kleine Dicke, schade, daß er mit so einer Harpyie verheiratet war. Aber ich wußte nicht, ob er mir das mit der kranken Tochter geglaubt hatte, denn selbst ich fand, daß es wie eine Lüge geklungen hatte, als ich es sagte, und das war es auch, denn seit wann heißt schwanger sein denn krank sein, es sei denn, man betrachtete das Leben wie meine Großtanten, die von einer Schwangeren immer sagten, ›sie ist in schlimmen Umständen‹. Und der kleine Dicke redete weiter, und wütend bearbeitete ich das kleine orangene Autochen mit meinem Fuß, sollte das verflixte Baby doch zum Teufel gehen, und ab und zu sagte ich aha, und er schien sich mit dieser leidenschaftlichen Antwort zufriedenzugeben.

Irgendwann kamen wir an. Es war nicht zu glauben, aber wir kamen an. Und ich, die ich geglaubt hatte, daß die Straßen endlos und unendlich waren, stieg aus, schrie ihm ein Dankeschön zu, und er schrie zurück, Gute Besserung für Ihre Tochter, und ich stürzte an die Haustür. Sie war nicht verschlossen. Der kleine Dicke verschwand für immer aus meinem Leben.

Inés saß auf einem Sessel im Wohnzimmer ihres neuen Hauses und sah mich an. Sie hatte Angst. Ich auch.

»Ich glaube, es kommt, und ich traue mich nicht, mit dem Auto zum Krankenhaus zu fahren, aber es würde auch gar nicht gehen, das Auto ist in der Werkstatt, und Julio kommt erst heute abend, er ist in Córdoba, erinnerst du dich, ich weiß nicht, ob ich's dir erzählt habe, ich bin alleine, Amanda hat mich gebeten, heute weggehen zu können, und ich wußte nicht, was ich tun sollte, und dann habe ich dich angerufen.«

Sie warf mir den ganzen Brocken auf einmal hin, ohne einmal Luft zu holen. Natürlich wußte ich, daß Julio in Córdoba war, wie sollte ich das nicht wissen, ich hatte ihn schließlich zum Flughafen gefahren.

»Ganz ruhig, jetzt bist du ja nicht mehr alleine«, sagte ich zu ihr und nahm ihr Handgelenk in die Hand.
Ihr Puls raste wie verrückt, er war besorgniserregend schnell, so als wäre sie mit Bauch und allem zehn Straßen gerannt, ohne einmal anzuhalten.
»Am besten warten wir erst einmal einen Moment, um zu sehen, in welchen Abständen die Wehen kommen, bevor wir etwas entscheiden«, sagte ich mit neutraler, beruhigender Stimme.
»Nein, nein, ich will ins Krankenhaus, bring mich ins Krankenhaus. Wo hast du das Auto geparkt?«
»Ich bin nicht mit dem Auto gekommen.«
Es erschien unmöglich, aber sie wurde tatsächlich noch ängstlicher.
»Was machen wir jetzt?« fragte sie.
»Nichts.«
»Wie, nichts?«
»Was haben sie dir denn in diesem bescheuerten Kurs beigebracht? Egal, fang einfach an, laß los, atme, entspann dich.«
»Ich kann nicht, ich weiß nicht, was ich tun muß, ich hab alles vergessen, wir brauchen unbedingt ein Auto.«
Kein Zweifel, sie hatte wirklich alles vergessen. Ich berührte ihren Bauch – er war härter als ein Trommelfell.
»Du solltest dich jetzt besser erinnern und anfangen«, sagte ich, »oder ich gebe dir eine Ohrfeige, an die du dich bestimmt erinnern wirst, und zwar für den Rest deines Lebens. Atme, entspann dich, kontrollier dich mit der Uhr, und ich rufe in der Zwischenzeit den Arzt an. Hast du die Nummer im Kopf?«
»Neben dem Telefon«, sagte sie, und dann fiel ihr Gesicht auseinander.
Regungslos blieb ich stehen. Ich hatte Angst. Nichts von dem, was ich war, nichts von dem, was ich wußte, nichts von dem, was ich erreicht hatte, was ich der Welt und meinen Ebenbildern abgetrotzt hatte, konnte ich in diesem Moment gebrauchen. Ich hatte Angst, ich wollte weglaufen und mich verstecken und nicht wieder auftauchen, bis der erste Toast ausgesprochen war. Aber dann hat man etwas, Skrupel, Instinkt, Liebe, eine Mi-

schung aus allen dreien und noch etwas dazu, Stolz, das vor allem, das sind die Momente, in denen sich einer die seltene Gelegenheit bietet, beweisen zu können, was für eine Frau sie ist – und ich würde niemandem den Gefallen tun, und am allerwenigsten mir selbst, mich wie eines dieser zerbrechlichen Geschöpfe des neunzehnten Jahrhunderts aufzuführen, die sich ohnmächtig in einen weichen Sessel im Boudoir sinken lassen und darauf warten, daß ihnen jemand mit einem Fläschchen Melissengeist zu Hilfe eilt – niemals. Abgesehen davon, hatte heute niemand mehr ein Boudoir.

Ich schluckte die Angst herunter, und das ist gar nicht so schwierig, wie es immer scheint. Ich wartete, daß es vorbeiging, und sah sie mit einem gewissen nüchternen Interesse an, wie eine Geographielehrerin – Sie haben die orographische Karte nicht mitgebracht, Señorita, wieso haben Sie die orographische Karte nicht mitgebracht? Es ging vorbei.

»Atme weiter, komm.«

Sie atmete.

»Laß deinen Bauch locker, das arme Kind, es muß sich ja fühlen wie in einem Fischbeinkorsett, ich gehe jetzt den Arzt anrufen, ich bin gleich zurück.«

Ich ging, suchte die Nummer heraus, rief an, mußte eine Weile warten, weil besetzt war, er nahm ab, ich erklärte es ihm. Und dieser Mensch sagte zu mir:

»Rufen Sie mich an, wenn Sie im Krankenhaus sind.«

Ich wurde sarkastisch und fragte ihn, ob das alles war, was er mir zu sagen hatte. Nein, das war es nicht, aber mit dem Rest kam er nur noch bis zu dem Stoßseufzer:

»Sehen Sie, Señora ...«

Und da er von der Kanzel der Gesellschaft für Geburtshilfe zu mir herabsprach, mußte er natürlich nach der Señora eine Pause einlegen, und die Gelegenheit nutzte ich. Ich sagte ihm ein paar Takte, die vielleicht ungerecht, aber zweifellos effektiv waren, und schloß mit den Worten, er müsse jetzt *auf der Stelle* hierherkommen. Wonach ich den Hörer auflegte.

Inés atmete ziemlich gut, und sie hatte immer noch Angst, aber

diese Angst wies zwei Pluspunkte auf – sie war ruhiger als die zuvor, und sie war geringer als die, die ich hatte.
»Ich habe mit dem Arzt gesprochen«, sagte ich, »er war ganz toll, sehr nett und verständnisvoll, er hat gesagt, daß er hierherkommt. Wenn es soweit ist, fahren wir mit ihm ins Krankenhaus. Wenn es noch nicht soweit ist, wird er uns die Leviten lesen, aber das ist mir völlig egal. Ich weiß nicht, wie das bei dir ist.«
»Es ist soweit, Mama. Sie kommen jetzt. Es ist keine Zeit mehr für irgend etwas.«
Ich wollte schon antworten, hatte mir schon ein mütterliches und beruhigendes Lächeln auf meinem Gesicht zurechtgelegt, als mir plötzlich klar wurde, was sie gerade gesagt hatte.
»Sie kommen jetzt! Wer sind *sie?*«
»Es sind zwei. Ich wollte nicht, daß sie es dir sagen, du solltest dir keine Sorgen machen.«
Meine Beherrschung ging zum Teufel.
»Klar, ich bin ja auch eine Tanarafigur aus Ton und breche in Stücke, wenn man mich scharf anguckt.«
Sie verspannte sich wieder. Sie hatte mich nicht gehört.
»Preßwehen«, sagte sie fast ohne Stimme.
»Komm...«, sagte ich.
Ich faßte sie unter den Armen und zog sie hoch. Mit meiner Hilfe kam sie auf die Beine, und irgendwie schafften wir es ins Schlafzimmer hinüber. Ich legte sie auf das Bett, zog ihre Schuhe aus, schob ihren Rock hoch und zog ihr die Unterhose herunter, die sich einrollte und mir eine furchtbare Arbeit machte, ließ sie die Beine anwinkeln und sagte: Atme ganz tief ein, denn wenn es wirklich soweit ist, kommt gleich die nächste Preßwehe. Ich hörte, wie sie ja sagte. Ich sah, wie sich der obere Teil ihres Bauches wellenförmig bewegte und hörte ein Stöhnen. Sehr gut für meine Tochter, dachte ich, so gefällt es mir, sie sollen nur kommen. Als es vorbei war, sagte ich ihr, sie solle warten – als bliebe ihr etwas anderes übrig –, lief in die Küche, schnappte mir einen Nylonbezug aus dem Schrank und lief zurück ins Schlafzimmer.

»Heb deinen Po hoch«, sagte ich.
»Was hast du denn vor?«
»Was willst du? Eine neue Matratze kaufen? Sie sind wahnsinnig teuer.«
Ich spannte den Nylonbezug unter den Bettbezug, der schon völlig blutbefleckt war. Die nächste Preßwehe kam.
»Drück, und noch mal, je mehr du dich anstrengst, um so weniger wird es weh tun.«
»Es tut nicht weh«, sagte sie. Sie versuchte ein Lächeln, und es gelang ihr.
Meine Güte, wie schön sie aussah, meine Tochter, in diesem wirren Durcheinander aus Nylonbezug und blutigem Bett, das Kleid bis zum Hals hochgeschoben, die Hände fest um die Matratze geklammert, lächelnd. Auch ich lächelte sie an und dachte – schlecht – über die Mama des Arztes. Wieso kam dieser Idiot nicht endlich? Noch eine Preßwehe. Sie hob die Arme hoch, klammerte sich am Kopfende des Bettes fest, biß die Zähne zusammen und preßte mit aller Kraft der Welt. Sie stützte sich fest mit den Beinen ab und preßte, und ich sah, wie sie sich dehnte und wie etwas erschien, ich sah es, ein gräulicher Schimmer vor ihrer weißen, blutbefleckten Haut, genauso blutig, ich sah es und wußte, daß ich es empfangen würde, ich, und die Mama des Arztes verschwand für immer aus meinem Kopf. Ich wollte nicht mehr, daß er kam, was wollte er denn hier zwischen ihr und mir, dieser Eindringling, er sollte nicht kommen, sollte er doch in seiner Praxis voller Aspidistrien und Palmen auf den Bronzetischchen bleiben, sollte er doch weiter Honorare kassieren und Vitamine verschreiben.
»Gleich ist es da, meine Liebe, noch eine kleine Anstrengung, und dann ist es da, da kommt es schon.«
Inés wimmerte, aber ich glaube, nicht vor Schmerzen; die Luft preßte sich durch ihre Zähne, und es sah auch so aus, als weinte sie.
Es kamen noch zwei Preßwehen, und dann kam der Kopf, und ich stand da, ohne zu wissen, was ich tun sollte. Was soll das heißen, du weißt es nicht? Ich streckte die Arme aus und um-

faßte sie behutsam, ganz, ganz vorsichtig mit den Händen. Sie war warm, glitschig und weich. Ich legte meine Finger von außen an ihr Fleisch und drückte, sie spürte nichts, ich drückte noch ein wenig fester, bekam den winzigen Körper zu fassen und drehte ihn herum; ich kannte das, bei mir hatten sie das auch gemacht, ich wußte, daß man das so machte, und er rutschte heraus, sanft, schnell, mühelos. Ich hatte Angst, ihm weh zu tun oder ihn fallenzulassen.

»Ein Mädchen, es ist ein Mädchen«, sagte ich.

»Ist alles in Ordnung?«

»In Ordnung? Es ist alles wunderbar in Ordnung, sie ist süß, so winzig klein.«

»Sie schreit ja nicht, wieso schreit sie denn nicht?«

»Sie wird gleich schreien«, sagte ich, und dann schrie sie.

Mußte ich sie mit dem Kopf nach unten halten? Mußte ich ihr einen Klaps auf den Po geben? Nein, ich mußte gar nichts mit ihr tun. Sie schrie ganz leise, und ich hielt sie in meinen blutigen Händen, nahm sie, so wie sie war, drückte sie an mich und wiegte sie. Ich legte sie neben Inés auf das Bett und deckte sie mit einem Zipfel der Bettdecke zu, denn für etwas anderes blieb keine Zeit. Ich nahm die Nabelschnur in die Hand und spürte mit den Fingerspitzen, wie sie pochte. Inés preßte von neuem. Es kam mit zwei Preßwehen heraus, das zweite Mädchen, und mittlerweile fühlte ich mich schon wie ein Profi. Auch sie schrie leise, und ich nahm auch sie in den Arm und legte sie neben Inés. Jetzt fehlte noch die Plazenta, und die Nabelschnur mußte noch abgetrennt werden – mir kam noch einmal die Mama des Arztes in den Sinn.

»Es tut weh«, sagte Inés.

Ich zog ganz sanft ein wenig an der Nabelschnur.

»Preß noch einmal«, sagte ich.

»Wieso denn das?«

»Die Plazenta, Dummerchen.«

Sie machte uns mehr Arbeit als die zwei Mädchen zusammen, aber sie kam heraus. Ich betrachtete sie, sie sah aus wie ein Herz, ganz rot, so rot wie Blut, aber kein Blut der Wunden, kein Blut

des Todes. Das hier war das Leben, und es war all die Mühe wert, und was danach geschehen würde, war unwichtig, und auch die Wunden, die niemals heilen, waren unwichtig.
Es klingelte an der Tür.
»Du Arschloch, du kommst ja wirklich wahnsinnig pünktlich«, zischte ich. Ich war viel zu beschäftigt, um an die Tür zu gehen. Sollte er warten.
Ich ging ins Badezimmer, wusch mir die Hände, ging wieder zurück, holte eine Wolldecke und deckte die drei damit zu.
»Wo ist die Babywäsche?«
»Im Koffer«, antwortete Inés.
Es klingelte noch einmal. Ich holte den Koffer aus dem Schrank und ging zur Tür. Als ich ankam, kam er von selbst herein, offensichtlich hatte ich die Tür nicht zugeschlossen. Und ich sagte ihm nicht guten Tag.
»Zu spät, Doktorchen«, sagte ich zu ihm, »sie sind schon da. Zwei Mädchen.«
Zwei Mädchen, zwei Mädchen. Inés hatte zwei Mädchen bekommen. Meine älteste Tochter, die so schön war und so hart, meine Tochter, die einem Diamanten ähnelte, die ich mir am meisten gewünscht hatte und die ich am häufigsten vergessen hatte, die Gewissenhafteste, die Stärkste, die Schwächste, die soviel gelitten hatte, die sich so sehr ein Kind gewünscht hatte, Inés, sie, meine Tochter, die niemals Angst hatte. Inés hatte zwei Mädchen.
Ich ging vor ihm her und führte ihn ins Schlafzimmer, und während er sich mit der Nabelschnur abmühte und Inés untersuchte, kümmerte ich mich um meine Enkelinnen. Mir fiel erst jetzt auf, wie winzig sie waren.
»Wir müssen ins Krankenhaus fahren, Señora«, sagte der Typ, als er fertig war, und streckte sich – na ja, es war nicht gerade eine Liege im Kreißsaal –, »wir müssen einen Krankenwagen rufen.«
Und dann sagte Inés etwas ganz Wunderbares:
»Ich möchte nicht ins Krankenhaus fahren, ich bleibe zu Hause.«

Der Fachmann der Heilkunst setzte ein strenges Gesicht auf.
»Aber Señora«, protestierte er, »seien Sie doch vernünftig. Im Krankenhaus bekommen Sie die Pflege, die Sie brauchen.«
»Die bekomme ich hier auch, und ich bin zu Hause, hier fühle ich mich viel wohler.«
»Und man wird Ihre kleinen Mädchen in einen Brutkasten legen«, sagte er, aber seine Stimme klang nicht mehr ganz so friedlich.
Inés hörte nicht auf ihn. Inés hört auf nichts und niemanden, wenn sie sich erst einmal für etwas entschieden hat, das wußte ich genau. Sie hatte zwar eine Geburt hinter sich, aber nichts und niemand würde sie von ihrem Entschluß abbringen. Auch das wußte ich. Er nicht.
»Mama, besorg mir eine Krankenschwester. Ruf bei Rita an, und frag sie nach denen, die nach ihrer Operation bei ihr waren. Und such mal im Telefonbuch die Nummer von einem dieser Läden für Krankenhausbedarf heraus, und frag sie, ob man bei ihnen einen Brutkasten mieten kann, der groß genug ist für zwei, und wenn nicht, müssen wir eben einen kaufen. Und ruf beim Kinderarzt an. Und der Doktor sagt uns bestimmt, was sie bekommen müssen, nicht wahr, Doktor?«
»Sie müssen sich darüber im klaren sein, daß Sie das auf eigene Verantwortung tun, Señora.«
»Aber natürlich«, sagte Inés mit ihrer Stimme für alle Tage.
Ich hätte ihr beinahe Beifall geklatscht.
Ich klatschte nicht, sondern schnappte mir das Telefon, und nach wenigen Minuten und einem halben Dutzend Anrufen hatte ich alles organisiert. Der Arzt ging wieder – nicht besonders glücklich, das muß man ehrlicherweise sagen –, und ich machte mich daran, Ordnung in das Durcheinander zu bringen.
Dieser Vollidiot hatte den Nylonbezug einfach hinunter auf den Teppich geworfen, der nicht aus Buchara kam, und die Plazenta, das Blut, die Überreste der Nabelschnur in ihn eingewickelt, so als seien die Spuren des Lebens gar nichts, als seien sie Müll oder Abfall, was fiel ihm bloß ein? Ich dachte, wir Frauen sollten es so

machen wie die Katzen, die Hündinnen, die Löwinnen und die Stuten, wir sollten all das, was wir in uns getragen haben, aufessen und unsere Jungen damit ernähren, wir sollten unsere Kleinen sauberlecken und sie an die Brust legen.

Ich wechselte die Laken und half Inés, sich aufzusetzen, zog ihr ein Nachthemd mit vielen Stickereien an, wusch ihr das Gesicht, küßte und streichelte sie, kämmte ihr die Haare, und als ich fertig war, trat ich ein paar Schritte zurück, so als hätte ich gerade den letzten Pinselstrich an einem Meisterwerk getan, und sah sie an, wie sie in dem breiten Bett lag, sauber und frisch, mit ihren zwei Mädchen, die nicht mehr schrien.

Wir lächelten uns an. In der Erde gibt es noch andere Dinge außer Diamanten.

»Mama, ich wollte dir sagen«, begann Inés, und dann versagte ihr die Stimme.

Sie konnte nicht, sie würde es nicht sagen können. Und ich auch nicht.

»Wir werden es nicht schaffen«, sagte ich, »zumindest im Moment nicht. Irgendwann später bestimmt.«

»Es ist... ich weiß, was passiert ist, was sie dir gesagt haben, was Atala dir gesagt hat und... nein, ich wollte nichts sagen, aber jetzt, wo du...«

»Es wird mir ein Trost sein«, antwortete ich ihr, »egal, was du sagst, es wird mir ein Trost sein, aber du darfst dich nicht anstrengen, nicht gerade jetzt.«

»Nein, ich weiß ja, daß es nicht der richtige Augenblick ist, aber ich wollte es dir sagen.«

»Versprich mir, daß du es mir sagst, Inés, aber nicht jetzt.«

Sie nickte mit dem Kopf, und es klingelte an der Tür.

Der Brutkasten kam als erstes, und drei Minuten später standen die Krankenschwester und der Kinderarzt gleichzeitig in der Tür.

Die Sache schien langsam in ein Volksfest auszuarten.

»Ruhe bitte«, sagte Inés, »machen Sie bitte alles ganz leise, und wenn Sie sprechen müssen, dann bitte leise.«

Die Leute mit dem Brutkasten sagten, ja, Señora, machten sich

auf die Suche nach den Steckdosen, installierten Transformatoren, und schon stand die ganze Sache fertig neben dem Bett, wie Inés es sich gewünscht hatte, sie ließen mich noch irgendwelche Quittungen unterschreiben, und weg waren sie.
Der Kinderarzt war jung, er lächelte und sagte:
»Es wird alles gutgehen. Sie werden uns ein wenig Arbeit machen, aber es wird alles gutgehen.«
Inés sah ihn an und sagte nichts.
»Sie sind gesund«, sprach er weiter, »sie sind ein wenig früher gekommen, als sie sollten, aber sie sind gesund. Sie brauchen jetzt nur Ihre Milch.« Und danach sah er mich an. »Wohnen Sie hier bei Ihrer Tochter, Señora?«
Ich lachte: »Nein, Doktor, keine Sorge.«
»Ich habe nur gefragt, weil...«
»Ich weiß, warum Sie mich gefragt haben, aber sobald der Papa zurückkommt und sich von der Überraschung erholt hat, werden er und die Krankenschwester sich schon um die drei kümmern, und dann fahre ich wieder nach Hause. Wissen Sie, was eine Versenkung ist, Doktor?«
»Tja, ich glaube...«
Jetzt lachte Inés.
»Hören Sie nicht auf sie, wenn Sie sie lassen, wird Sie sie völlig durcheinanderbringen, bis Sie um Gnade flehen.«
Er war ein guter Junge, so wie der kleine Dicke, aber er war dünn. Er hatte keinen Schnurrbart, und er war mit Sicherheit verheiratet, aber ich war viel zu glücklich, um mir Dinge über seine Frau auszudenken, und vielleicht würde auch er in irgendeinem Lebensjahr einmal kahl werden. Auch er verstand nichts, genau wie der kleine Dicke.
Als er uns verließ und im Haus wieder Frieden einkehrte, ging ich ins Schlafzimmer zurück und sah die Krankenschwester an. Und sie sah mich an. Ich wußte nicht, ob sie mir gefiel oder nicht. Was für ein Mensch war sie wohl? Autoritär? Streng? Würde sie sagen: Kommen Sie, mein Schatz, jetzt machen wir schön den Mund auf und schlucken diese kleinen Pillen, die uns der Doktor gegeben hat, ja? Hoffentlich nicht. Tüchtig war sie

ganz bestimmt. Rita hatte gesagt, sie wäre ganz wunderbar. Das Wunder der Wunderpillen. Wie sie wohl hieß? Frau Anette Tablette? Frau Hille mit der Pille? Das Sternchen aus Mar-seil-le? Nein, das paßte hier nicht hin. Frau Gerlinde mit der Binde. Aah, bitte, nein! Ich war müde, das war alles, ich war einfach elendig müde.
»Sie sind sehr müde, das ist alles«, sagte die Krankenschwester.
»Wie heißen Sie?« fragte ich sie.
»Delia, Señora.«
Sie gefiel mir.
»Sie werden gut auf sie aufpassen, nicht wahr, Delia? Und ich werde jetzt schlafen gehen, denn Sie haben recht, ich bin wirklich sehr müde.«
»Sie sind so süß«, sagte Inés; sie hatte sich auf die andere Seite gedreht, damit sie den Brutkasten sehen konnte.
Ich wollte sagen, ja, es sind die schönsten Babys in der Stadt, im ganzen Land, auf der Welt, die schönsten Babys aller Zeiten, aber ich brachte kein Wort heraus. Dicke, weiche Tränen liefen über mein Gesicht, und ich hätte nicht sprechen können, selbst wenn sie mir hunderttausend geboten hätten. Hundert Milliarden Dollar.
Delia kam zu mir, klopfte mir ein paarmal fest auf die Schulter, genau das, was man in diesen Fällen braucht, sie nahm meinen Arm und führte mich ins Wohnzimmer, und genau das hatte ich mir gewünscht, denn ich wollte nicht, daß Inés mich weinen sah, aber ich konnte mich nicht bewegen, genausowenig wie ich sprechen konnte. Ich setzte mich in den gleichen Sessel, in dem ich Inés gefunden hatte, und brach in Tränen aus. Es tat so gut zu weinen, es war wunderbar. Zu weinen, als würden alle Knoten, die sich in dir festgesetzt haben, in Wasser aufgelöst; zu weinen, um deinen Hunger nach Tränen zu stillen; zu weinen, weil du es möchtest; zu weinen, bis die letzte Träne versiegt ist.
Später, Jahre später, wusch ich mir das Gesicht und ging, um mich von Inés zu verabschieden. Delia tupfte ihr eine Flüssig-

keit hinter die Ohren, und ich erinnerte mich an Julio und überlegte, daß er jeden Moment eintreffen müßte.
»An den Hals auch ein bißchen«, sagte ich. »Ich rufe dich morgen an, Liebes, schlaf dich erst mal aus.«
An der Tür drehte ich mich noch einmal um:
»Wie sollen die kleinen Süßen denn heißen?« fragte ich.
»Das erste so wie du«, sagte sie, »und das andere Juliana.«
»Na sag mal«, protestierte ich, »was du für Ideen hast!«

Ich nahm den Hörer ab und wählte eine halbe Stunde lang. Schließlich kam ich durch. Ich wußte nicht, wie spät es in Mexiko war, und ich machte mir auch nicht die Mühe, es auszurechnen. Ich hörte es klingeln. Es war so weit weg, aber es hörte sich ganz nah an, so als wäre es nebenan. Es würde eine gute Verbindung werden. Alonso nahm ab.
»Ja, Señora, er ist da. Einen Moment bitte.«
Er sagte hallo. Anscheinend war er nicht überrascht.
»Ich möchte mich für das Geschenk bedanken.«
»Das Geschenk?«
»Freud.«
»Ich werde Sie nicht bitten, vernünftig zu sein, meine Liebe, aber – würden Sie mir das erklären?«
Ich erklärte es ihm. Er freute sich sehr.
»Ich wollte Ihnen noch etwas sagen.«
»Ja?«
»Gilt Ihr Heiratsantrag noch?«
»Er gilt noch.«
»Ich habe meine Meinung geändert.«
»Wunderbar«, sagte er, »ich komme zu Ihnen.«
»Was soll das heißen, Sie kommen?«
»Ich habe auf Sie gewartet. Auch ich kann aufhören, vernünftig zu sein.«
»Da ist noch etwas«, sagte ich.
»Ist es dringend, oder kann es warten, bis ich komme?«
»Es ist dringend.«
»Also?«

»In der Nacht, als ich in Ihr Haus eingebrochen bin... auf Ihrem Nachtschränkchen, auf dem Notizblock... warum stand da ein Fragezeichen unter meinem Namen?«
Er lachte.
»Sie werden doch warten müssen, bis ich komme«, sagte er.
Ich dachte an das Schachspiel der Welt, in dem nicht die Weizenkörner, sondern der Schmerz wohnt, ich dachte an die Dinge, die man im Eisfach aufbewahrt, an das Frühjahrsunkraut, ich dachte daran, daß der Herbst vor der Tür stand.
»Ist gut«, sagte ich, »ich warte auf Sie.«